朱燕玲工作室

世界尽头的女友

温文锦 著

中信出版集团|北京

图书在版编目（CIP）数据

世界尽头的女友 / 温文锦著. -- 北京：中信出版社，2024.1
ISBN 978-7-5217-6082-8

Ⅰ.①世… Ⅱ.①温… Ⅲ.①幻想小说－小说集－中国－当代 Ⅳ.①I247.7

中国国家版本馆 CIP 数据核字（2023）第 200908 号

世界尽头的女友
著者：温文锦
出版发行： 中信出版集团股份有限公司
（北京市朝阳区东三环北路 27 号嘉铭中心　邮编　100020）
承印者： 河北鹏润印刷有限公司

开本：850mm×1168mm 1/32　　印张：10.125　字数：182 千字
版次：2024 年 1 月第 1 版　　　　印次：2024 年 1 月第 1 次印刷
书号：ISBN 978-7-5217-6082-8
定价：59.00 元

版权所有·侵权必究
如有印刷、装订问题，本公司负责调换。
服务热线：400-600-8099
投稿邮箱：author@citicpub.com

目录

001　写她名字的水

029　阿野理发店

063　白蛇

095　废墟与星垂

117　家族事件

137　迷星

161　蜻蜓之翼

179　世界尽头的女友

199　寺雪

233　幼稚园往事

255　手诊

281　爱丽丝星球

写她名字的水

初见婉珍时,我觉得她像个幼态的成年女人。可能是眼距过于开阔的缘故,虽然言行举止一副谙熟老练的样子,可怎么看怎么觉得天真。

"我们家,是河童世家。"

"河童世家?"

"嗯,"婉珍说,"就是世代出现河童的家族。"

"还真有这一说。"我既没有表示相信,也没有怀疑,只是紧了紧书包,感受着新借的漫画书在里头鼓鼓囊囊的存在。

"你，要不要去看？"

"远吗？"

婉珍没有回答，牵着我的手往集贸市场的方向走去。正值傍晚，熙熙攘攘的人群和小摊贩挨挤在一起，食物的香味，各种声音此起彼伏，煞是热闹。

"买烤地瓜。"

"什么？"

婉珍指着小推车上的烤地瓜摊："买烤地瓜给我吃。"

好像也找不到拒绝的理由，于是我就买了。旧报纸裹着的地瓜有股热乎的奶香味，我一边咬，一边跟着婉珍。

穿过小吃街，可以看到载云寺门口，挤着一大群看热闹的人，大概是什么江湖艺人的表演罢。

我搓着吃完地瓜的手，想要挨进人群中看看，却被婉珍扯住衣角："是那边啦。"抬头一看，她指着不远处亮着花灯笼的地方。

远看像灯笼，走近了却觉得那是走马花灯一样的装饰，分别悬在篷车两侧的入口处，仔细盯着花灯看，能看见花灯上有奇奇怪怪的图案，什么拍打着翅膀的乌龟，吐着芯子摘桃的蟒蛇，莲花装饰的明月，以及骑着马、长着童男童女双头的新郎官，新郎官后还有一列吹拉弹唱的四脚仆人。花灯转起来时，感觉上这些龟啊、明月啊、奇奇怪怪的迎亲队伍都在走。

"哎，就在那里。"婉珍指着篷车入口的塑料幕布说。

篷车大概有一间小屋大小，挂着镶银边的粗幕布，布帘中隐隐透出里头彩灯的色泽和声响。幕布两边被花灯照耀的地方，分别是两幅巨大的画布，画布上的字眼极有吸引力——"神仙童子，天下奇观。"画布上，有各种各样怪异的河童，有的长着青蛙的脸，有的背上覆着乌龟的壳，有的则秃头秃脑的，手脚却长着形状怪异的蹼，让我想起《忍者神龟》里的里奥。

一个身穿花衬衫、膀大腰粗的中年汉子站在幕布外，拿着扩音器大声吆喝："走过的，路过的，请过来看一看。神仙童子，百年一遇，有求必应，万福无疆。"

"真是河童？"

"嗯。"婉珍点点头，吃完地瓜的脸被灯光映得红彤彤的。

"神仙童子，百年一遇，积福求财的好机会，走过路过，千万莫错过。瞻礼香油钱五毛，占卦一元。"男子喊完话，拧大了身旁音箱喇叭的旋钮，大功率的欢快歌曲从音箱里荡出，俨如闹热的马戏班子开幕曲。

一个衣着粗鄙、农民工打扮的小伙子站在幕门边张望着，中年汉子挑起一道缝："来嘛，来嘛，看一眼，忘不了。"

小伙子搓了搓手，"那个，刺不刺激啊？"他犹豫着问道。

"绝对值，不信，瞧一瞧，看一看，独一无二，过目难忘的哟。"汉子一边说着，一边摩挲着手里收上来的零钞。

一个兜着菜篮的胖大婶挤了上来，啧啧有声："这不是求财庇福的河童吗？"

"瞧瞧，您是个识货的。"汉子说，"我们这，也就每年端午来一趟。您赶得巧，赶得巧啊。"

旁边看热闹的人群陆陆续续被吸引了过来，围着汉子问东问西，也有小孩子们踮起脚尖着力往幕缝里凑看。

我拽了拽婉珍的手，小声地问："喂，河童是男是女啊？"

"唔，你看看不就知道了。"她说。

我摸着兜里仅剩的五毛钱硬币："地瓜也吃了，可参考书还没买呢。"

"哎。"婉珍叹了一口气。

虽然四周喧闹，她的叹息让人感觉到一种属于动物的、奇异的气息。

我们站了十来分钟，不知谁喊了一声"城管来了"，中年汉子迅速地兜起音箱，跳上车，篷车摇摇晃晃地驶出了人群。被风吹开的幕布掀起一角，隐约看得见里头迷蒙的灯火，闪烁的怪影。

"神仙……也跑得这么快啊。"我蹙着眉望着车身悬晃远去的花灯，感觉就像是个欺世盗名的美梦。

"不是这样子的。"婉珍说。

先前因为肺炎休学了大半个学期，回到学校后我总有些不大合群，踢足球也好，先前喜爱的象棋社活动也好，都不怎么参加了。瘦了一圈的我，脸都变尖了，从镜子里看去，仿佛变了个人似的。除了上课，大部分时间闷头看漫画书，婉珍，就是在租书铺里认识的。

婉珍好像是在附近闲逛的女孩，没有听她提起过学校的事，也没见她背过书包。本来想问她家住哪里，可我毕竟是个初中生，也大不了她几岁，总觉得问这种问题怪怪的。

总之，她来，就领我四处闲逛。

这天，在绿野公园的花木长廊，我看她蹲在那里逗猫。

"去年这个时候我见过你。"她说。

"去年？"我好像什么也想不起来了。

明明是初夏，花木长廊的绿荫却散发着浓郁的草木香泽，蹲在草木中央的她，好像被一股绿色的梦境缭绕着。

"每年夏天我都在这儿。那时候你穿着背心短裤，读一本跟制造飞机有关的书。"她说。

"噢。好像有这么回事。"她记得这么清楚，我有些不好意思起来。

她摸了好一会儿猫，猫大概是在草地中央打过滚来着，被她一摸，背上的毛茸茸地耸了起来，怪可爱的。

"你当然不记得我啦。"她接着又说，"去年，我还不是现在这个样子。"

"咦?"

婉珍吸了吸鼻子,没说话。过了一会儿,她又问:"你还想不想去看河童?"

我们沿着河,在堤岸上一前一后地走着。粼粼的波光使她的背影看起来有些单薄。

她的步子迈得很小,不知为什么却走得极快,我要比正常还快些的速度,才能跟得上她。

"吃人吗?"

"你说河童吗,不吃。"

"那吃什么?"

"莼菜啦、青蛙卵啦、龟蛋以及鹿角苔啦什么的。"

我想象了一番青蛙卵的滋味,但想象不好。

"哦,好像还是素食动物呀。"

"不好说,但我们家的是。"

我们走到山坡背后的树林里,这个地方,四下散乱着不少孤坟。据母亲讲,好多孤坟埋的是早年战死在这里的士兵。

不过,婉珍好像不怕这些。她绕过细密的树木,领我来到一片开阔的草地,那天我们见到的那辆大篷车,就停在这里。失去花灯色泽和乐音装饰的篷车,看起来灰扑扑的,没有什么吸引力。

"看吗?"她不知从哪儿搬来一块石头,端端正正地垫在车后门边。

"从这里,"她站在石头上,踮起脚,指着关着的铁皮门透出的一道缝隙,"看嘛。"

我学着她的样子,站在石头上,从车后门关紧的缝隙瞅去。

里面黑魆魆的,渗出一股年岁已久的药水味儿。隔了几秒,我的眼睛适应了暗色的光线,恍然发现一个瘦小如猴子般的人跷着二郎腿坐在一个箱子样的东西上。我看着他,他似乎也在看着我——隔着车里细细的栅栏。

由于光线不足,小人的长相我并不太看得清,只隐隐觉得他的鼻翼,也许是鼻翼的部分不像人类那样凸起,却有一种微小的低伏的凹陷,令人联想起尚未进化成熟的远古人类。

小人一直在那样儿的箱子上坐着,偶尔侧一侧身子,变换的光线中,看得出他细弱的四肢和略有些鼓胀的腹部。

"他真瘦啊。"我小声地说。

"眼睛,河童最好看的是眼睛。"

"是吗?"

婉珍点了点头。我们倚坐在篷车不远处的树荫下,不时瞟看着四周,提防着随时可能回来的篷车汉子。

"那个人,是我哥哥。"

"啊,哥哥。"我说。

"不是说过吗,我们家,是河童世家。"

"嗯。"

"随着年纪长大身体的发育,我们会自然而然显现出河童的样子,我的哥哥,就是这样被爷爷卖掉,送进大篷车来的。"

"长得不像啊。"我说。

"你不明白的,"婉珍注视我的眼睛好像很认真,"和哥哥长得像的时候还没有到,再说,我的胸部还没有怎么发育哩。"

她捉着我的手抚摸了她胸前凸起的那一小粒豌豆,不知怎的,我感觉那两粒细小的很像春天冰雪消融时分树枝上显露的芽苞,又隐隐有种安徒生故事里豌豆公主的哀觉,是那种间隔着无数厚厚褥子的微小警醒的命运感。

看完河童回去当晚,我发起了高烧。因为先前得过严重肺炎,母亲担心旧病复发,忧心得不行,医生来看的时候,唠唠叨叨问了好多遍。

"没事的,现在只是单纯的发烧,吃点退烧药,好好休息就可以了。"

婉珍胸部隆起的触感与河童的样貌在我脑海中反复交叠,辗转着躺在床上,我的感官很钝重,吃进去的胶囊药粒、微温的稀粥、母亲拭擦在我额上冰凉的手腕,无一不变得异样起来，有种隐隐说不清的、真实世界的隔阂。

半夜，我醒来了——但也许好像就没有睡着过。烧似乎退了些，推开窗，夜风的凉意袭来，夹杂着一股河童般的腥味儿，清澈、湿润，有种说不清的诱惑。

自己一定是病坏了。我拿出长凳，踩着拉开壁橱最顶格的柜门，趁着书桌细细的台灯光翻找那颗弹珠。

骨碌碌，有着鲸鱼眼睛一般的蓝色弹珠。八岁时，母亲带我到医院门诊部注射室里打疫苗，那时候，一个穿着胖大病号服、得了佝偻病的小男孩坐在轮椅上，弹珠从他宽松的袖口处滚落，咕嘟嘟地滚过病床，撞到吊针挂器的脚，又滚过门诊部涂着白漆的门框，滚到我脚下。预感到男孩夸张的叫声之前，我一股脑儿弯下腰，抄起弹珠就往外跑。

当我低下头时，眼角的余光瞥见佝偻男孩蛙形般的小脚，像是孤独老人的手。

攥着湿凉凉的弹珠，我又睡着了。梦境里，弹珠是海水的一部分，我骑着长毛象在海中游泳。

其实自己并没有很强烈的好奇心，搞清楚婉珍的身世什么的。但自然而然的，我跟她成为了朋友。在一则周记中，我写道："我和河童成了朋友，是那种自由自在、没有拘束的纯真友谊。河童和人类一样，有着圆圆的眼睛和匀称的四肢。她们喜欢吃各种奇怪的食物，却有着单纯的心灵，像动物般让人喜欢……"

当作文课上班主任当众读出这篇周记时,同学们哄堂大笑,我深深地将脑袋埋入了书桌里。果然,人类对河童的看法是各式各样的啊,在包含耻笑式的好奇心里,也有班长之介那种直截了当的问法。作文课后,之介将我偷偷地拉到男洗手间背后的储存室,问我能不能把河童介绍给他,作为交换,他把他的现任女友介绍给我,并表示"随便我怎么约会"。之介的现任女友是乙班的舞蹈委员翟美美,长得很像兔子,身材却出奇的早熟。在我摇头之后,他掏出了女朋友的秘密照片,照片中,翟美美穿着吊带背心趴在栏杆上,作天鹅式仰脖的舞姿。

从薄薄的白色吊带里,月亮一样的乳房清晰地呈现出来,实在是太好看了。我看了两分钟,将照片还给了之介。不知为什么,我想起婉珍细粒粒的没有发育的胸部,有种天然的哀觉。

那之后,我没有再同谁提起过自己与婉珍的交往。周记也撕了,随手扔进废纸篓里。大概被母亲倒进垃圾桶,被捡垃圾的阿婆或者流浪狗翻找之后又抛弃了吧。

总之,渐渐地,我把和婉珍之间的交往当作正常人类一样,相处起来。

一天傍晚,婉珍在放学的巷口拦住我,让我带她去吃冰激凌(记忆中,好像婉珍每次要我买食物我总会答应)。

"有种抹茶味儿的冰激凌，上面浮着奶绿色的打着旋儿的小卷，据说特别好吃。"

"你听谁说的？"

"周末杂志的食品推介栏目。"

"噗。你还看杂志哦。"

"不怎么看，只大致翻了翻图片。喂，你不会买冰激凌的钱也没有吧？"

说话的模样是那么的理所当然，可我感到一阵轻松惬意。抹茶口味的冰激凌还是第一次吃，将浮在冰激凌上面的奶绿色小卷用木勺挖起来，塞进嘴里，有股幽凉的快乐。果然是女孩子喜欢的味道。我想着，和婉珍坐在公园的木椅上，各自把一盒冰激凌吃完了。

很多时候，很多事情上，婉珍喜欢对我撒谎。各种各样的谎言，有漫不经心的也有半真半假的，通常我都能轻易地辨别出来。可是，我很爱听。她撒谎的时候鼻子中间会皱起来，犹如大象惺忪的眼角纹，发现这一点时，她已经对我撒了十来个相当像样的谎言。

颇有点谈恋爱的意思。

在我这个年纪，也有懂得恋爱滋味的家伙，但那绝不是我（而是比如之介那小子）。于是，我对婉珍说："做我妹妹吧？"

"哥哥，我不缺的。再说，"她把木勺塞进冰激凌纸杯里，"难道你想像我那个哥哥一样？"

"当河童也没什么不好。"我想起跷着腿坐在货车后厢里入定、缩水猴子样的家伙,"呆呆的,还受人观瞻。"

不知道是不是听到"观瞻"这种奇怪的词儿,婉珍咧嘴笑了起来。

我们沿着载云寺暗红的寺墙漫步。从后巷拐出来的转角处,有个书包大小的墙洞,那是寺里野猫出入的地方。平日里有不少野猫在街头巷角出没,一到傍晚时分,寺门关闭游客散尽,便纷纷往寺墙的洞里钻。寺主持大大拿出备好了的猫粮,往挨着寺墙的各个小食盆上均匀分撒,猫咪们排成一拢乖巧地吃着,很像俗世中的猫咪乐园。

"那个,我也想进去。"婉珍指着往洞里钻的猫咪,对我说。那是一只背上有花斑的褐色猫,不怎么胖,后腿还脏兮兮的。

"白天,白天可以从大门进去的呀。"

"唔。"婉珍摇摇头,"但我想从这里进。"

"进得去吗?"

婉珍虽然瘦,实际上手肘处和小腿都鼓囊囊的,有结实的小肉。她这么一说,我不免多看了一眼。

不等我同意,她便拽着我往洞里去。

"你去吧,我要回家。"我说。

"啊呀呀……"见我要走,婉珍大声嚷嚷起来。

载云寺里有一口泉。依着泉，建造了一个小池子，水色混沌沌的，也有龟和淡色青鱼出没。我和婉珍坐在池沿上，我看龟，她看青鱼。

其实，我很怕同女孩子拉拉扯扯，尤其是巷旮旯，寺角小洞处，被人撞见感觉上怪怪的。

"要不是你，我还来不了。"

"唔？"

"载云寺，家里人不让来。"

"为什么？"

"唉。"婉珍盯着池水看着，"这种地方，据说没长大的河童不能来。"

"会怎样？"

"会头痛发烧胸闷腹泻啦等等。"

"啊哈哈，放心吧，"我想起小时候发烧被父母带到寺庙，主持大大摸着我的头的情景，"我觉得，观世音菩萨很好的。"

"是嘛？"婉珍挂在池壁上的小腿，一跷一跷的。

不远处，吃完晚饭的猫蹲在池对面洗脸。天色一下暗了下来。

"我是水中出生的。"婉珍又撒谎了。轻轻靠近的话，我发现她的谎言里含着浓浓的鼻音。

"感冒了？"

"才没有。"

过了几天,我在升国旗的操场上见到她,她躲在大树后看我。等到中午放学后,她才从大树后慢悠悠走出来。正午的操场上没什么人,她牢牢地跟着我的步伐。从学校出来一直跟到公园后门。我们坐在长椅上吃肉脯蛋便当,我分给她很多。有那么一瞬,我觉得她像个黏黏缠缠的宠物。

"很像钻吃食洞的野猫嘛,你。"

"没有那么夸张啦。只是随便吃一点。"婉珍咀嚼着鸡蛋,又说,"哎,我真是水中出生的。"

这是她第一次把谎言重复两遍。我舀着米饭的木勺停了一下,决定认真听她讲。她小声小声地,讲了起来。

"我们家,有个水之器的陶瓷罐。每个出生的河童,都要放在里面洗澡。说是洗澡,其实是练习游泳,把刚刚出生的婴儿放进水里,游上三五天,直到发现孩子对水感觉敏锐了,才拎出来像正常的婴孩那样穿衣喂奶。遇上水性不佳的小河童,基本上放任它在水里载浮载沉,不到适应水生环境,是不会抱出来的。"

婉珍小声叙述的时候,正午的微风拂过园子。

"说起来,这都是因为湖泊啊沼泽地什么的越来越少,河童家族为了适应人类生存环境想出来的办法。"

"这样子啊,那你游了多少天?"

"我嘛,生下来就掉进了水里。据奶奶说,我是用水之器托着接生的。一遇到水，我就不愿意出来。游啊游啊游，好几天过去了，家里人见我一直赖在水里，只好隔着水给我喂奶，哄我睡觉。"

我认真地盯着婉珍的鼻子，圆乎乎的鼻头因为擤过鼻涕，有点发红，看不出撒谎的痕迹。

说不定是真的。我想。

"后来，我满月了，那个陶瓷罐再也兜不住我了。当我被水淋淋地从罐子里拎出来时，据说整整哭了一天一夜。"

"不能住浴缸啊、水桶什么的吗？"

婉珍摇摇头："你不懂的。那不是一样的世界。"

我想了想，自己的确不懂。

微风把她身上极其细微的气息吹送过来，淡淡的腥，但真的很好闻。

"对了，我出生时候浸泡的水，奶奶一直保留着。想不想喝喝看？据说可以滋养身心美容益寿呢。"

"吓？"我以为自己听错了。

"你们人类，不也吃婴儿的胎盘吗？是种昂贵的补品呢。"

"放冰箱吗？那个水？"我小心翼翼地问道。

"唔。"婉珍摇摇头，"当然是像葡萄酒一样在地窖里存放起来啦。"

我想象了一番小小年纪的婉珍在地窖的葡萄酒缸里面游泳的景象，觉得怪怪的。

"有一天，我死了，你就拿那个水喂我喝，说不定我就会活过来。"

因为分不清她的话是大大的谎言还是真的，我有点吓了一跳。

"阿信最近好像开朗多了。"母亲这样对外婆说起我。大人们察觉到我身上的不同，但他们又说不出来。毕竟，开朗是好事。但对我这样的孩子来讲，开朗真的是好事吗？当我在外面呆呆地闲逛回来时，母亲看上去既高兴又忧心。

母亲给我做了件军绿色的套装，不是特种兵那种时髦的军绿，而是介于军绿和草绿之间的古怪色泽，熨烫好的袖口线还镶着黄铜制的扣子，穿上去有天然的书呆子气。她带着穿这件新套装的我去医院检查了身体。

每年学校有固定的体检项目，但除了这个，母亲还会特地带我到固定的医生那里做额外的身体检查，我都习惯了。在医生用冰冷的听筒触摸着我突出胸骨的时候，我总是屏住呼吸，一声不吭。

"肺活量和血液一切正常。不过，"医生说，"好像有点小小的皮肤病。"医生掀起我的上衣，右肋处有巴掌大的暗青色鳞状皮肤，在医用电筒的照射下，怪明显的，一时间让我想起电视剧《小龙人》里面的龙男孩。

不算难看啊，我心想。

"痒吗？"母亲问道。

我摇摇头。

医生抽出一根棉签，朝那个地方按了按："有什么感觉吗？"他问。

我想了想，再次摇了摇头。岂止没有感觉，简直像天生的皮肤一样毫无异状。

"不涂抹膏药的话，这地方会越长越大。"医生转过头去，趴在诊桌上刷刷写下药方，"应该是过敏性一类皮炎，先涂药膏试试看，不行的话再来做皮肤化验。"

回到家母亲立刻让我把新套装脱下来，用热水泡了许久，再扔到洗衣机里单独洗了好几遍。看样子，喜欢那件新衣服的不是我，而是母亲自己吧。在母亲的监督下，我拉起睡衣，用抹了白色药膏的棉签在右胸上画圈，凉丝丝的。

河童是有鳞的动物，我单纯地这样认为着。那一次，趴在大篷车上窥视到的小人，于幽暗处浑身遍布的这样的肌肤。

没有来由。纯属无所事事的想象。

九月。新开学的日子。我的脚底板也长出了鳞状皮肤。这种地方，不说的话，母亲和医生根本不会注意到。我提早穿上了棉的白球袜，以防跷起脚或者盘腿坐着的时候被母亲发现。胸口那块青色皮肤，因为涂了药膏，颜色变淡了很多。母亲时不时地掀开衣服看看，在这个过程中，我就呆呆地站着。

婉珍依然对我撒着好听的谎言。

有一次，我们从载云寺的猫洞钻出来，正好撞见了住持大大（和尚其实很少在寺外的地方活动，真是凑巧）。他瞅了我们一眼，语气平平地念了一句南无阿弥陀佛，那时候，我对出家人的印象还停留在电视上的《济公》里。

我们撒腿就跑了。要是真把住持大大当作济公那样的和尚来对待，就糟了。

婉珍的胸部好像又发育了一点。有一次，她对着堤坝伸了个大大的懒腰，薄薄的白恤衫无所顾忌地显示出淡淡的起伏线。

虽然很微妙，却是在起伏了。这么一想，我就把眼睛移开了。

住持大大的手肘脱臼了。中元节，母亲带着我去寺庙上香，住持大大挂着纱布打着石膏的左手，像茄瓜一样吊在脖子上，作揖时只能用右手。随着一声南无阿弥陀佛，他用右手朝我们作了个合十的姿势，样子严肃得有些好笑。

"喂。"母亲拽了拽我的衣角。

我乖乖地跟着母亲朝住持躬身作礼。

"那个……"住持的表情没有什么变化,只是盯着我,注视了好一会儿。

在我们转身准备跨出大殿门槛时,他在后面叫住了我们:"请等一等。"

没有电视上常用的"施主,留步"之类的惯用语,老里老气的寺庙住持,说出了通俗的大白话。

我被带到了后院的偏房,在母亲的注视下,老住持摸着我的头,念了一段长长的咒语。

摸头不是一天两天的事情了。小时候,发高烧时,这老头——那时候他比现在年轻些,胡子似乎没有那么白,也这么摸着我。

他念咒语的时候,我盯着住持胳膊裹着的白石膏,莫名地觉着晕眩。寺中央泉眼的水汨汨地涌上水面,大大的青鱼在池中游来游去,仿佛婉珍就坐在我身边。我被涌出来的泉水浸润得透不过气来。

被摸头之后,母亲通常会向住持奉上红包。来不及等到母亲行完礼,我噔噔噔跑出房,来到寺中央,趴在池边,大口大口地喘着气。

水中的青鱼聚拢又散开,一只老龟慢慢地浮了上来。

摸头过后婉珍不睬我了。我坐在租书铺里看书时,她没凑过来跟我讲话。租书铺很局促,书架左右的案板上浮着一层浅浅的灰。从书与书的缝隙间瞅过去，婉珍蹲在少女漫画架下翻动着漫画书，棉布裙的边缘蹭在了地板上。

她看得见我的。因为总是这样，总是被她从这个角度看到。听见我翻动书本的声音，她却没有抬起头来。街边叫卖冰汁蜜糕的声音由远及近，又由近及远，零零碎碎的单车铃声响过，直到我翻完一本科幻杂志，她也没有同我交流。当一群喧闹的小学生簇拥着涌进来，我才鼓起勇气抬头看她，她已经不在了。

回去的路上，我碰见翟美美，之介传说中的女朋友。她和照片上的样子有点不一样，下眼睑有点塌，胸部裹在宽松的校服里，有什么，似乎也没什么。

"嗨，你好。"翟美美说。

"呃，"我犹疑了一会儿，"你好。"

那么近距离地看一个想象中的女孩，我有点不知所措。

"之介说，你作文写得很棒。"

"还好啦。"

"读给我听过。行文流畅，想象力丰富。"她说。

这女孩爽朗得让我吃惊，练过跳舞就是不一样啊。

"好好写作文啊。之介说还会继续读给我听的。"她甩了甩马尾，愉快地跟我道了声再见。

"行文流畅，想象力丰富。"我念叨了几遍，这是之介想象出来的教师评语吧，哄女孩子，是这么回事啊。

世界尽头的女友

"哥哥病了。"一个星期后的星期天,我在堤坝上看人钓鱼,婉珍从我身后凑了过来。

真以为婉珍不理我了。从她清澈的眼神里,看不出那个意思。

"怎么回事?看医生了吗?"

"也许……"她含糊地答道,"你要去陪我看哥哥吗?"

"好。"隔了那么一阵子没有和她交流,我回答得飞快。

大篷车的后厢门锁着,用手一推,便推开了一条巴掌大的缝隙,里面黑黝黝的。

"哥哥。"婉珍趴在门缝上朝里面喊着。

车里的景象和上次来没有丝毫变化。在我努力瞪大眼睛往里张望时,一张黑魆魆的凸脸凑了过来,只一闪,又消失了。

"啊,是哥哥。"婉珍似乎受到了惊吓,脸色煞白,细细的单眼皮抖个不停。她松开门缝,无力地坐在地下。

后厢里传来怪异的声音,似乎是从河童喉部发出的,不成音节的声音,急促,潦草,像兽的哀鸣。婉珍听到那声音好像相当难受,她闭上眼,额头渗出细密的汗水,即使闭着眼睛,也能感到她眼睑下的眼球跳动得异常厉害。不自觉地,我握住她的手,她的手凉凉的,有种水母般的触感。

"他怎么了?"

婉珍摇摇头,短而细的睫毛颤了一下。

"哥哥说，他要水。"

"水吗？"我呆呆地想着，车厢传出的声音令我的足底、胸部产生一股异样的感觉。隔着衣服挠了挠胸部那块鳞状皮肤，我竟也强烈渴望起水来了。

"快，趴下。"婉珍忽然拉着我的手，往车厢底下钻。我们俩直挺挺地仰躺在车子底下，"嘘"，她转过头来，示意我别出声。

丛林里传来窸窸窣窣走路的声音，接着是前面车门被打开，随着哐当一声，车门被粗暴地关上，紧接着传来发动机的嗡鸣，掩盖了河童断断续续的怪声。

车子驶离后，我们头顶是蓝澄澄的秋日天空。婉珍静静地躺在我身边，她好像没有起来的意思。一队飞鸟从树隙中飞过，婉珍说，我们回家吧。

冬天起雾的季节，婉珍和大篷车都消失了。我和同学们坐在教室里，朗诵新的课文。"孤舟蓑笠翁，独钓寒江雪。"全班晨诵所带出的体温激起寒冷玻璃窗上的雾气，隔着窗，外面的树啊校道啊操场都影影绰绰的。

其中也想起过婉珍好几次。毕竟是老爱撒谎又有点奇怪的玩伴，认真说来，其实也没有那么想念。而且她不再找我玩后，我很快结识了新的伙伴，是象棋社的，一个个子有点高、嗓子处于变声期的眼镜男生。

某天，我从象棋社出来，路过载云寺的红高墙时，忽然想起一个问题，河童到底要不要冬眠呢？

指不定也要的。已经近半个冬天没看到她了。

猫洞有些地方挂着黯然的白霜，一只花斑褐猫不紧不慢地穿洞进去，悠闲如寺里老僧。

可以的话，还是从寺门进去比较好。这么想着，背着书包的我从不远处的小门走了进去。

风突突地吹着大殿门口的两棵树，树上挂着的许愿纸哗啦啦翻着，除此之外，寺里很宁静。可能是挂的时间太久了，高高低低悬垂的许愿纸都脱了色，不红不白的，我在树下的围阶坐了一会儿。除了猫，依然没人。

真的冬眠了吗？哪里都不是我能找见婉珍的地方。我在寺泉的池子边注视了一会儿，冬天的泉水都干涸了。

侧殿的门是开着的。有新涂刷过殿门和廊柱的痕迹，由于冷，新漆的气味淡得几乎闻不到。我抓着书包，试着朝里迈进了一小步。

佛堂上供奉着的菩萨眼睛眯得细细的。左右两边的木龛，放着用旧的烛台啊果盘啊一类杂物，一个样式普通的陶罐引起了我的注意。我凑了前去，看见褐色陶罐上贴着一张边缘起卷的不干胶，胶纸上用黑钢笔的细明体写着"河童女婉珍"字样。

注视这个名字时，我一时上不来感觉。好一会儿之后，才意识到了什么。

这个，是她的"水"吗？陶罐边缘用牙黄色的油蜡纸包着，上面印着几道长长短短的、梵文一样的句子，让我想起被住持大大摸头时念出的叽里咕噜的声音。

所以，婉珍她，也被"摸头"了吗？

殿外的焚烧炉散发着黯然的火烬，间或看到未烧完的金箔色的纸钱，在一堆厚厚的烟灰中闪烁。从侧殿出来时，我忽然很想哭，于是在那尊生锈的四脚炉前面站了一会儿。那时候，我有点儿胆怯，除了伸手摸一摸陶罐，并不知道自己还能干些什么。

傍晚，我拖着疲惫的身体回了家。左边脸颊被焚烧炉的热气烤得红通通的，饭桌上夹菜时母亲瞄了我一眼。

"妈，小吃街的大篷车怎么好久都不见了？"

"嚯，那种骗人钱财的车子早该赶走了。"

平时拼命相信神神鬼鬼的母亲，却对大篷车里的神仙童子不以为然。我扒了口饭，母亲又快速地夹了一块青椒放到我碗里。她永远把饭桌上最难吃的那个菜夹到我碗里，对此我也没有丝毫的怨言。

"对了，篷车里面的东西，不要去看哈。"

"为什么？"

"看完之后，考试容易不及格。"

母亲的话冷冰冰的，然而我都已经是初中生了，这样敷衍的话还是严肃地说着。

"你舅舅小时候看了。"母亲喝着汤碗里剩的最后半碗猪骨汤时,她说,"大概十一二岁时候,有一次,去镇上电影院看电影,糊里糊涂就看了那个。据说没能买到电影票,就跟同村的阿弟用电影票钱买了那个,看的。"

"后来怎么样了?"

"快去做作业。"

母亲摇摇头,起身清理桌上的残羹。她用"那个"代替大篷车里的小人儿,听上去怪怪的。

胸部的皮肤结了疤。新脱落的颜色很像皇帝的新衣。星期天早上,太阳出奇的温煦,我抱了一本书在绿野公园里看,之介走了过来,说他看见了。

"什么?"

"胸部比美美的要小一点,但是很好看。"之介哧哧地笑了。

我脑袋嗡嗡地响着,继续若无其事地翻着书页。

"你要是求我告诉你,我会告诉你的。"他在我身边的长椅坐下来,视线落在我看的书页上。

我装作不感兴趣的样子,目光依然在书页段落间滑动。那些字句跳进我眼里,我却没看清。

"算了,不要你了。"之介一手搭在我的肩膀,一副很亲热的样子,"毕竟是和美美一起看的,说出来也没关系。

在新天地广场的万圣节集会上。"

之介的说法太有意思了。我不能不去想。天气晴朗得像夏天,我用书本捂住脸,又取下来看了一会儿。

新天地广场在离家有一段距离的市中心。暑假去姑母家的时候,父亲带我坐短途火车去过。我搭了晌午时分的车,用学生证买的半价票。

不看她其实也没关系。走近广场时,我已经有点退缩了。在旁边的饮料店小亭买了一罐橙汁汽水(用去年的压岁钱买的),接着慢慢往里走去。大功率的周末活动日音乐夹杂着新派电器宣传员的推广声音,盖过了广场上人群的喧闹声。花哨的篷车在广场偏僻处的角落里蜷伏着,比在小吃街时看起来要黯淡得多。

是属于河童的那间小房子。什么"神仙童子,天下奇观"之类的字样,在热火朝天的电器推广活动面前看起来毫无诱惑力,人群纷纷挤在跳着草裙舞啦啦队的电器销售中心,篷车前只我一个人孤零零站着。

趴在车边睡觉的中年汉子没好气地望了我一眼。我注意到,那门帘上多了两行歪歪扭扭的粗楷体字,"天之骄女,造化独钟"。

买票进去看很简单,我手里攥着过年得到的十几块钱。等了许久,终于把那罐染色水般的橙汁汽水喝完了,我从兜里掏出两块钱,递给了中年汉子。

她可能已经不记得我了。她的目光就像从前见到的河童一样，不管看着哪里，都不与人类世界有所交叠。但是，没关系，那真的是她啊。穿着马戏团样儿的金箔色泳衣套装，小小的胸部裹着鲤鱼的颜色。

附近反复播放着新派电器的歌曲广告，像光环一样包围着这栋小房子里的我和她。

我所认识的世界和课本上所说的完全不一样。书本里的世界没有河童，而我只能遵照老师所传授的知识来和这个世界相处。期末考试结束了，我并没有考得很低分。寒假里结婚的舅舅，有一个长相平凡的混血新娘。那之后没多久我的嗓子开始发育变声，声音很像电视里的唐老鸭。尤为可气的是，共同在意着少女河童下落的人，是我和之介两个毫不相干的少年。

岂止是毫不相干，简直是互相讨厌。

初中快毕业时，我偶然在租书店翻出一本旧得没人看的《西游记》漫画，封底有一行歪歪扭扭的铅笔字："如果我被卖了，请给我喝我的水。W.Z.珍。"我当然知道那是婉珍，但是来不及了，时间是少年人的天敌，新天地广场早在去年就被拆掉改成了商贸中心，大篷车因为发现孩童的尸体被取缔没收，车主被判入狱。在电视新闻里，一切再自然不过了。

可是，天之骄女，造化独钟。我回到载云寺，把粘着她的名字的水倒进了泉池里，那里有游来游去的青鱼。

阿野理发店

那个男人总是每月的第一个周末来，有时是周六，有时是周日，但至早超不过周六早上十点，至晚迟不过周日晚上九点十分。他总一个人来，默默地排号，等座，洗头，剪发，有时修胡髭，有时不修。来时总拿着一本消遣用的书或杂志，有时是侦探小说，有时是财经或体育类杂志。

之所以记得他，是因为头顶的文身。那文身是一张脸，第一次替他剪发时，看见那脸，蓦然冲我笑，感觉心里有某根神经一下子被挑断了。那脸是一帧异常年轻的少年人的正脸，既不是什么明星球星，也并非哪号值得镌刻的宗教或者政治人物，着着实实是一张普通的、眉目清秀的少年人的面容。

没有多少什么话，我默默地替他用推子推出形态有致的平头，用梳子梳理齐整，并在四周鬓角涂上剃须膏，细致地将胡髭修理一遍。最后打水，洗脸，擦头，用吹风筒吹出应有的形态。

当然，最重要的是，理完发，洗好脸，完事后将那张少年脸抛诸脑后。

那以后，男人每次来，都点名要我。即便是排号，也愿意擎着杂志，边看边等，仿佛是在咖啡馆候客，极其安然，郑重其事。男人个头不高，从褪下黑呢大衣后白衬衫西裤紧裹的样子看来，身材算是相当壮硕的。入春后天气渐渐暖和了些，近几次见他也是穿着薄夹克衫就来了。然神态和气色却是一成不变的沉默和安然。

我有时记得他的脸，有时只记得他头顶上的脸。两张脸同时记得的时候很少，毕竟，那是两个完全不一样的人。大概见过他第二张脸的人，这理发店里唯有我，每次来他才指名点我的吧。

说起来，这家理发店开了将近二十个年头，头一个主人也就是我先前的老板阿野，是个十足十的爵士乐爱好者，在店里一面墙摆放着数额不菲的老唱片，剪发时用老式音响漫不经心地放着，一绺一绺头发掉落磨花地板，溅起圆润小号的金色音符。

一年前，我就是在那样的状况下继承阿野这家店的。我是阿野的学徒，先前在济南的一家美容美发学校毕业后，来到了阿野店里试工。阿野有个怪癖，剪发的时候不中意同顾客聊天，只生生地放着欲断又连的低音量音乐，边剪发边沉浸在音乐的遐思中。就他这一点，爱闹热的开朗客人受不了，来过几次之后觉得闷，往往改弦易辙去了其他地方，留下的老主顾几乎跟阿野兴致相投，基本上都是沉闷、老气之人。阿野看中我的，是同他一致一样的那一点，话不多，只顾埋头剪发，手艺上呢，又大体继承阿野那种朴实低调的风格。

最后他决定转了铺子告老还乡时，选了我。由于长年剪发，阿野的肩椎劳损得厉害，医生说，再做下去，肩椎怕是要出问题。"也够了，"阿野最后和我说，"剪发差不多四十年。从十八岁干起，一年不多，一年不少。""技艺这东西，没有力气到底使不上来。头发我也剪够了，余生只需好好听爵士乐便可。"阿野拍了拍我的肩，走时只带走了成扎的唱片，并留下一个银行账号，嘱咐我每月的店租打到这个账上便可。

阿野走后，我把空空如也的爵士乐唱片墙摆上自己喜爱的古典乐唱片和书，并托人从之前念书的美容美发学校推荐了一名毕业生，要求是沉默寡言手艺好。那之后，我把店门口的花坛夯实筑高，沿墙种了一圈爬山虎，窗帘也换成自己喜好的淡蓝绿色，唯独招牌和镜子依旧沿袭二十年前的模样。

男人是阿野走后那年九月来光顾的。因为理发时阿野没怎么和客人搭讪过，我也基本不了解这附近的顾客情况，大部分时间只管低头理发听音乐。即便是遇到像他这样在头顶刺人脸的人，也并不以为然地一任剪下去。

这次来是周六晚上十点四十。由于晚，这个点基本上没什么客人，学徒也打发他下了班，理发店基本上出于半打烊状态。我在里屋边看球赛边喝啤酒，时不时地觑一眼店门口光景。

"剪头。"拉开玻璃门时门框上的招财猫门铃发出亲切的"欢迎光临"。男人几乎是低着头进来的，这次他手上并没擎杂志或夹着书本一类的东西，径直在理发椅上坐下，仰脸闭目遐思。

我把球赛音量调到店内能听到的程度，又吃了一枚薄荷糖清除酒气，方才洗干净手来到他旁边。当我替他围上围布时，他突然睁眼从镜子里看我："能放一下贝多芬的《皇帝协奏曲》吗？"

"呃？"我看着镜子里的他，一张几乎不带表情的脸，说不上冷漠，但很沉峻。

我默默地关了电视，打开音响，找出这张《皇帝协奏曲》，塞进了CD入口。先前我常放这张唱片，若有顾客记得，也不足为奇。

洗好手，打开理发箱开始剪发。熟悉的头颅的形状，熟悉的惯常的剪法。很快地，我忘记了眼前这个男人的存在，只操纵电动推子，专注于他的发梢、发际线和后颈的起伏。

也许我剪得过于专注了，赫然抬头时发现他正一动不动地盯着镜子里的我看。

"你活儿干得不错。"他开口，声音有些索然，并不包含什么实际上的语气，"之前总在家剪头发，曾有好几个上门服务理发师，剪得这么干脆的你是第一个。"

"谢谢。"我说。

"并非个人在剪发这件事上有什么挑剔，只是在我个人，喜欢干脆利落的剪发。"

我点点头，边思考边剪下去，大约能够微微理解他所说的"干脆"的含义。

由于时间晚了，又不会再有什么客人，因此我得以一板一眼地配合着音乐剪下去。

"不过你干的活儿真是让人可心。纵然我认为头发这东西不具备过分考究的价值，也必须使其归之于合适的形态，付诸与之相衬的尊严。同样是剪发，也有理解力的问题。如果对对方的性格、心情理解不恰当，想必剪不出与之相衬的发式。"男人看着镜子，说话的时候脖颈纹丝不动。

剪得差不多，我稍退一步，审视观望这个男人的头型。

从我这个角度看去,微笑的少年仿佛半闭着眼,在刚刚修葺的细密的毛发中耽于某种沉思——少年人好像很满意的样子。注视半响,觉得没有什么瑕疵,便用毛巾拍打脖颈,轻扫粘在脖子上的碎发。

"可以的话,能上门一趟吗?费用不是问题。"男人起身时,从衬衫口袋掏出一枚名片。

白色的名片简洁至极,只有缩写为MK的名字和一串电话号码。姓名、地址、职务,一概无。

我用手指夹着名片思忖半响。不知为何,愈简单的名片愈能感到它的分量。

"来的话,打这个电话即可。我会派人来店里接你。"

既未摇头,也未点头。我只默默地拉开抽屉,将找好的零钱递到他手里。

阿野离开后这一年,客人多少有些变化。这种变化说不上有多明显,只隐约地存在某种不确切的过渡。就手艺来说,时下流行的发型样式我都应付得来,焗染烫也有相当在手的功夫,然由于个人喜好的问题,客户只限定在相对不那么时髦的一批人里。这一点,同阿野在时其实差不多。只不过,我同阿野本人所坚持的老式风格相比,或多或少掺杂了类似个人自由的东西在里头。即便一个海军式平头,我多少也会依据客人当日的心情来决定剪发的走线。

这一点,大概那个叫MK的男人看出来了罢。

理发店开在小巷深处，原先是阿野舅舅的房子。阿野舅舅年纪轻轻时便在离这里四十里开外的普渡寺出了家，出家后房子留给了唯一的外甥阿野。住了一段时间后，阿野在平房临街一角开了门面，竖了招牌，置办全套的理发工具，三十八岁的阿野终于拥有了自己的理发店。那时候，舅舅已荣升为普渡寺住持。逢年过节，阿野拎着一大包干果甜点到寺庙拜谒舅舅并替庙里二十多位僧人挨个理发。我跟着阿野去过几次，回想起来，替僧人们剃发是我从事过最为简洁的理发方式了。

因为是舅舅留下的房子，阿野反倒替理发店想不出什么合适的名字，就老老实实地叫阿野理发店。阿野将铺子转让给我后，店名我也没打算改，一来因为觉得可以纪念师父，二来我本人也中意这个名字。叫着它，仿佛阿野还在店里的样子。

前些天，店门口的榕树上，有鸟筑了巢。也不知道是什么鸟儿，只听得啾啾的声响，时不时从日光寥落的树荫中传来，听得人怪自在的。剪发累了，我就到店门口趁着树荫抽烟，偶尔也喝咖啡看份报纸。徒弟细辉有时候也出来同我聊天抽烟，这使我有点儿发蒙——时日深久，我会变成阿野，细辉又会变成我的罢？那天细辉从唱片架上的杂物盒里发现白色名片，问我MK是谁，我说，好像是个客人，不过好久没来了。可以的话，替我把名片丢掉吧。

名片塞在那里，总觉得似乎该给那号码打过去。不经意丢掉的话，就没有任何顾虑了。

那人送我名片快两个月后，理发店电话终究响了。

那天下着雨。是那种深沉得听不到任何声音的细雨。细雨喑哑了鸟鸣。黄昏的光线因为涣漫的雨雾的缘故，让人不怎么打得起心思。电话是细辉接的，说是找我。我拿起冷涩的听筒，那一头传来男人沉厚的嗓音。

"能过来替我理个发吗？来接你。"

我犹豫着，想说眼下其实有点忙。但这终究不是好的借口，稍许踌躇，我说好的。电话那头顿了顿："十五分钟后，来接你。"

收拾工具箱时，细辉问我是谁。我说出门替人理发，去去就来。怪答非所问的。我将剪刀用绒布仔细拭擦，推子和刮刀也换了新的刀片。思忖半晌，我在工具箱的附侧口袋塞进那张《皇帝协奏曲》。他们进来时，在店门口合拢了伞，门口鞋垫蹭了蹭雨水沾染的泥浆，毕恭毕敬地说："请上车。"两个男人，均穿着稍有些廉价的黑西装，一个戴白手套，另一个染黄头发，怎么看，都不像是中意来光顾这等理发店之人。

白手套同我撑着伞，我拎了工具箱，出门时我嘱细辉没事的话可以早点打烊回家。细辉点点头，犹有疑问地目送我们离去。走出巷口时看到一辆加长的黑色林肯，犹如风雨中虔诚守候的故人。

车倒是好车。

白手套进了驾驶室,黄头发替我开了门。坐进过于冗长的车体里,仿佛季节又倒退回去一些时日,春日的温煦不复存在。车里冷浸浸的,黄头发关门悄无声息。顾长的车子在细雨黄昏中驶出巷子,一声不吭地融入下班时分的车水马龙。

以为很近,因为来时只得十五分钟。岂料路途漫长得让人诚惶诚恐。若是早去早回,我大概也来不及有何遐想,偏生车子狭长,路途悠长,白手套和黄头发神情肃整如送葬青年。

想到什么都不说似乎也不太好,我将将问出了一句:"这是去哪里?"

"去了就知道。"黄头发的语气谦恭有礼,答复却甚是傲慢。

可能是由于细雨的缘故,我并不感觉车在开,反而像无声滑行的潜水艇。车窗外闹热的车流为车内平添了某种寂然。车子缓缓驶过跨海大桥,沿着高低山路起伏跌宕。到目的地时天色已然全黑。

不知为何,海的这一头夜色黑得出奇。车子驶进一座偌大的院子,隐隐的三层小楼的昏黄窗灯让我多少得以窥见这所别墅的狐疑侧影。

没有路灯。我只拎着工具箱,跟着白手套黄头发进了别墅,沿着楼梯径直走上二楼。穿过横亘着巨大真皮沙发和半人多高的屏风,在露台上我看到了那个男人。混搅着星光和窗灯的他的侧影看起来似乎凝固了许久。

"先生。"白手套说道,"带来了。"

很有一刹,让人疑心白手套的话音被吞没在浓郁的夜色中。

"很好。"那个叫先生的男人回话时,我们四人之间的空间已经接近真空好久。他转过身来,还是那张脸,只是头发由于过度生长而让脸显得有些失真。"就在这里,可好?"男人彬彬有礼的语气同白手套如出一辙。

我不置可否。看着白手套(眼下他已褪下手套)和黄头发从楼下端来了理发椅、镜子、立式台灯和小型搁架,俨然一套齐备豪华的露天理发台。

露台很宽阔,就这栋别墅的大小来说,这个露台阔得有些离奇,仿佛竭力往海那端伸出去的什么触角。我就着淡然的海风沉思了一小会儿,开始往搁架上掏工具:"有《皇帝协奏曲》,要吗?"

仿佛在问要不要来根烟。

男人点点头,示意白手套从我手中接过那张CD。

音响设置在大厅,浑厚的钢琴和管弦乐队交织的声响,如梦似幻地涤荡在露台。以海和天空为背景的理发对我来说尚属首次,然由于理发台准备充分,设备精良,理发人选——我对眼下这个男人的头和头发也相当熟稔,所以实际上进行起来相当得心应手。

男人无话，我亦无语。作为心有灵犀的理发伙伴，我们似乎在星空与海风中达成了某种默契。前后各一的两盏立式台灯亮得恰到好处，我屏息静气地用推子从脖颈往更深处推去，一瞬间我似有直达那人肺腑深处的错觉。

当然，我错得离谱。

按规定的程序理完发，我拿起一面镜子照亮男人的后脑颅。这枚镜里的后脑颅连同头顶的少年面容映在对面的镜像中，显得真挚、淳朴、栩栩动人。男人稍微仰了仰头，让后脑勺更全面地出现在镜中，他从面前镜子深沉凝视后镜中自己头顶上的脸，稍许，方才摆正头，示意我撤去镜子。

我收起镜子，并用绒布擦拭刮刀和剪子。音乐还没有停，就着远处细弱的涛声来听，贝多芬显得异常辽远。

"在乐曲结束之前，你还可以喝点什么。"

我要了白兰地。

男人起身后，轻佻但并不过分地扬了扬头颅，随即像刚才那样，若有所思地站在栏杆边，面对大海。

理发台撤去之后，白手套端来托盘，盘上放着一杯白兰地，高脚杯下压着张支票。支票边角被海风刮得四下扇动。

"要不了这么多。"我饮啜着白兰地，注视着男人与月色，思忖着这雨后的月色与理发酬金之间的现实边界。

"嚯。乐曲结束后，就可以送您回去了。"男人好像对这曲子了然于心。

也许这是该收下的。不知何故,我觉得收下这张支票比拒绝要好。将支票揣进兜后,我默默呷了一口酒,白兰地味道芬芳,香气也甚为得宜。从我这个角度看去,男人头顶的少年人,在暗夜砌成的微光里隐约呈现出一种无可抵挡的醉人华年。

那真是一张脸呵。此时我对自身的理发技艺产生了某种奇异的自我质疑。

乐曲结束后,白手套将CD从唱机取出,装入封套后递到我手里。我抬起头看他,这个表情肃整的青年人脸上现出"请回"两字。

走至楼下时,我转身仰看那露台。月色中的露台相当壮阔,男人的身影并不在露台那一端,只得露台上种植的小型乔木轻微晃动的巨大影子。

"如果下雨,会在哪里剪发?"我问了个相当冷的问题。

"会等雨停。"这回黄头发倒是客客气气回答了我。

回去后,差不多十点。黑魆魆的理发店紧闭大门,细辉自是回去了,连门口的理发招牌灯也一并熄黑,只等半弓月光冷冷地映在窗台和"阿野理发店"的"野"字上面。

我多少有些讶然。平常日日在店里待着,夜里镇守在店里,这副场景多少年没有见过了——好像是上一回,同阿野到几十里外的阿舅寺里去，同寺里的和尚理发那次，那时的夜晚，有现在这么黑。

拎着理发箱，在附近转了一圈。哪户人家家里传来《神雕侠侣》的主题曲，隔着巷子听来有些凄冷。

回店后，我顺手锁了门，理发招牌灯也没再开，放下箱子径直上了二楼。更衣，洗澡，蓦然想起自己还未吃晚饭，便从冰箱里拿出中午吃剩的虾仁炒饭，放进微波炉热了来吃。

说来也怪，边看电视边吃饭时，我脑海里总浮现那张少年脸，究竟MK是那男人呢，还是那男人头上的少年，懵然觉得后者的可能性更大一些。

临睡前，我给阿野写了张明信片，照例是"日日甚好，万物安然"这话，想着，又顺手在明信片上用圆珠笔涂上那张脸。只因那脸在心里，局促得紧。

明信片是第二天细辉给寄的。一月一信，这是我同阿野约好了的，见明信片如见店。我想阿野至少也惦挂这店，有时他寄来腊肉野味，味道好，挂在后门的屋檐。我时不时取下拈来切片，配酒，酒喝得好了，就给他寄去明信片。

那一日，我接到阿野电话："明信片收到了。那男孩是谁？"

我懵然半晌，方才答道："随手画的。没人，不认识。"

"噢，不要再画了。"他说。

这是自我去海边别墅给男人剪发的第十六天。阿野的说法有点儿怪，莫非他给MK也理过发？想来可能性也有，但不大。

总之，阿野的一番说法，使我把那事忘得差不多。

白手套和黄头发月月来，准时如少女月经。来时并不预约，只拿了牌号呆然地站立门口，一个望风景，一个看报，只等我把手头顾客忙完，便径直将我"请"上车去。我不太中意这种做法，又想不出更为得体的婉拒的理由。白手套和黄头发固是拿了牌号的，也有在认真排队——排法固然是别扭，毕竟按了规矩行事，也不好多说，只依次剪完，便收拾什物拿上理发箱去了。

一次去，那个叫MK的男人嘱咐我不必再带CD，说完他示意白手套。白手套走进厅里，拿出一张新的唱片，放入音响。钢琴和管弦乐队交相辉映，激起厅堂连带露台的空气更深邃的回响。这是《皇帝协奏曲》的另一套版本，我边听边往搁架上摆放理发什物。熟悉的曲子陌生的演绎，让我对眼前这个男人的头颅以及发梢，有了某种更迭的新的认知。

夏天结束时，我已去了海边别墅上门理发四五次。除此之外，理发店的生意同平日并无两样。天气好时，又没有客人的话，我便同细辉坐在店前的榕树下喝啤酒聊

世界尽头的女友

天——夏天是啤酒,春秋是咖啡。有时我会漫然陷入一种错觉,觉得自己对这街头巷尾的居民的头颅发梢之熟悉,怕是超过了其本人。作为理发师,固然是不怎么中意同人聊天,对顾客职业生活几乎可说是一无所知——可是事实往往如此,愈同人交谈得少,就愈对其头发了解得深。

"老师,"一次,细辉突然同我讲,"那人来过。"

"谁?"

"不晓得,只知道头发。"

"唔?"

"头发里有人,一男孩,长得很像你的画。"

"唔?"

"记得吗,我给你寄过明信片,上面那男孩,一模一样。"

我不清楚理发师是否属于眼光敏锐之人,否则随手画画这种事,何以可以将具体的人解释得这般到位。我问细辉那"头发里有人"之人是谁,细辉摇了摇头:"没有具体攀谈过,只知道是个瘦高个儿,喉结很深,剪的是普通的那种背头发型。"

"一个人来?"

"通常一个人来。"

"忘了他吧。"我想起阿野的话。

"唔,"细辉说,"不过他总来,一个多月两个月,来一次。"

我再未答话，只生生地灌了口啤酒，见头顶树隙间有摇曳的蓝天，又蓝，又远，又远，又蓝。

我大概是得了某种癔症，自细辉说过瞥见那头发里的少年以来，自己也便疑心又在谁的头顶发梢碰得到它。剪发时小心翼翼，拨开一绺绺头发，夹紧，落剪，动作利落，一如从前。老的，少的，中年人，妇人，还有嚣叫着的小学生中学生，逐个剪过去，终究是，还好。

细辉所说的瘦高个的到来，是自那次聊天两个月后的事情，连细叶榕的叶梢都快没入深秋的季节。这天下午，细辉去了洗涤用品批发市场，采买一些洗头膏和染发剂。我兀自在店里，扫地，擦镜子，收拾什物，顺道连剃刀和剪子也逐个拭擦过去。音乐很轻，我放的是肖邦的钢琴曲。

瘦高个来时兜着手，进门问我细辉在吗。我没有在意，只低头拭刀，答了一句他不在，并说："剪发吗？我也可以。"

瘦高个遂安安静静坐下来，坐的是细辉那号理发椅。

"剪什么？"

"老样子。"

"老样子？明白了。"

给瘦高个披上围布时，我细心瞅看他的头型、头发质地。这是剪发的第一步骤。瘦高个头发梳得齐整，稍稍隆起的前额发梢往后梳去，没有用定型水，头发干净齐整黝黑，然稍稍粗冽了些。

用梳子拨开他头发时，我一下子瞥见了那张少年脸。因着熟练的缘故，我没有迟疑。只照旧老练地分拨，梳理，检查，并细心地用夹子撇开一侧头发，捋起一绺顺顺当当地剪下去。

是同一个少年。我心里想。因为潜藏在浓密密的发梢下，我也只是边剪边窥视到那面容。隐约的眼、隐约的鼻、隐约的下颌和无法完全确认的神情，许是不同人不同头型的缘故，少年的面容虽然与记忆中那人的一致，然却又有全然不同又极其相似的神情。

剪发时我吁了一口气。

"怎么了？"瘦高个突然开口问道。

我冲着镜子里的他笑笑，摇摇头。

他瞥一眼镜子里抓着头发的我，说："我这头发啊，差不多二十年了，没变过发型咧。"

"是嘛。这款发型，蛮经典的。"我不怎么会聊天，但一贯擅长截住客人聊天的话头。这一次，因着少年面容的缘故，我没有。

"准确来说，是十四岁那年，十四岁那年我哥带我整了这个背头。他说这头好看，神气，时髦，有周润发的气势。"

"唔。"

"我想吧，人这一生，运势这东西多少是受发型影响的。留了这头二十年，我算是搞懂了这其间的关系。发型弄得太好不行，太差当然也说不过去，马马虎虎，与身份地位什么的相得益彰就完了，你说是不是这个理儿？"

"好像也是那么回事儿。"

"我说呗，你们理发师，摸过成百上千人的脑袋，这方面的道理当然在行。喂，"瘦高个一下子斜过头来，搞得我差点剪错了方向，"有件事想问问，问也不要紧的吧？"

"什么事？"

"中意我头上这刺青吧？"

"不错。"

"小时候我哥找画工给我刺的。起初以为刺的是个麒麟，完工后才知道是这。为什么不晓得，据他说这个比麒麟更能佑护我。实际上能不能佑护不晓得，总而言之一年年地在我头上存活着。很多时候我基本忘了他的存在，毕竟我是有浓密头发的人，且能用镜子照那地方的时候并不多。所以，"他略微顿了顿，"你见过这人吗？"

"谁？"

"我头顶这个。"

"怎么这么问？"

"我去过很多理发店，人都说没见过。但是那次问细辉，他说不晓得，不过可以问问你。"

"唔。是吗？"我说，"莫不是真有此人不成？"

"噢，不是吗，"瘦高个接着说，"这人断然不可能是臆造出来的，一眉一眼那么真切，每次看，都像同我对话。"

"确实有点。"我默默然剪下去,这一次,我修出了几近完美的弧线。

"实在太活灵活现了,我头上这孩子。刻在我头顶时,我还像他那么大。你知道,我梦见他好多好多次。"

"什么样的梦?"

"很久很久了,从他在我头上开始,就会有梦。有时我也并不梦见他,但多数时候梦里他会来。他好像介于我的亲人和恋人之间的一个角色,不可能说清楚的,因为他总在我梦境的边缘。既不参与我的人生,当然这是指梦里人生,也不完全从我人生里消失。总是若隐若现,每次我想要跑过去同他说话,这孩子一溜烟地跑了。说来也怪,从我十几岁梦见他起,我已经三十多岁了,他还像从前那个样子。"

"呃,"我说,"毕竟他在你头顶上样子没变过。"

"所以,知道一些的话,请告诉我。"瘦高个突然噌的一下扭过头,说。

"小心点,先生。"我说,"毕竟还在剪发。"

"嗯。"瘦高个转过头去,盯住对面镜子里的我。

"不是可以把头剃光嘛,这样子这孩子不就露了出来?"我不紧不慢地说。

"那不成,刺这图案时,我哥说过,得像女人守护自己的私处那样守护他的存在。"

"是吗?你哥呢?"

"死了。在牢里和人打架,被人用铁条刺死了。"

"唔。"我说。

"是那时候,那时候我才想到要找头顶上这人的。"

我拿了把扫帚,仔细清扫着方才剪下的头发。瘦高个倚在门框上,双手抱在前胸,默然看我。修剪一新的他,除了头发,身上其他地方仍呈颓然之势。

"喝咖啡吗?"扫完地,洗好手,我见瘦高个仍一动不动站在那儿。

"嗯,好。"

煮咖啡的当儿,瘦高个儿在店里的藤椅上坐下来,搓着手。咖啡壶"咻咻"地发出水汽升腾时的馨香。我给他斟了咖啡,又给自己倒上。

"谢谢。"瘦高个端起咖啡,"对了,叫我纳虎便好了。"

我点点头,凝视着纳虎梳得端正的鲈鱼似的头,那里面藏着一个孩子,我黯然想到。作为理发师,我不怎么同顾客做一般性的交往,像眼下喝咖啡聊天的机会少之甚少——可是孩子,我打心眼儿里认为眼下同我交往的是那个孩子。

"都像是一种病了。"纳虎姿势熟练地点起根烟,"每次剪发,我都相当惶恐。你想不到吧,这种感觉究竟是怎么来的,我也搞不清。只知道对理发师甚为挑剔,不瞒你说,挑剔程度堪比病人找医生。"

我沉默不语，一下子想起每个月接我上门理发的MK先生。

"细辉这伙计剪头发简单、利落，又不怎么多话，让他打理我这脑袋，自是相当放心。当然，你也不赖。"

"谢谢。"我淡然一笑，"欢迎常来。"

叫纳虎的男人离开后，好长一段时间我都在揣想他头上那个少年。与MK头上的相比，那少年在他头上显得更为年幼一些。是的，年幼了那么一丁点儿。尽管是细微的差别，但那样的脸，一旦没入眼帘后，却实在是难以忘怀。

说实话，我很注意不让自己和纳虎有什么更深入的交往，许是出于先前阿野的提点，许只是纯粹下意识地保持距离罢了。但人和人之间，往往有时候由于某种命运节点而不可避免地交汇，总觉得我手持的剪刀也好，剃刀也好，无端端地能够误入那地方——那是别人心下无可遣怀的私密之处。

就像纳虎死去的哥哥所说，是需要像女人守护自己的私处那样守护的一种存在。

那天傍晚，纳虎一个人来。店里我和细辉都闲着，纳虎坐上我那张理发椅，说，老样子。我放下手里读着的小说，起身替纳虎围上围布，细心拾掇梳子、剪子、剃刀和吹风筒。

距上次他来剪发，不过一个半月。这个时节天凉得很快，日头一收，便感到暮色四合下的暗寂冷意。我让细辉把镜前灯和侧灯打开，方才仔细察看他的头发。

白手套和黄头发是那时候来的，从镜中看去，黑西服的两人真实得不像理发小店的一部分。他们走得愈近，理发小店就愈像是孤岛般漂浮得愈远。

门一拉开，招财猫门铃发出亲切有致的"欢迎光临"，一并裹挟着秋日沁人的凉意袭来，我并未转头，只自顾自专注打理眼下客人的头发。"您好。"听得身后细辉同白手套黄头发打招呼的声音，两人并未回答，只听白手套径直问道："还等几人？""就这，一人。"细辉的回复过后，是漫长的铅一般的沉默。

换剪子当儿，我顺手拧开了旁边搁物架上的收音机。沙沙作响的古典电台，浮荡着袅娜的烟一般的小提琴协奏曲。

静下去剪发当儿，其他人是可以不理的。有时候我兀是觉得怪，持着剪子的自己同没持剪子的自己，反而有剪子的那人更全面些，更有分寸些，剪刀手爱德华是有道理的。失去剪子时，自己有时难免在同人打交道时立场不稳，重心不定，拈了剪子在手，一径儿按照手中原则沉默下去都是有道理的。

纳虎没怎么开腔，许是有旁人在场的缘故，他比上次来还生疏许多。兀自半眯着眼，听任我在他头上拨弄。

白手套手机响了。是惯常诺基亚手机铃声。"喂，是，好的。"白手套讲完电话，凑近我，"七点钟出发，没问题吧?"

我看了看镜子里对面墙上的挂钟,点点头。

可能是来电铃声打乱店内空气平衡的关系,白手套凑近我又站回原地之后,一时间我变得有些手拙,隐约觉得纳虎头发里那少年看着我,在说:"没关系吧?""没关系吧?"

待我渐次恢复左右手平衡时,纳虎的头发已剪出了八九分样式,只差吹头发打理造型了。我叫过来细辉:"替这位客人把头发吹一吹,我先去忙。"说话间我往纳虎背上拍了拍,"再会。"我说。

镜子里纳虎巴巴地瞅了我一眼,他的眼神没有特别的意味,只睁开半眯缝的眼睛,表示接受的样子。

擦了擦剪子和剃刀,一并装入理发箱,我洗了手,转过身来,说:"好了。"

白手套和黄头发交换了一下眼神,转而用极其留神而仔细的目光审视着我的动作和眼神。他们看得有些过久,以至于让我觉得自身失去了平衡,仿佛我身上有哪里不被认可和接受的部分,被他们用目光一点一点地剔出来。

"请。"几秒钟之后黄头发把"请"字咬得简洁有力,那是一个惯常的,出于他口中的彬彬有礼之词。

拉开玻璃门时我扭身看了看正在吹造型的细辉,纳虎和细辉的身影交叠在镜中,白手套和黄头发的身影也不可避免地出现在这两人旁边,这究竟是否就是所谓的命运的节点,当下的我,并没有多想。

还像之前几次那样,只是宽大的露台,因着凉夜和飒飒海风的关系,显得过于荒诞。冷倒是不冷,却是凉。连提前摆在夜空下的理发台,都显得过分寂凉。开了灯,灯光之外的地方已经找不到边界感,仿佛露台的其余部分是海和夜空的一部分,并不属于这所房子。

MK尚未到来。我站在离理发台两米远的灯光边缘等他——作为理发师,是不习惯坐那个理发椅的位置的,就好比医生不中意在手术台休息一个意思。我站得稍远,默然倾听涛声。

四下无人,白手套和黄头发将我领到露台后,说了声"稍等"便悄无声息地离去。正值晚饭时间,却不觉得饿,与其说不觉得饿,不如说身体意欲已然退后,只剩下各种感官浮荡在星空月色之下。

有那么一瞬,我自是觉着自己是和那少年独处的。从先前一位少年处出来,转而踏上另一少年的领土。海风噗噗地吹着,搅着露台两旁的一人多高的盆栽植物的叶子。愈往远看,黑得愈厉害,那爿海浑然捉摸不透,除了偶然遗漏的细小星光,只得深海蓝色的混沌。注视得累了,我便低下头去,楼下是一方半弧形的游泳池,粼粼的灯光稀释着池水的暗黑和幽蓝,看上去既狡黠,又迷人。等待

MK的时间里，我的目光便在暗夜的海和游泳池之间往复逡巡。

等待MK是常有的事，但这一次，也实在是太久。我深呼吸一口气，转动脖子，咔咔作响的颈部关节使我的涣漫的思绪稍稍聚拢起来。这位寄存于两个男人头顶的少年人究竟是谁？回想起第一次见纳虎时他说过的有关少年的梦境，愈想愈觉奇崛。

MK不知何时到了来，无声无息地在我身畔站了好一会儿："这海啊，一到冬天哗然作响。"

我转过头，见MK抱臂看我，脸上一贯地无甚表情。

"不知是风声，还是涛声。冬天一来，凄厉得紧。"

"海不都是这样么？"我说。

"可不，和人的头发一样，都有脾性嘛。"

"唔。"准备理发之前，我将那海又看了一遍。

MK的头发长得快，是那种恣肆的、放任的长法。也许这同头发主人性情、生活习惯无不相关。每次来，我都会颇为认真地查看一番，再开始下剪。

坐在理发椅上的MK，淡然闭目，任我处理他头上桀骜的乱发。一个多月没修剪，作为平头来说，已经开始往不确切的地方生长。我用梳子按着发际仔细梳理，将岔出边缘的乱发拢到合适的位置，方才拿出剪刀，开始修剪。

剪刀经过少年脸时，我的右手稍稍迟疑片刻。郁积在他头顶的少年的脸,同几个小时前所见的那张脸,几无分别。怎么看,都像耽染着淡淡的笑意。可是,我终究吁了口气。

"嗳,怎么?"MK问道。

我不该叹气的。什么时候我都该保持平静,对着这张脸有所感触不是称职的理发师该有的表示。

"对不起。没什么。"我定神道。

"嗳,继续。"

我仍是修得细致,仿佛为了弥补方才叹气的失误,我精准地、一丝不苟地在那上面移动电推子。

"今天理了几人了?"男人突然问。嗞嗞作响的电推子衬得他的问话很是干燥。

"三。"

"不多嘛。"

"是有点少。包括这,四。"

"呵,是嘛。"男人的笑声有点嘶哑,这是我第一次听见他笑。不明所以的,缄默的笑。

我移动电推子的手几欲停下来,终究还是稳稳当当地移动下去。

"对了,"他又说,"你知道的嘛,我这个头啊,始终是不大方便给人看的地方。"

我未作声。

"你知道先前的理发师去了哪吗?"

世界尽头的女友

我摇摇头,看着镜子里的他。

"喏,那里。"他稍抬起下颌,面无表情地指向远处黑魆魆的海。

"或许成了人鱼理发师。"我说。

"可不,一到冬天就哗然作响,吵着要上岸来。"男人说着闭上目,稍稍抽动了鼻翼。

收拾停当后,我从白手套托盘上接过支票和红酒。因为没有音乐,我不知何时才算了结。我拢靠着栏杆,一小口一小口地呷着酒,海风突兀地从身后侵袭,一阵又一阵。MK颇为绅士地掸干净身上的碎发,又正了正衣领,回过头来对我说:"谢谢。"

"不客气。"我说。

目送着MK离去的背影,我看得见他头顶的少年,囚徒式的不自在的笑脸,一劲儿地朝我这边绽放。那人和这人,都同样拥有一个心灵吧。我蓦然想到这一点,再一抬头看,MK早已消失在门廊后。

返程的路上,我在后座上一言不发地紧盯白手套的后脑勺。四下闭合的车体全然阻隔了盘山路上的海,和海风。我被一股无辜的倦意所裹挟,总算觉得饿了——这种饿,是方才体力支绌过后的排山倒海的饿。我深深地闭目,一任自己被这股饥饿所侵占。

回到理发店,吃了细辉给我预留的外卖比萨,喝了两罐啤酒，遂把店交给细辉，自己返身上楼，洗澡之后倒头沉沉睡去。

那之后，我过了相当平静的一段时日。照例每天打揽顾客，闲时喝咖啡听唱片，忙的时候固然也有，但兀自挥动剪子不紧不慢按次理即可。阿野寄过来从山里打来的野猪肉，沉沉地晾挂在后门，甚是滋味。细辉同巷口幼儿园的声乐老师谈了恋爱，隔三岔五请假，我也乐得批允。自那次剪发，纳虎那家伙也有两个多月没再来过，头发已经相当长了吧，兴许是找到了其他合适的理发师？我既忧心他贸然前来理发，又暗自希冀他能惯如往常般过来。这般矛盾的、不确切的愿望，或许正是事物的两面性。

然而纳虎终究未有再来，与此同时消失的还有月月准时如月经的白手套和黄头发。自那次同MK理发后，白手套和黄头发也未有再来。当纳虎和MK连着三四个月不再出现时，我似乎意识到了什么。

"你知道先前的理发师去了哪吗？""我这个头啊，始终是不大方便给人看的地方。"最后一次同MK理发时他所说的话，在我心头阵阵回响。

不是什么事也没有吗？

正因为什么事也没有，才让人觉得忧心罢。

我提笔给阿野写明信片，又是"日日甚好，万物安然"。抚慰我，也抚慰阿野。我在电话里问阿野最近打了什么野味，明信片是否有收到。

"明信片？"阿野诧异，"什么时候的事？"

我告诉他上上周给他寄了明信片。

"自上次你画的那个男孩，我已经很久、很久没有收到你的明信片了。"阿野说。

他这么一说，我沉默了。

"有什么事吗？"阿野又问。

"没有，挺好的。"我说。

秋天正式结束的时候，我收到了拆迁办的通知书。沉沉的戳着钢印的公文，事务性地道出了这间房屋拆迁的缘由、时间、补偿和其他补充条款。怎么看，都像一则与我无关的新闻简报。

然而，那是事实。

我给阿野打去电话，话筒里传出空寂的信号音。

一次。

两次。

三次。

打通阿野电话是一个星期后的下午。

"是吗？"阿野在电话里轻轻地说，"教你忘了那张脸，你办不到吗？"

我想，其实我至少没有记起他呀。

阿野嘱我去普渡寺找舅舅："房主是他，事情弄到这个地步，也许只有庆云法师还能说得上话。"

阿野的舅舅，现在叫作庆云法师。我不太清楚庆云法师是否还记着凡俗里他出家前的这套老房子，即便记得，老法师怕也毫无挂碍罢。

不过，我对这间理发店实在是非常中意，安安静静地为客人剪发，闲暇时听唱片喝小酒，在野鸟出没的榕树下纳凉，一切对我来说都恰到好处。为了这恰好的好处，我觉得，不妨问一问庆云和尚。

阿野同我向庆云约了日子，嘱我带上理发箱："拆迁办的通知书就不要带了。老舅子不中意看哪门子政府公文，陪他喝喝茶，为和尚们剃个头，就差不多了。"

到了那日，我早早嘱细辉认真看店（还未告诉他拆迁办的事），自己上二楼洗了澡，刮了胡髭，换上一件干净齐整的白衬衫，套上灰夹克，下楼提了箱子，出门前去普渡寺。

我坐上前往郊县的公交车，在秋末初冬萧索的山路上一路摇晃而去。半途有农民、带着婴儿的哺乳妇女，喧闹的小学生和赶集的老太太上车或下车。我总是先注意到他们的头发样式，再顾及其他。在颠簸的通往山上的车子里，我突然想，自己有生之年，还能再为他人理发吗？默默地，纵情为人们理发的愿望，还能够实现吗？

庆云和尚比想象的要壮实、豁朗得多。几年前和阿野一起来到寺里时，他还是个干干瘦瘦的老头，如今的他，愈老愈矍铄愈朗然，简直像个敦实的老孩子。

庆云大约是知道我来意的，只呵呵地笑着，问我喝茶好么？

坐了两个多小时乡村大巴，又走了半个小时山路。累倒不累，只嗓子隐隐生烟。我点了点头，专注地看着庆云舀水，煮水，烧水，最后洗杯，泡茶。

"寺里的和尚好像少了很多。"我说。

"是啊，"庆云说，"大概一半吧。这个地方偏僻，有的出家人愿意到更大的寺庙去取经修读。"

"噢。"我噗地吹了口茶，方才慢慢吃下肚。

"我哪，都七八年没出山咯。阿野打电话来，还以为这孩子又闹什么事了。"

我颇为不好意思地低下头去，注视喝光了茶的细白瓷杯。阿野都六十岁多的人了，还被和尚称作是孩子啊。

"呵，没事就好。"老和尚看着我，问，"你，极其中意理发吧？"

我点点头："怎么看得出来？"

庆云捻了捻胡须——实际上就是几根长短参差的白胡子："因为你呢，实在是打心坎里喜欢作为理发师存在的人，跟阿野这孩子一样，所以容易分辨得很。"

尽管不太明白，我还是郑重地点了点头。"谢谢。"我答道。

"在我们出家人看来,这是件好事。干好理发这件事,不容易呗。"庆云说着给我斟了茶。

"接下来我该怎么办呢?"我问。

他眯着眼睛,琢磨似的看着我的表情,半响不作声。隔了片刻才开口道:"理发箱带来了吧?"

"嗯。"

"先给师父们好好地剃头嘛。"

跟着庆云不紧不慢地喝完茶,在斋堂用过午膳,我随着一个小和尚入了后院。

"这儿,"小和尚指着后院一棵榕树树荫下的空地:"摆这儿。"

放下箱子,随小和尚去客堂搬了两张竹凳,一张用来坐,另一张用来摆家伙。摆式同几年前一模一样。

小和尚抱着手注视了我的理发家什好一会儿:"我去喊他们来。"小和尚个头不高,圆滚滚的脑袋配着严肃的眼神,使他看起来虎虎有生气。这孩子,上回来,大概还没出家吧。

小和尚依次喊了七八位师父过来,每位法师来时均是双手合十,说声阿弥陀佛方才开始。在浓密的细叶榕的阴翳下,我沉着气,安安静静地逐一为法师们理发。清寂的树荫,恬淡的理发方式,让我想到了那什么,忘掉了那什么。法师们总在理发的时候持咒,不出声地,安然地数着手里的念珠。

果真我是忘掉了那什么吗？我并不是太明了，只觉得心里某种深邃的东西被缓慢而黯然地拔除，或许那是一直以来困聚在我心中的少年人瞹瞹的神色、浑然无解的凝聚物。法师们在理发时仿若入定了似的，那是比我沉默不语更为沉寂的沉寂。过去那段日子因为理发而让我透不过气的不可思议的触感一点点地涣散，在悠长的初冬的温暖下午，为法师们理完发之后，觉得整个人多少变得透澈起来。

"不用完膳再回去吗？"小和尚问我。

"不用了，谢谢，怕赶不上最后一趟公车。"我说。收拾理发箱时，庆云站在僧房的二楼看我。我冲他挥手，老和尚笑得像个神仙。

终究阿野理发店还是拆除了。那是自我去普渡寺一个月后的事情。脑海里那少年大概消失了吧。不知为何，我和细辉坐在理发店旧址门前的细叶榕下喝啤酒时，鸟鸣已经归于寂寥了。我想给阿野写明信片，说"日日甚好，万事安然"，也想涂抹上那个少年的脸。

白蛇

　　夏末秋初的季节，头发总是无端端变得韧软。睡觉时爱缭缠在皙白的脖子上，醒来时便觉着痒痒的，从镜子上看，像极了小兽弯蜷的尾巴。

　　我打了盆温水，用篦子细细梳着头发，及腰的头发垂落在脸盆里盘成圈儿，随水轻轻晃动。

　　头发垂及腰际的夏天尾声，这究竟是第几个了呢？从十一二岁开始，我的头发就一直在腰部、臀部的地方晃动，天气热的时候，也仅只是把长发编成辫子，绾在胸前而已。姆妈说，阿贞的头发，最像婆太了。

婆太是那个在墙上镜框里笑得很古老的那个人,但她的头发绾在脑后,根本就瞧不见。能看得清楚的,就只是除了头发,哪里都同我不相像的眉眼和脖颈罢了。所以,每到姆妈那样说时,我总疑心我这一拢黑发不过是婆太的遗物而已,除了这个,素贞我也没什么可拿得出手的。

玉莹便不一样,玉莹一副细眉细眼的样子,最讨姆妈欢心。虽说我和玉莹都不是姆妈亲生的孩子,可玉莹那副眉眼,真真得了婆太和姆妈真传。说话做事,眉眼一展,是不得了的亲切。

好像掉了不少头发。我边梳边拈走漂浮在水盆上的落发。头发无声掉落的时候,像落叶似的,非得叹着气地将落发从水泥地上捡走,才行。从前有玉莹,现在,捡头发的那人,除了自己,还是自己。

把头浸入温度刚刚好的水中,轻轻揉搓着涂了茶枯的头发,等所有的头发漂浮在水中,脑袋倒立着的时候,才觉着一种如梦似幻的晕眩感。

汉文第一次向我介绍他的名字时,用了郑重其事的说法:"我叫许汉文,是你曾经的牙医。"

在街角那家拉面馆,我正埋头吃着酱油拉面,他这么一说差点害得我被热汤烫着。抬眼看着浓眉大眼的他,怎么也难以理解,三个多月前,我还曾经张大嘴巴,让眼前这个男人拿着镊子和小圆镜在我口腔里探头探脑来着。

"是……许医生?"

"牙齿还好吗?"

"已经好啦,多谢关心。"

许医生在我面前坐下来,没有走的意思。

"辣油豆腐、芥末味木耳和鳗鱼饭一份。"

他的声音很沉稳,我竭力将这声音和三个月前埋在白色口罩里的中年男子声音联系起来。由于当时牙齿过痛,以及拔牙之后的麻醉与虚空,我已经什么都想不起来了。

"原来您,这么年轻呀。"

"是吗?"

许医生的表情很平静,虽说短发看上去很随意,身上的白衬衣却熨烫得整齐挺括,双手得体地合拢胸前,手畔齐整地摆放着一部黑色诺基亚和一串钥匙。这双手,就是在不久前给我用力拔牙用过的那双手呀。我暗暗地想着。

"能记得这么多患者,真了不起。"

"可能是因为你的牙齿比较特别吧。"许医生的样子,一丝开玩笑的感觉也没有。

"是吗?说起来,我根本连自己的牙齿究竟长什么样,都无法完全了解呢。"

"人,不都是这个样子吗?"

"说的也是啊。"

在等待上菜的工夫,许医生和我一言一语地聊着,我向他请教了一些有关牙齿保健的知识，不知不觉地，我的拉面也吃完了。买了单，付了款，走出店门后，忽然蜷生出一种莫名其妙的悚然与不舍。真了不起啊，这种感觉，大概是人的感觉吧？回去的路上，我默默地想着。

后来，汉文与我恋爱了。恋爱是好事，人都这么说。我也是隐隐这么觉着的，可是，当有一天我在电话里告诉玉莹我恋爱的事，她大吃了一惊："为什么？这是为什么呢？"

我觉着玉莹的惊惶很有意思，没恋爱前，想到和男人接触这样的事，自己也觉得怪忐忑的。可能汉文不一样吧。到汉文家里去时，第一眼就被他摆在抽屉柜上的多肉植物迷住了。

"这叶子胖胖的，叫什么？"

"叫熊童子。"

"是熊童子啊。"

"是啊。"

汉文侍弄这些植物，就如同侍弄女人们的牙齿一样吧。虽然这样想，可我却并没有把话说出来。果然，除了抽屉柜上的熊童子，厨房的冰箱顶上，浴室的浴缸旁边，都摆上了叶子胖胖的家伙。

第一次做爱后，汉文从床头柜的盒子里拿出一枚牙齿："这个，是你的。自从替你拔牙后，就一直保留下来了。"

我细细观看停留在汉文宽大手心的牙齿，觉着它很陌生。这枚伴随我身体二十多年的智齿,一旦拔出来,成了孤立的存在,就好像有了自己的情感和智慧,看上去很可怜。

我不禁哭了。

为了安慰我,汉文和我又再做了一次。停下来的时候,我问汉文,如果一直遇不到她,这个牙齿的女主人,你会将它怎么样呢?

汉文想了想,可能会照着这个模子,做出几个一模一样的牙齿来,有机会的话,再把它镶上。

啊,骗人。

许汉文就是这么一个样儿的人。我把洗干净的头发用蓝花纹的大毛巾包起来,细细揉干。带着湿意的长发从脖颈一直贴到后腰,耳根处还是凉丝丝的。从镜子里看,披散下来的黑发因为水意粘连着身子,怪怪的。

我赶紧拿起吹风筒对着头发层层荡荡地吹着,发丝飘扬起来,有干茶枯的味道。

昨天晚上汉文来过电话,让我拾掇了替换衣裳,一起到附近小镇的温泉旅馆过周末。我很高兴,因为汉文是个严肃的人,让人觉着他几乎没什么恋爱天赋,能说出一起去泡温泉的提议,真是太好了。

我选了件有扣搭的深白色绣珠上衣,白色牛仔裤,折好塞进旅行袋,想了想,又添上一件薄薄的皮肤风衣,再把泡温泉的泳衣、换洗内衣和毛巾等也一并收入袋中。

在郊外,夜里容易生凉,不晓得汉文有没有把防风外套带上呢?

一年前,当我决定来B市打工的时候,姆妈有些担心,拼命劝阻,说什么蛇到了人多的地方,很危险之类的,不如就在乡下好好地待着。可是,就算是蛇,在人的容器里安之若素地过活,不也和其他人类一样吗。直到现在的话,我已能把自己照料得很好,而且,还认识了汉文这样的男人。

换上百合领口的浅绿上衣,我对着镜子再次确认了一番自己的容貌,套上小皮靴,出门了。

到达高铁站西的时候,汉文正坐在候车室的咖啡厅里,边看报纸边喝咖啡。隔着落地玻璃远远看了他好一会儿,我才走进去。

"汉文。"我在他面前坐下来。

汉文从报纸里抬头看了我一眼:"吃早饭了吗?"

"嗯。"

"那给你来一份热可可吧。"

"嗯。"

汉文知道我不太喝咖啡,每次他喝咖啡,我总点可可陪他。

时间是九点刚过。喝了口可可,我歪着脑袋盯看正在读报的汉文,觉着他不说话时,眉心好像粘着什么似的,比平常要严肃很多倍。

站内广播响起了"猎鸟"号的上车时间,我一手捏着汉文方才塞给我的车票,一手攥着替我背着包的汉文的胳膊,跟在他身后进了检票口。熙熙攘攘的人味儿里,觉着汉文的胳膊肘很粗实,怎么也攥不紧。

在车厢中部找到座位,汉文把旅行袋塞进座位上方的行李架,然后让我坐进了靠窗的位置。汉文没带什么行李,只在随身挎包里塞了两件换洗衣物,他把刚才的报纸挟带进来,落座后又继续翻看着。我望了望车窗外另一条轨道上停滞的、一动不动的列车,人们从车上反复上下,一进到车里,方才车外熙熙攘攘的人流就好像同我们阻隔开来,变成安静的世界。

看了一会儿风景,我又转过头来看汉文。当他的目光被文章吸引时,眉心就像粘着一只透明的小虫子,既飞不走,又掉不下了。

"看什么呢?"

"看看报的你呀。"

"给你念个新闻吧。"

"嗯。"

"美国数十牛仔持枪攻占联邦机构大楼。一伙持枪的美国牧场主1月2日占据了俄勒冈州一处动物保护区的总部大楼,以抗议联邦政府对当地一对牧场主父子的法律处罚。"

汉文一字一句地念了起来,"据《俄勒冈人》报道,当天早些时候,数百名示威者在俄勒冈州伯恩斯镇举行集会,声援刚被治罪的当地牧场主德怀特·哈蒙德及其儿子史蒂文……"

汉文像这样,有声有色地念着,我的目光随同他的话音追随着报纸上那段落文字,倾听得很入迷。

列车缓缓启动时,感觉身体微微前倾了一下。"没有发车铃啊。"我说。"高速列车没有发车铃的。"汉文停下来,答道。就这样,整个列车车厢忽然变得飞快起来,一瞬间抛开了车外静止的一切。在这个飞快的世界里,汉文又为我轻声念起了下一段新闻。

在我五岁的时候,不喜欢见人。每到家里有人来,我就静静地化为蛇形,缠绕在房梁。人身上有股浓重的味儿,隔着院子,老远就闻得到。姆妈招呼客人,我躲在房梁后远远地窥视他们。人很奇怪,人总是笑。我们蛇,是不笑的。但姆妈说,那是客人,总归是笑脸相待的。"笑的话,人就会对你好。"姆妈这句话,我记了很久。

后来上了学,我就对人笑。但笑起来怪怪的,表情都不对,同学们反而更不爱理我了。玉莹好,玉莹也是蛇,但她笑起来就是很像人。

所以,大多数时候,我仍不肯定要不要做人,只缠在房梁上静静看着人。

记得有一回,是小学三年级,放学时忽然下起很大的雨,电闪雷鸣的。雨那么大,回不了家。和很多同学一样,我和玉莹一起挤在教学楼的廊檐下等家长来接。可是那时,所有的学生都被接走了,空寂寂的教学楼里只剩下我和玉莹,湍急的雨水涌到台阶边上,浪花一样。

我对玉莹说:"可能村里被水淹了,姆妈没法子来接我们了。"

"可能姆妈被困着,正用木筏子在水里漂呢。"

"可能雨太大,家里的床啊、柜子啊,漂起来了。姆妈和邻居们一起舀着水,舀着水。"

姆妈终于还是来了。在近乎铅白色的暴雨中,撑着黑伞、拿着蓝伞的她看起来渺小得很不真切。

"那是姆妈啊,姆妈来了。"玉莹说。

"我知道了。"说完这句,我就化为蛇从水中静静地游走了。

姆妈知道我脾气古怪,仍是对我好。我不爱笑,不爱做人,也惯着我,由得我。好像是十一二岁起,头发长得很长了,月例初潮之时,性子才有所改变。至于为什么,连自己都很难搞得明白。

"汉文,到了。"我伸手摇了摇搭在我肩头睡着的汉文。念报纸累了,汉文声音就渐渐低下去,睡着时还兀自喃喃自语地咕哝着什么,很不想偷懒的样子。

"啊。到了。"

"汉文,快看。"

睁开眼的汉文,看到的是车窗外一棵又一棵缀满红花的刺桐树。

"嘻嘻。"样子惊讶的汉文,又变回我熟悉的那个人啦。

"温泉那里也可以自己做饭,不必太拘束。"坐在出租车上,汉文对我说。

下了车,汉文把温泉旅店指给我看。在阡陌相交的原野里,有一栋老式民舍风格的旅店。砖瓦结构的民舍有二楼高,铺着鹅卵石的门庭旁边,有一排淡紫与粉红交错的凤仙花。

我小心翼翼地绕过凤仙花,跟在推开沉重的玻璃木门的汉文后,走进了店里。

一个穿着灰色对襟衬衫的女人守在柜台后头。店内光线有些暗沉,颜色鲜艳的招财猫在柜台上不断地摇曳着猫爪。

"慧姨娘好。"

"哎,是汉文。"

"素贞,这是慧姨娘。慧姨娘,这是素贞。"

慧姨娘低头行了一礼,我也赶紧回礼。眼角停留着柳叶一般细纹的慧姨娘,眉眼的上半部看着和汉文很像。

"这个时候来,吃芦笋火锅最好了。"慧姨娘从里屋取出两套白色浴衣，如抱猫仔般抱在胸前，从柜台抽屉拎上钥匙，"房间准备好了，走吧。"

"像是老电影里常出现的旅店呢。"我附在汉文耳畔悄声说。

"是么？你喜欢就好。"汉文回答。

跟着慧姨娘走在走廊，不知为什么，她的背影让我想起秋日的玉兰树影。"下面一排是浴室。后面有山，山下有大的温泉池，还有泡脚池。泡脚池的水里有红花啊、生姜等中药，很适合这个天气浸泡。"慧姨娘不断地说着，断断续续的话音让这条老式廊檐变深了许多。

"木槿还开着哪。"出了走廊，我一下子看见庭院里粉白粉紫的木槿花。

"这里是温泉，温度自然要高一些。"

我赞叹着，汉文轻扬起嘴角，眼里好像映着木槿的阴翳。

"好舒服啊。汉文，你说呢？"

"他啊，小时候在这里住惯了的。哪个旮旯角有什么好玩的，他最晓得了。"

真的吗，我转头看着他。汉文只温和地看着我，不知是不是眼里映着木槿树的缘故，眼眸子更深黑了。

房间面山，山下有一池水，似是温泉流出后形成的小湖泊。慧姨娘离去后，汉文打开窗户，一股夹着淡淡水汽的空气充盈了整个房间。我站在窗边看水，觉得那水的颜色像什么时候见过，又说不清。

"是汉文小时候住的地方哪。"

"过去这里是个小山村呢。"汉文说着，拢了拢我额边的细发，"我小时候，每到夏天温泉淡季的时候，才能去上学。这里的孩子，总是要放秋假的。天一凉，客人们就多了。"

"汉文，从小是个勤劳的孩子啊。"

"还好。"

汉文与我，站在窗前，齐齐地望着池塘。池塘的水的味道很是舒服，不多久，汉文将我拥入怀中，我们在铺着干爽的白色床单的床上躺下来，想要做点什么，在此之前却不言不语，静静地感受着房里时时荡漾着的温泉的水汽。

在陌生的有温泉味道的枕头上醒来，身畔的汉文仍睡得死死的。熟睡的汉文不像平时那么严肃，有点像动物，令我更感觉亲近。蛇是不睡的，蛇总在冬天才睡。因此和汉文睡在一起，我总是有很多时间偷偷看他。我会静静地数着他的鼾声，一声，两声，三声，无数声。数得累了，便化为蛇形，窜上梳妆台，衣柜，又慢慢游下来，盘踞在汉文的枕畔。

记得小时候，我常和玉莹玩装睡的游戏。我们缠在一起，互相打结，纠结得累了，便各自选一棵树盘缠在树干上假装睡觉，看谁先抓住身边的小鸟。因为我皮肤白，不管睡得多么好，小鸟不来，也总是输。

我伸出分叉的舌头轻触汉文的鼻尖，接着是睫毛。短而疏离的睫毛触上去涩涩的，汉文揉了揉眼皮，转过身去又睡了。

汉文醒来时我仍在看他。我总能在汉文恢复意识之前恢复人形，从蛇过渡到人的形态有点儿慢，然而不打紧，和汉文在一起时日久了，我总归察觉得出他即将转醒的那一刻。

或许，这是蛇的直觉罢。

"几点了？"

"快五点了。"

"漫长的午觉呵。"

"嗯。"我给汉文披上外套，倒上茶水，汉文喝着，问我想不想到后山走走。

穿过后门一排样式很像蘑菇的老式温泉屋，我们来到山脚。一处氤氲着白雾的温泉池里，隐隐听得到几人说话的声音。我跟着汉文在山中转了一圈。说是山，实际上是个很小的山丘，矢车菊啊，风信子什么的开得很烂漫。

晚饭是和姨夫、慧姨娘一起吃的。姨夫和姨娘就像是一个模子里印出来的人，不过一个是阳面，一个是阴面，连吃起饭来，举止也是对称的。我注视着姨夫、姨娘吃饭的样子，心想自己同汉文什么时候也能如这对夫妇般，便好了。

"素贞,多吃些。"慧姨娘从芦笋火锅里给我捞了好多卤煮豆腐,堆得满满的,"这些,自己家做的,好好吃。"

我表示感谢,放下筷子给姨夫、姨娘和汉文倒了酒,自己先拿起杯子一饮而尽。

喝着酒,空气中飘来温泉混着木槿花的味道,火锅里仍冒着热气,我感到自己身上软软的暖烘烘的,心里默念着,千万不要变成蛇,不要变成蛇。

可能是我心里的声音太大,慧姨娘抬头望了我一眼:"不舒服吗,素贞?"

我摇着头,但觉着身体异常疲累,体内好像有什么部位开始松动、卸滑,一丝丝不可控的愁哀涣漫上来,觉着自己对于人和人的肉体的把握失去了准头,心脏啦,四肢啦,眼耳鼻什么的逐渐地往蛇的形态上蜕变。

快要控制不住了。

汉文看出了我的不适:"素贞喝得有些过头,先回房里歇息吧。"

我点点头,汉文扶住我的手,起身送我回房。

"我一个人回去,就行了。"我不明白自己脸色究竟怎么回事,可能苍白得有些过头,见我这样执拗,汉文在门口站定,松了手:"小心些。好好睡一觉。"

虽然摆脱了蛇形态的束缚,蛇的世界仍时不时地困扰着我。我跟跟跄跄地扶着走廊走，下午走过的走廊如今蜿蜒得惊人。热乎乎的炭气冲荡着太阳穴，我想起自己曾在最忧郁的时候不由自主地变为蛇，如今可不能那样了。我缓慢地移动着步子，脚步重得要命，几乎让我想要滑行——如果可以滑动的话，再长的廊檐也不在话下。

白日里经过的蘑菇形温泉屋里透着光，有淡淡的烟气从上方的小气窗里散逸出来。我觉着更热了，温泉的逸暖不知不觉地应和着体内的燥热，自己的下腹渐渐露出灰白色的蛇尾来，并且越懈越长，几乎让我无能为力。

我轻拍了拍其中一间温泉屋的木板门，里面没有任何动静。我推开门，走了进去。一池氤氲着淡白色雾气的水多少舒荡了我的不适，几乎像是某种形而上的诱惑般，我褪去了绿衣衫、窄口短裙、丝袜，以及胸罩和内裤，钻入池中央，一任温热的泉水重重裹着我柔滑的肉体。

我始终仍是柔滑。汉文爱抚过的那种种感觉不甚清晰地袭上心头，保持人类的肉体，很难。我撩动池水，洗濯幻化出白鳞的蛇的肌肤。

为什么汉文不能够到我们蛇的世界来呢？在他手心的我的那枚牙齿，是真真切切不再化为蛇的一部分了吗？如果那样的话，只要死的时候保持人形就可以了。

不知为何，忽然冒出的念头把我自己都吓了一跳。我化为蛇形，安安静静地在池中滑动。温水中有人的味道，大概什么时候曾有人来这屋泡过澡。现在的我，对人的味道很敏感。

在池中游了一会儿，酒劲方才渐渐从身上褪去。脸也好，胳膊也好，逐渐显露出人形的样子。尽管不是很稳定，但也开始恢复了。

姆妈说，每一尾蛇，在人间都自有其对应的容貌。我也好，玉莹也好，为人为蛇，容貌都是固定了的，不是随心所欲想变哪个女人就变哪个女人的。对于这个，我倒未有什么计较，只是偶尔无端揣测，若是眼眉变化差池一毫厘，那个叫作汉文的男人，还会成为自己的恋人吗？

身子稍稍稳定过来，便听着传来推门的声响。接着，两个穿着浴袍的中年女人走了进来，一个稍胖，另一个则又瘦又小。

糟了，我想，自己腹部下方还没有变回来呢。我望了望胸口下虚浮在水中的白色蛇体，不知何故觉着很惘然。

两个女人褪下浴袍，絮絮叨叨地说着话下了浴池。她们并未朝我这边望过一眼，只自顾自地聊着天。裹着浴袍脸色看起来疲惫的中年女人，身上皮肤倒是白得惊人。我将视线从她们身上移开，漠然地翻看自己浸在水中的掌心。

等她们走了我再走。可能是池水过热的缘故，我的下体怎么也无法配合意念，那地方始终是蛇。靠着池壁，我静静地发着呆。

"听说那女人甩了老公离家出走了，情夫是她的驾校教练。"

"现在怎么样了?"

"两星期前,钱花光了就回来了。"

"看是被骗光了吧。"

"鬼知道。她从前跋扈得很。前几天在楼下修甲店那里见到她,一副蔫头样儿。"

"恶人自有恶人磨。"

说话声断断续续传入耳畔,我只觉着晕沉。慢慢地,女人们的声音像紧箍咒似的牢牢搅和我的脑袋,我觉得身体几乎快要撑破了,恨不能马上化为蛇,蹿上她们的身体,从头到脚紧紧地缠住,纠住,让那两个老女人再也发不出声音来。

女人仍若无其事地说着话,边说边将热水往身上拍打,发出局促而尖细的笑声。这笑声令我的下体游移,颀长而柔滑的下体在水中游移,时而伸展,时而蜷曲,久久无法稳定自己。

两个女人又开始无边地漫笑,笑声不知为什么很招摇,我觉着很是无力抗御,从头到脚软弱得惊人,我想起几百年来自身对于人类世界的忍耐、痴缠和抗争,先前努力维持着的人的躯体垮了下来,褪为蛇形,沉沦到池底。

"啊,人呢?"

"那个女人不见了?!"

发现我不见了的女人们尖声叫嚷着连滚带爬冲出温泉

屋，浮荡在水底深处的我，觉着那些呼喊声又渺远又虚妄，好似来自几百光年外的外太空。

返回房间，汉文问我去了哪里。我说觉着闷，去泡了温泉。

"这样啊。"汉文抚了抚我湿漉漉的额发，嘱我当心着凉，好好把头发吹干。

不知为何，同汉文说话时我表情僵硬得很。我一边吹发，一边留意着身后的汉文。吹风筒发出的热风呼呼直响。接下来他没再说什么，只闻得到他抽烟的味道，听到他的叹息。

"素贞，今天你好像忽然瘦了。"

汉文站在我背后说道，吓了我一跳。

"这里的温泉，很能发汗啊。"从梳妆镜里，我打量自己。脸色纤白，颧骨毕现，突出的锁骨嶙嶙如山石，确实一下子瘦了许多。

汉文没有回答，只用手摸了摸我的额头："你不喜欢这里，对吗？"

"我也不知道怎么办，人的肉体对我而言并不长久，不管在哪里，不管因为什么。但我觉着，我必须努力维系它，尽最大可能地与你在一起。"我很想这样对汉文说，但最后说出口的话却是，"喝了酒，发了些虚汗，好好睡一觉就没事了。"

汉文注视了我好一会儿，不再言语，只轻轻将我拥入怀中。他的怀抱，滚烫得惊人。

第二天醒来后仍有些晕眩，坐在餐桌同大家一起用早餐时，觉着有些乏累，可食欲好得惊人。我举筷吃着慧姨娘准备的肉脯煎蛋、酥香藕夹、南瓜凉糕和海带拌芦笋丝，一口气喝了几碗番薯粥。

"吃得这么香，就太好了。"慧姨娘说，"昨天汉文还担心你呢。"

我眨了眨眼睛，有点茫然："姨娘做的饭菜，很合素贞胃口。"

用过早餐，汉文与我沿着庭院的小径，往后山的方向慢慢散着步。才隔一日，粉红淡紫的木槿花好像更烂漫了些。

"这花，只开一日呢。"

"昨日所见的，全都谢了啊。"

"我不怎么留意这些，可自小日日见着，也是看分明了。"

"真可惜啊。"

汉文见我失落，也便不再提，我们穿过木槿花丛，来到山脚。冒着蒸汽的大温泉池，一大早好像没什么人。汉文拣了块有石阶的地方，我们并排蹲坐下来。

"哎呀，是那女人。"昨日的胖女人和瘦女人忽然从石阶后面钻出来，胖女人一见我就失态地嚷了起来。

"她是怪物啊！"胖女人又说。

"什么？我不明白你们的意思。"我说。

"你居然说不明白。"瘦女人冲到我跟前，"你到底是什么东西啊？一会儿出现一会儿消失的？"

"现在狐媚的女人，可真可怕。"胖女人捏着鼻子，眼睛睁得越来越大，连黑眼珠周围的眼白都要露了出来。

"对不起，你们认错人了。"汉文站起来，说道。

"我看哪，揪一揪这油黑水滑的发辫，才知道真假。"瘦女人冷笑着说。

我觉着胸口压抑得发闷，昨日与她们同浴的不适感又犯上心头，身上的蛇鳞隐隐倒竖，紧箍咒似的声音牢牢地搅和着我的脑袋，"哇"的一声，我把早上吃的东西全都吐了出来。

我怀孕了。这是温泉旅行回来一个礼拜后发现的。怀孕这件事，我从来没想到过。姆妈问我经期来过了没有，我才慌里慌张地想起要买试纸测一测。

"啊！"我拿着试纸在浴室里尖声大叫，那一瞬间，身上的鳞片无端端脱落了好几片。

这让我想起一些往事。

当我还是一尾纯粹的蛇的时候，从来没有想过做人。但是我的母亲，一条大蟒，却常常化作女人到山下游玩。

有一天，一个男人跑到我们所住的地方大声地敲门，大叫着妈妈的小名。母亲咝咝地吐出芯子，叫那人快走。

"妙娘，妙娘，你快回来吧。"

"你这没用的男人是不可能让我产出卵来的，你太让我失望了。"

我从没见过母亲那种凶神恶煞的样子，她狠狠地甩动着蛇尾，发出"咻咻咻"的声音，同时用人的语言说着一大堆我听不懂的话。

很快地，自那以后，我们搬家了。母亲告诉我，之前她下山后一直和这个男人生活在一起，男人抛弃了老婆孩子，在城里购置了一所新屋，和母亲过着像模像样的夫妻生活。但不多久，母亲就发现这样的生活很无聊，男人固然温柔体贴，但也要求母亲时时刻刻维持人的模样才肯接受，再说，人的本性很顽固，不像蛇那样善变，生活中的方方面面都照着一种固定的模式进行，久了之后母亲就后悔了，想方设法地找出种种理由嫌弃那男人。

"你再也不和人来往了吗？"

"总之，人挺无聊的。"

记得母亲当时是这样回答的。那时我还小，既不了解母亲，也不了解人类，总觉着那个男的怪可怜的，但渐渐地，也就忘记了。自那以后，母亲和人类世界彻底告别，带着我和新出世的弟弟妹妹过着和其他蛇没什么两样的生活。

和男人,大概也是能产卵的吧?我有些不确切了。几百年前的往事一而再地浮上心头,让我觉着闷倦。

想着过去的种种,一直坐到傍晚时分。汉文下班来,见我呆坐在暮色里,问我怎么了。

他啪地拧亮客厅的台灯,在电灯的光晕里,一下午朦朦胧胧想过的事情变得虚浮起来。

"素贞,你最近好像有些变了。"汉文抚摸着我的肩,"是不是因为身子不舒服?"

"唔,怀孕了。"茫然地说出这话,却连自己也都不认同话中的内容。

第二天,汉文带我去了医院。一个年纪很大的妇产科医生絮絮叨叨地问了我许多莫名其妙的问题,量了血压,测了心率,最后说一切都很好。可是,我看她的样子,大概知晓我是蛇似的。

也许,作为蛇变成女人来怀孕产子的,我并不是头一个吧。

晚上,接到了玉莹的电话。玉莹兴致勃勃地说起迎接小外甥的事:"坐月子的话,就回乡下来,我和姆妈照料就好了。"

啊,难道我们不是蛇吗?我想说点什么辩驳,但一时间也无从谈起,只得由她讲个没完。

世界尽头的女友

说到生育，我的年龄也差不多到了，在这之前，我也从未产过卵。起初随着母亲在山中修炼的时候，我没想到自己会炼成人形。慢慢开始间歇性地变成人的样子，我觉着很奇怪。

"贞儿，不学点变成人的本事的话，遇到危险可就没办法了呀。因为人呀，是最自以为是的了，如果不幸在山上遇到捕蛇人或者农夫的话，可要马上变成人才行呀。特别是像你这样，要变成楚楚可怜的女孩子呀。"

"但是，你不是说人挺无聊的吗？况且，我对人类也没有太大兴趣啊。"

"可是，人对我们蛇，是很有兴趣的呀。是人逼着我们变成人的，不这样的话，你觉得妈妈能活上五百岁吗？"

我有些不太明白，毕竟，和人打交道的经验我也几乎没有。母亲喋喋不休地讲了很长时间，我总算答应下来。

从医院回来，我搬到了汉文家。可能是怀孕的缘故，我时不时想变成蛇，缠绕天花板的吊灯上也好，沿着窗沿四下游走也好，只有这样做，孕育的不适感才多少减轻一些。

汉文有空就带我到附近公园走一走，在公园里，汉文买了鸽食，买了鱼食，让我给鸽子喂食，给池子里的鲤鱼投食。汉文说，这里的鸽子和鲤鱼他已经喂了无数回了，现在由我来喂，多好。B市的秋天风很大，风一起鸽子就不约而同地往明晃晃的天空飞，风停了再落下来，风一起，再飞，风停，又落。

广场的鸽子不怎么吃我手中的鸽食，只远远地看着，偶有笨头笨脑的小鸽子过来啄食几下，又走了。虽然长着人形，鸽子也察觉得到我的蛇性。这样想，我难免有些黯然，便将鸽食远远地撒了开去，落得满地都是。

公园一角有自动投币的电动车，投一块钱，就走一分钟。我选了叮当猫，汉文选了阿童木。电动车开动时，发出欢快的乐曲声，我的叮当猫和汉文的阿童木并驾齐驱，沿着栏杆一路前行。叮当猫停下来时，阿童木却仍然越走越远。坐在阿童木车里的汉文，远远看去，像个老人。我闭上眼，想象出汉文几十年后苍老的面容。隔了一会儿我又睁眼看，汉文还是那日在拉面店里见到的，满脸认真、有着星星点点胡子茬的温和男子。

"素贞，我们去吃莲子汤吧。"说完，汉文拉着我，大步大步往公园旁边的甜点店走去。

这阵子我的食欲很怪，老想起从前在山上所吃的黏黏糊糊的山果子等东西。甜腻腻酸溜溜的莲子汤喝到嘴里，让我觉着窝心。

汉文知道了我是蛇。晨起的呕吐后，满屋子都是蛇的味道。盥洗室、厨房、客厅及卧室，潮骚的空气挥之不去。

我不知道汉文是何时知晓的，又是怎么想的，总之，他像往常一样温柔待我，好像很无所谓的样子。一天，我忍不住向他挑明了问道，你知道我是蛇吗？

"嗯。是呀。"汉文边看电视边回答。

"什么是呀，到底知不知道呢？"

"这个，素贞的话，没有很大关系吧。"

"是蛇也没有关系吗？"

"嗯，没关系的。"

我不知说什么好了。只好跑进来厨房，沏了普洱茶，给汉文端上来。喝着热气腾腾普洱茶的汉文，悠闲地看着综艺节目，还不时哈哈大笑，简直让人拿他没办法。

没过几天，汉文兴冲冲地抱回一把古琴，说是想让我弹给他听。

"你知道我会这个？"

"蛇的话，不都会弹琴吗？"汉文的表情很认真。

我想了想，叮叮咚咚地弹起了《平湖秋月》。可能是真的会吧，我原本就没怎么摸过琴，信手弹来，还真很像样。

汉文满足地笑了。

自从随手弹琴得到汉文的肯定后，我多少有些肆无忌惮起来。不再顾虑自己蛇的身份，虽然在汉文面前仍保持着人形，可是很多细节的地方就大而化之起来。比如，之前在阳台晒太阳织毛衣，我总顾着自己的影子，小心注意着维持影子的人形。现在，即便影子偶尔变成蛇影，也觉着无所谓了。

怀孕三个月后，就不怎么吐了，屋子里蛇的味道仍挥之不去。汉文一副早已习惯的样子，倒是有一天，他的同事和俊来家里做客，觉着讶异起来。

"这个，你们家里养了什么动物吗？"和俊问。

"动物？没有养。"汉文说。

"这个屋子里，闻上去有股蛇的味道。"和俊说道。

"啊呀。"汉文叫起来。

"莫非是猫？这阵子常有野猫跑来偷吃东西。"我说。

"不像啊，蛇是蛇，猫是猫。"和俊注视了我好一会儿，说道。

我不再说话，去了厨房，罩上围裙，给他们煮起鱼丸面来。在煮面的当儿，我还切了鱿鱼丝，放到火上轻快地烤着。猫也好，蛇也好，只要是存在着的动物，是明明白白地自有其气息。

我把鱼丸面端上桌，又端出烤鱿鱼和凉拌木耳，倒了淡酒，让汉文和和俊慢慢享用。自己则抱了古琴，坐在一旁轻轻弹奏起来。

入冬了，清冽的琴音让我想起从前很多事。我的从前很是漫长，那么漫长的时光，我是何时开始会弹琴的呢？这一点，连我自己都想不透。

"和俊说我身上有股蛇的味道。"入睡前，汉文褪下了贴身毛衣,换上旧的棉睡衣。

"你们医生啊,鼻子灵敏着呢。"我说。

"我也是吗?"

"你是从什么时候觉着我是蛇的?"

"第一眼见着,我就知道了。"

"噢。"

"生我的气吗?"

"为什么?"

"一早知道你是蛇的事。"

"一点点吧。"我想了想,"但也许一点点也没有。"

和汉文搂在一起,微微隆起的腹部抵住他的小腹,温暖的实感越来越强了。这个冬季,我舍不得冬眠。从前每到冬天,我总要和玉莹一起躲在卧房大睡特睡。现在已经到了十二月,乏困的睡意始终未有蔓延上来。

"我有个伯父啊,他娶了蛇做老婆。本来我对蛇不怎么感兴趣,可是因为这个蛇婶母,渐渐觉着有个蛇亲戚也蛮好的。"第二次来时,和俊讲起了他的故事。

"后来怎么样了?"我问。

"大人的事,我们晚辈不好过问太多。不知为什么,每次来到你们家,总让我想起伯父。"和俊说。

我望了汉文一眼,他好像没什么反应,若无其事地喝着淡酒。

"不过老实说，我觉着伯父一家还蛮幸福的。"和俊继续说着，"婶母看起来很凶，实际上却很好相处，经常花样翻新地给我们小孩整一些剪纸啦，画片啦，风车之类的玩意儿。伯父七十五岁了，婶母看起来还同刚入门时一样俊俏，一点都不显老。"

"啧啧。"汉文说。

"他们的孩子呢？"我问。

"这个，我倒没有问过。婶母好像一直未有生育，只一心侍奉着伯父，奶奶说她是蛇，我都不相信。不过信也好，不信也罢，后来伯父倒是沾沾自喜地承认了这一点，还让婶母跳了段蛇舞给我们看。说真的，娶上蛇妻可真不赖啊。"和俊说着，眯着眼把桌上的酒干了个透。

虽然和俊说得头头是道，我总觉着他话中有话，何况，看样子他也不像是中意蛇的那类人。我给和俊斟满了酒，举起杯子，说道："我敬你一杯吧。"

"谢谢。"和俊举起杯子，一饮而尽，"可以的话，也给我介绍一位蛇媳妇吧。"

我望了望汉文，不知说什么才好。

"你的同事们，都晓得你的女友是蛇了么？"我和汉文沿河散步。冬天的护城河，结着一层厚厚的冰，深白色的河面闪耀着难以言说的炫目。如若不是汉文，自己怕是未能有幸经历冬天罢，我想。

"这种事，没多大关系吧。"汉文低着头，边走边说。自今年夏天在拉面馆认识汉文，已经大半年了，他说话的语气，还是一成不变的安然。

"你能这样想，真是太好啦。"

"素贞，不要认为自己是蛇，就觉着有什么忧心。那些人，还不是一样。"汉文说。我不晓得汉文所说的"还不是一样"究竟是什么意思，只觉着汉文平日在诊所里，大概也遭受了不少流言蜚语。

这么想着，这天，我坐着电车，去了环市路的土特产商店，买了几盒芙蓉糕和燕麦酒，用淡金色的礼品盒一小份一小份地分头包好，让汉文带了到诊所里去。

"这是素贞的一点心意。如果同事们喜欢吃，素贞就放心了。"

原以为和俊那天只是信口说说而已，谁知这天趁着汉文上班，他竟跑到家门口，咚咚咚地敲起门来。

"嫂子，请开门，是我。"

"有什么事吗？"我隔着门问道。

"嫂子，请开门。"

从猫眼里看见的，是满头大汗穿着牛仔夹克的和俊，气喘吁吁的样子，像是有什么急事。

"怎么啦？"我打开门，和俊一个箭步跨进门来。

"那个……素贞，请给我介绍蛇媳妇。"和俊扶着门框，气未喘匀,急急地说着。

"对不起,和俊,这件事嫂子没办法呀。"

"怎么会?"和俊突然变激动了,嗓门大了起来。

"和俊,你今天怎么了?"

"求求您了,实在是求求您了。"和俊一心一意地盯着我,吓得我连手中编织的毛线袜都掉在了地上。

"可是我再也等不及了。"和俊本来泛红的脸更加憋得通红,突出的喉结局促地颤动着,露出奇怪的、从未见过的可怖表情来。我意识到他的失控可能与满屋子的蛇的气息有关,于是用力想把门关上,谁知他的脚死死地抵住门框,力气大得吓人。

"和俊,你听我说,蛇其实有很多种,并不像你想象的那样简单。何况,愿意和人类打交道的,不过是其中较为温驯的一种。"我顿了顿,"你想清楚了,你想要哪一种?"

"我不知道是否有什么不一样,是我的婶母主动召唤了我。她说蛇的世界很好,时不时地给我看蛇世界的各种翻新花样,从小她就诱惑我,让她缓慢地爬上我身,当她缠在我身上时,我除了害怕,还有无与伦比的迷恋。"

"不,那不是我们蛇的世界,我们不是这个样子的。"我大声地分辨着,并用力摔着门。

"什么,你居然想骗我?!"和俊愤怒起来。

见到和俊恶狠狠的样子,我飞快地朝里屋跑去,并关上卧室的门。

"出来，亲爱的，出来吧。别怕，我不会伤害你的。"和俊手搭在门上，轻声细语地说着。

"我只是中意你们，愿意听候你们的吩咐，请不要嫌弃我。千万不要嫌弃我。请将我缠住，纠住，并摆动你的蛇尾，好吗？"和俊隔着门喃喃自语着。我伏在床上，头痛得厉害，骨头与骨头之间开始错位，肌肉和腹部也随之形变，这样下去，我会不由自主地变成蛇的。

和俊的声音隔着门传来，他好像从门缝里窥探着我，接着又爬上门上的气窗，从幽黑的气窗里露出他阴恻恻的双眼。我用被子蒙住脸，觉着那尖细的声音搅得我头痛欲裂，腹中的孩子也隐隐作痛。

"白素贞，白素贞，快变成蛇吧。"最后，他的呼唤变得深不可测，一个劲儿地叫着我的名字，召唤着我。我的双脚、双手露出蛇形，连腹部也不可遏制，缓慢地呈现出蛇的肌理，天这么冷，变成蛇的话，感觉浑身无比的刺骨。

和俊的呼唤越来越急切，我觉着可怖，但又没有法子。原本体内的蛇性就隐隐欲发，随着他的声音的刺激，逐渐变成了一种让人难以抑制的焦躁。我觉着自己非常的可怜，又渐渐地倾于癫狂，当我彻头彻尾地变成蛇，这才慢慢安静下来。我屏息静气地游向门口，吐出淡猩红色的芯子勾住门把手。这时，和俊的声音愈来愈倾向细微、柔和、局促："白素贞，白素贞……"

我缓缓地用芯子拉开门，侧着脑袋看着他。这个名叫和俊的男人,大概已经呼唤我好几百年、好几百年了吧。

"根本不存在什么蛇的世界。不信,我证明给你看。"我伸出长的脖颈,巧妙地勾勒住他的脖子,上行,下行,逐渐地移动着,愈来愈紧。

"嘿,你们蛇,总是这个样子,死不承认。没关系,这没什么关系。"和俊说着,微笑愈来愈紧地溢出了嘴角。

和俊大概真的去了蛇的世界。护城河的河面一如既往地莹澈,在冰面下冬眠,未尝不是温柔的事。我问汉文芙蓉糕好吃吗,汉文说同事们吃得很开心。杀死和俊那天我产下三枚卵,我把卵放进冰箱里,天太冷,不是孵卵的季节。每当汉文打开冰箱,总要问我什么时候可以当爸爸。"哎,等我休产假时,再来孵卵吧。"我说。

公园有人在拉二胡,更远处听得到电动车欢快的乐曲声。我眯着眼听了一会儿,睁开眼看见汉文攥着两串糖葫芦站在我面前。他对着我晃了晃红色的糖葫芦,几百年的时光犹如瞬间的闪电在我面前倏然掠过。

"好好吃啊。"一手牵着汉文,一手握着红色糖葫芦,我伸出了猩红的芯子。

废墟与星垂

作为一名色盲症患者,我的故事是黄色的。有如淡金色的星星光芒洒落在银色沙丘时的样子。

每个人对于色彩的理解大概千差万别,比如说我认为家里金鱼阿短是漂亮的橘黄色,念书的小书台是烟紫色,书架是奶白的,而花樽里的水生植物是鹅黄的。他们告诉我这一切都是错,可是错有什么要紧,比如说我现在就顶着一头水蓝色的短发,和夜空的颜色一样样。

他们说,夜空是深蓝色的,而你的头发是浅紫色的。我厌恶人们的说法,因为我觉得,颜色是无常世界的烟火。

我的母亲也是一名色盲症患者,所以她永远只穿保守的黑衣服,秋冬是黑衬衫、黑毛衣和深黑大衣,夏天则是各种款式各种剪裁的小黑裙。她以为那样她的人生便不会出错,她和她自己在人们眼里看来永远是一致的。她从不化妆,化妆意味着败露与生俱来的缺陷,那是不被她允许的。扑上爽肤水后她会擦一点儿匀称粉底,柔润的润肤霜永远是最安全的。

我们家的什物被她贴着各种颜色标签,比如电视柜,比如毛巾架,比如牙刷杯,比如抽屉柜,乃至深深的冰箱内部。母亲井井有条地把事物按照本来的颜色归类,"红""深红""橘红""淡棕红""浅玫红",家里光红色就有十多种,都贴上写着字条的便签,俨然排列齐整按色号归类的系列口红。她说,这样的话,有助于小天加深对世界的理解和认识。可是,像这种蹩脚的理解,我才根本不想要。你能把游来游去的金鱼阿短贴上标签吗?能把煮出来的茶汤按照浓淡贴上标签吗?还有路宾叔叔送的水果硬糖和门前时不时开放的紫荆树,统统贴上便签好了。

总有人说我的头发很天真,大概水蓝是不被理解的颜色。从十一岁起我便决定了此生头发的颜色,如果因此成为一个不被理解的人,也是没有办法的事情吧。

那天傍晚我牵着金鱼阿短去散步,所谓牵,就是把阿短从鱼缸里捞出来放进小小玻璃瓶里,再拎着自制的铁丝把手，带它在附近游荡。社区门前的十字路口、街心公园、水果摊、甜品店乃至龙王庙，阿短都去散步过，它在那里游来游去，和别的宠物没什么两样。

坐在街心公园的喷水池旁边发呆，虽然太阳快要落山了，但暮色被水池的水映得亮晶晶的，阿短隔着玻璃对着喷泉游来游去。这时同班的山明忽然从我身后冒出来，只见他笑嘻嘻的，嚼着口香糖，一声不吭地看着我。

"喂，你干吗？"我被山明盯得有些发憷。

"噗"的一声，山明以迅雷不及掩耳之势将嘴里的口香糖吐到了玻璃瓶里。悠闲畅游的阿短被突如其来的天降异物吓了一跳，山明露出鬼魅的笑脸，一溜烟跑了。

我羞愤交加，觉得这种恶心的家伙实在太可怖了，眼泪在眼眶里转了几转，我拎起玻璃瓶迅速地朝山明追去。

"混蛋。"我一面追一面喊。只见山明跃过公园的假山，往十字路口的方向跑去，边跑还边挑衅地回头看我，明明知道我追不上，所以跑得特别得意。

我顾不得这许多，抱着玻璃瓶紧紧地追去。怀里的阿短大概吓坏了，如果金鱼能说话，它一定会像我一样大喊大叫吧。

气喘吁吁地穿过十字路口，沿着后街荒芜的店铺一路追去。这条后街原本是荒地，开发商买下后开发成商业街，后来不知因为什么半途而废，稀稀拉拉地摊散在那里。未涂漆的招牌，生锈的铁闸门，破损的玻璃门以及被附近小孩搞的满是乌七八糟涂鸦的墙壁，都使这里显得很疏离。

跑了好一会儿，我远远地看见山明消失在路尽头。这条街是死路，路尽头掩映着很多荒草丛林，看上去阴森森的。我抱着玻璃瓶停下来，喘着气，发现汗水早已没过了眼泪。

那个地方我从没去过。犹豫了一会儿，我蹲下身从路边撩了一根野草梗，把玻璃瓶里的口香糖挑了出来。沾着山明牙印和金鱼泡沫的白色物体，看上去像块尸体，好恶心。

可能是头发太蓝的缘故，被男生捉弄是常有的事，同性的好友也几乎没有。班上的波美和英淑偶尔会跟我交流一下星座和最近的动漫连载之类的，除此之外就没有人理我了。孤独的时候，我会把阿短也带去上课。因为我很小心，总是把玻璃瓶藏在桌屉里，也没出什么状况。经历口香糖事件之后，我决定不再把阿短带到学校去了。

这天早晨我在教室外的走廊走着，山明迎面走来。他双手插在校服兜里，心不在焉地嚼着口香糖，若无其事地从我身边走过。由于他的样子过于坦然，一时之间我不知如何应对。直到他走出我的视线，我才回过神来，在心里狠狠地骂了他几句。

没能在他面前表现出应有的愤怒，所以金鱼那件事就这样不了了之了吧？我觉得自己很是愚蠢。

由于大部分时间是孤身一人，我独自闲荡的地方很多。教学楼的天台啦、学校草坪啦，还有晚自习人散去后的单车棚啦，当然还常去龙王庙后门、街市广场或者干脆去超市的食品便利桌上写作业。闲逛的话，看到熟悉的地方每时每刻都在发生微妙的改变，心情也会因此变得快乐。

终于决定去后街的荒地看看。因为每天晚上躺在床上，闭上眼睛就想起山明消失在路尽头的景象来，一次一次地在脑海回放，那个场景变得越来越诡异，如果不做点什么而力图忘掉的话，我会因此变成一个没用的人吧？

周六的中午，父母在卧室里午睡，家里静得只剩老式冰箱嗡嗡作响。我穿上薄风衣，戴上褐色的墨镜，临走前犹豫了一下要不要带上阿短，终究还是决定独自出门了。

火辣辣的太阳烤着街道，街上几乎没什么人，溽热的暑气侵袭着脑门。我扶了扶墨镜，把风衣帽子拉到头上。透过褐色镜片看到的世界还是有些幽凉，路边紫荆树、水果摊上的西瓜、便利店的阳伞和贴着小广告的电线杆，因为褐色镜片的关系色调变得晦暗，颜色对我来说也没有平常那样敏感了。

沿着后街破败的商店走廊走着，偶尔经过门窗脱落的店铺，就会感受到里头透出的阴凉气息。那种长期无人的地方，里面的空气几百年都没有人呼吸过了吧，我这样想着，目光小心翼翼地回避店里面幽闭的景象。

到了路尽头，蝉鸣忽然变得厉害。我停下来，架起墨镜东张西望。刺目的光线映着周围的杂草有些失真，柏油路白花花的，我极力往荒草背后眺望，但什么也看不清。山明就是在这里消失的。我重新戴上墨镜，拨开了杂草。

什么嘛，不过是平平常常的混着杂草的石子路，路边偶尔有扔掉的可乐罐、断了腿的洋娃娃等垃圾，是名副其实的荒地。

废墟就是那时候出现的，走了十分钟，在石子坡路下，我看到了堆砌着很多破家具烂电器和压扁的小车的废墟场，间隙还有凌乱的罐头、铁皮零件什么的。杂草从缺了轮胎的汽车里长出来，敞着门倒下的冰箱贮满了积水，半截摩托车的后视镜反射出远处的日光。

奇奇怪怪的破烂竟有那么多，摘下墨镜，眼前的废墟变得不真实起来。

虽说有些失望，我还是爬下坡，钻进废墟深处东游西荡。这里什么都有，灯泡、缺天线的收音机、生了锈的老式唱机、二十世纪七十年代双缸洗衣机，我甚至发现了一个不屈不挠滴答走动的闹钟。

"嗨，欢迎来到世界尽头。"

转过身，一个和我差不多大的男孩叉着腰站在我身后。他挂着骷髅头的项链，身上的汗衫特别大，脏兮兮的牛仔裤兜鼓鼓囊囊的。

"你和这个地方好相配啊。"没头没脑的话,不由自主地脱口而出。

男孩一副不可思议的表情。我顿时觉着自己说错话了,改口问道:"这里是哪里?"

"谢谢。"他突然说道。

"啊!"

"因为你说我和这里很配啊。"

起风了,大风把四周的废铁刮出奇怪的摩擦音,间或还有叮叮当当的铁片撞击的声音、四周青草微微起伏的声音,一股锈蚀的铁的味道扑面而来。为了把男孩看得更清楚些,我摘下了墨镜。他的眼眸是水蓝色的,是我十一岁起就决定拥有的颜色。

男孩向我介绍他是附近汽车修理厂的工人,每天来这里捡宝贝,回头拼凑做成各种各样的东西。

"什么都能做出来吗?"

"能。"

"书架可以?"

"当然。"

"台灯呢?"

"没问题。"

"干脆做个电报机可以了?"

"这个主意不错。"

"飞机总不行了吧?"

"模型飞机我做了好几架。"

我把墨镜重新戴上,是为了避免与他水蓝色的眼睛相对视。在坑坑洼洼的废墟场一前一后走着,回答问题时他会回头看我一眼。真奇怪啊,这家伙竟然没有对我的蓝色头发感到诧异,这一点让我觉得很开心。

来到废墟尽头,绕过一个画面斑驳的巨幅广告牌,我看见远处高速公路架上的滚滚车流。那个地方好像很喧嚣,车流的声音时大时小不确切地回荡着,相比之下,这里安静得就像世界尽头。

"这是我所期待的世界末日。"虽然隔着墨镜,男孩看出了我的想法。

"世界末日吗?"

"到处是溃烂的机械和残破的工业产品,只有欣欣向荣的草一点点钻出来,如果有一天地球死了人类毁灭了,就是这个样子的。"

"嗯。"我若有所思地点着头。

那之后几天,我一直在想着废墟,离我家这么近的地方,居然有世界末日这种地方啊。我觉得有空应该带阿短去看看,如果不是因为阿短的口香糖事件,打算一辈子四处闲逛的我到死也不会发现这么有品位的地方。

山明这两天态度有点奇怪,前一天找我借了英语笔记,今天上午又问我有没有看到他的篮球。由于我是英语课代表，不得不把笔记借给他，但是篮球那东西，跟我没有半毛钱关系。他愈是对我表示友好，我愈是觉着讨厌。

下午放学回家后，我从抽屉里掏出染发剂，两个月没染了，发梢星星点点地露出原有头发的颜色。打开热水器花洒，将短发冲干净，之后用毛巾擦了风筒吹干，便戴上手套对着镜子慢慢地给头发上色。十一岁起我就在干这事，差不多四五年了，母亲从来没有干涉过，有时候我想，有个色盲母亲感觉也蛮好的。

涂上染发剂，我戴上染发头套坐在书桌前翻漫画，母亲在厨房喊我吃榴莲饼点心，虽然很想吃，但头发黏黏的，根本吃不成。

呜，桌上的水红色手机震动了。有简讯：

晚上请你看电影　震东

啊，是那个废墟男孩。那天留了电话后，他告诉了我他的名字。

在哪？

第一次有男生邀约看电影。从前也被隔壁班的男生递过纸条约看电影，当我傻傻地在电影院门口站了两个小时，才明白原来对男生来说，捉弄头发不一样的女孩，是那么开心的事情。

老地方

震东的简讯没有标点，感觉和他说话的口气很像。
"妈妈，榴莲饼还有吗？"放下手机，我飞快地跑到厨房，要求吃点心。

因为震东没有说起可以带其他人，我把阿短也留在了家里。吃完晚饭，我背着书包装作上晚自习的样子，出了门。充满暮色的后街，吹来凉习习的晚风。走到路尽头时，我忍不住把手机掏出来，又确认了一次——

晚上请你看电影　震东

既然有台灯、书架、飞机和电报机，那么在废墟里创造出一部电视机应该也不是什么难事。当我穿过荒草地来到坡路边时，发现暮色已经完全将废墟笼罩。
啊！我极力张望，发现远处有类似汽车远光灯一样的淡白色光芒朝天空晃动。白色的光束朝夜空摇曳了一会儿，便朝我这边晃过来。光束像忽闪忽闪的流星般晃动着，没有要停止的意思。我犹豫了一会儿，便下坡往灯光的地方走去。

"嘿。"震东忽然从一辆破轿车上跳下来。我瞪着他看了好一会儿,即便不戴墨镜,夜色中也看不清他瞳孔的颜色。

他举起放在车头上的应急灯,朝着深深的夜空开始写字。光束移动得太快,我还没来得及看清,那些字眼便消失在闪亮的银河里。不过我想,应该不外乎是"你好""哈喽"之类的吧。

坐在废墟尽头的草地上,我们面对着那幅巨大的铁皮广告牌。震东摇动着胶片机,沙沙转动的机器透过投影仪在广告牌上投射出无声的画面,人和景物淡淡地在广告牌上变幻着。开始是穿着斗篷的女人坐上汽车,汽车穿过城市,驶过森林公路,接着是盯着车窗外的女人的脸部特写,她看着掠过身边的种种风景,好像在沉思什么。

车在一座城堡面前停下来。戴白手套的仆人打开了车门,女人犹豫了一会儿,下了车。一个梳着飞机头的绅士微笑着朝女人走来。

"嗨,凯伦,你终于来了。"

"噢,亲爱的史蒂夫,很高兴见到你。"

"凯伦,你比从前更美了。"

"谢谢。托上帝的福,我非常好。倒是你,瘦了不少。"

震东一会儿用沉厚的男低音,一会儿用细细的女声给画面配音,一板一眼地认真极了。

正当我看得入迷,男女主角在马场上策马追逐时,画风一转,变成唐老鸭和米老鼠嬉戏打闹的画面,唐老鸭搔着胳膊颠着屁股冲向米老鼠,米老鼠摔了个狗啃屎,溅翻的牛奶盆浇得它成了湿老鼠。

"啊呀呀,电影变了。"

"嘘。没错。这是我帮他们安排的情节。"

"啊,为什么?"

"因为听从女主角的内心需要啊。再说,你不觉得那对男女这样做比较有意思吗?"震东停下摇动的胶片机,转过头来看我,定格米老鼠的画面光映出了他的眼睛原有的颜色。

迫于他眼睛里深沉的蓝,我点点头表示了同意。

有生以来看过最奇怪的电影。我连阿短也没有透露。从男女主角在庄园骑马开始,就回不到从前了。写完作业百无聊赖躺在床上时,我会回想那些支离破碎的情节,与此同时,脑海里震东说过的对白也会一遍遍地回放。

"这孩子是不是有点痴了啊?"妈妈有一次担忧地摸着我的脑门说。

"不要紧,长身体嘛。脑袋跟不上身子的发育也是正常的。"来我们家做客的表姨说道。

"是吗,我总是看她有时候呆呆的……"

"呵,女孩子最紧要的是身体发育好,身体发育好了,什么都会好。"

世界尽头的女友

还是头一次听说这么新鲜的观点，我捋顺被摸过的额头上的刘海，回了房间。不过，我身体发育并不好啊，稀瘦稀瘦的，内衣也只是最小号那款，根本不可能存在什么脑袋跟不上身子的发育问题吧？在衣柜镜前照了五分钟，我倒在床上睡着了。睡梦中，金鱼阿短从鱼缸里一跃而出，变成了一匹白马，白马在我身边走来走去，好像是一件很自然的事情。

周日下午，我又去了废墟闲逛。这一次，我带上了阿短。烂衣架，漏水壶，瘪了的铅笔盒，废油桶和破脸盆，拎着玻璃瓶，我的目光在各种杂物中逡巡，碰到古怪的东西，便蹲下来仔细翻看，顺便细细想象这件物品的前世和它的主人。

在一个三轮车的沟槽里，我发现了一只铁皮青蛙。小时候我有过好几只这样的青蛙，有一只是和伙伴比赛时输给了对方，一只因为蹦得太高从楼上摔死了，还有两只带到学校被班主任没收了。总之，我手头上没有幸存的青蛙。

拧紧发条后，青蛙咯咯哒地在泥地上蹦起来。蹦法倒是和小时候一样，只是因为地面有些泥泞的缘故，蹦不太高。

呃，自己已经到了不被老师没收青蛙的年纪。想到这里，我把铁皮青蛙塞进了书包，拎起玻璃瓶继续漫步着。

好像哪里隐隐传来说话声。不是一个人，是好几个人。断断续续的说话声夹杂着嬉闹声从杂物的缝隙里传来，循着声音的方向我轻手轻脚走过去，一个男生粗声粗气在骂骂咧咧，接着是一阵喘不过气的狂笑声。我躲在铁皮火车头背后，再偷偷从缝隙往外觑。七八个男生在废墟中央的空地上喝酒耍纸牌，有的抽着烟，有的身上有文身，其中有两个还穿着我们学校的校服。

看着阳光下那群不良少年，我感到十分茫然。

"臭小子，敢玩我？"场面不知怎么地混乱起来，一个高年级的黑脸胖子起身将纸牌甩得纷纷扬扬，朝对面男生踹了一脚，身后一个灰T恤男迅速扑上去把他扳倒，紧接着两个校服男生扑上去。在他们厮打时，一个叼着烟的瘦高个子和另一个拉链衫男孩敲起了铁皮桶，边敲边喊："加油呀喂。加油呀喂。"

大码的匡威在一个校服男脸上踩了一脚，那家伙竟然是山明，我差点喊了出来。山明的脸上印着巨大的匡威鞋印，左脸比右脸几乎肿了一号。只见他抢过敲铁皮的棒槌往胖子后背砸去，胖子转过脸，一副无动于衷的表情："找死？"

黑脸胖子拾起掉落地上的棒槌，顶起膝头折成两折，之后将两根断棒抛到脑后，搓着手向山明扑去。山明连滚带爬地拉起地上的书包往前冲，胖子发足朝山明追去。方才的灰T恤男和其余男孩趁乱往地上砸碎了所有的啤酒瓶，捡起零钱一哄而散，一路上听得哐当当的铁器跌落的声音。

"喂，等等我。"抽烟打鼓的瘦子踢翻油桶，循着声音追去。方才嬉闹的空地变得空荡荡的，微风卷起地上的几片纸牌，像衰老的蝴蝶。

啪嗒，啪嗒，有什么冰凉的液体滴落下来，我低头一看，是鼻血。一滴落在草地上，一滴落在玻璃瓶里，将阿短身边的水洇染成了淡淡的猩红。我觉得有些晕眩，这座钢铁般的聚合物大概汇拢了整个下午所有冰冷的阳光吧。仰起头，清风徐来，夹着青草的气息和钢铁的味道，还有透明的血腥味儿。

废墟回来以后我持续低烧了好几天。其间收到震东两个简讯。

你还好吗？

来世界末日玩吗？

不知道怎么回应。废墟世界的情义大概跟现实有所不同，因为还没能想出怎么理解，低烧的症状一直持续着。在学校我看到缠着纱布的山明和同学谈笑风生，每到下午还若无其事地上场打球。黑脸胖子和灰T恤男也被我认了出来，胖子是高我们两届的学生会主席，灰T恤男不知道叫什么，但经常出入丙班教室，应该是丙班的同学。

说是在汽车修理厂的工作，可是我们这附近根本没有这样的修理厂啊。如果以废墟作为分界线，我、山明、胖子和丙班的灰T恤在废墟的这一头，震东则在另一头。震东从来不出没于我们的世界也就不足为奇了。想要见到震东,真的只能去那世界末日吗?

烧退了。我给震东复了短讯:

明天下午两点,山猫咖啡馆见。

明天见。

震东迅速回了讯息。

我很擅长靠数数消磨时间。在咖啡馆等待震东的时间里,我数到了二十八人次的进出,此外还有二猫一狗,两只猫进来后只剩一只,另外那只也许从窗户跳出去了,狗则进进出出无数回,以迎接客人为乐。

在服务生给我倒第二次水时,我看见了窗外驶来的重型机车。庞大的机车很像笨重的绿色妖怪,呼哧一声喘口气后擦着茉莉花树停了下来。瘦瘦的骑手并没有摘下头盔,属于震东的骷髅头在骑手的黑衬衫前晃动着。

戴着头盔的他径直走到我面前坐下。我以为他会摘下头盔才跟我说些什么,可是他没有。"好些了吗?"他问。

"什么?"

"因为你没能来废墟啊。所以担心你生病了。"

"啊,是的。好些了。"

"那就好。喝完咖啡我们去兜风吧。"

没等我回答,震东转身打个熟练的手势,要了杯冰咖啡。面对戴着头盔的震东,我将目光转向门口,重新数起了人数。

直到咖啡端上来,震东才摘下头盔,端端正正地放在桌边。水蓝色的眼睛一成不变,没什么好怀疑。只是摘下头盔的一瞬间,震东好像有种由机器变成人的感觉。

我不再数数,以和震东相近的速度喝着杯里的橙汁。

"其实,还是那个地方适合你。"震东说。

我也是这么想的。

生涩的风呼呼地从我身畔掠过。校门口的花樽,邮局的报刊亭,街心喷泉,以往熟悉的风景因为速度的变化而变得陌生,机车驶过台北大桥时,我问震东我们要上哪儿。

"快到了。"震东的声音因为风速变得很淡漠。

车在一家洗车铺面前停下来。两个小伙子在门口围着一辆银红色的雪佛兰洗刷,花洒冲击下的车顶泡沫化为花朵从我脚下流过。

"在这儿等我。"震东熄了火,摘下头盔往店里走去。我望着黑色钥匙在仍微温的车身处摆荡着,觉得它很像震东身体的一部分。

谈恋爱就是这样子的吗?我不是很清楚。小心翼翼地站到白色泡沫不曾流经的地方,我往店铺的里头张望。

五分钟后,震东出来,手上拿着一把老式冲击钻。报纸包着的冲击钻露出来半身,震东把它塞进车身的储物箱,招呼我上了车。方才出现过的景物以相同的速率向后退着,废墟另一头的景物在我面前徐徐展开了。我想,这就是关于震东的世界。

震东的住所在高架桥一侧的寓所里。房间靠门的一侧齐整地摆着三个电唱机、六个音箱、八个高低形态各异的台灯和大大小小的拾音设备,此外,还有一堵由五个电视机拼成的墙。我想象了一下六个音箱和五个电视机同时播放的场景,觉着蔚为壮观。所以,要从这里编编剪剪出各种属于震东的电影故事,应该是理所当然的事情吧?

推开窗户,震东拿出望远镜指着高架桥不远处对我说:"就是那里。"

从望远镜里窥看我们看电影的地方,铁皮广告牌上的金发美女成了显微镜里的单细胞生物,一旁的烂单车、破油桶、倒地的吸尘器和危危欲倾的电线杆,笼罩在午后的尘光里交织出扑朔迷离的场景。

"那个地方,很适合杀人。"

震东的话吓了我一跳,望远镜里的风景也随之颤抖起来。

"我曾经站在这个地方,如你这般举着望远镜,看见了我不该看见的东西。"

"啊!"我手里的望远镜掉落在地。

震东拍了拍我的肩,微微笑:"骗你的,胆小鬼。喝咖啡吗?我给你煮。"

我当然不是什么胆小鬼,因为我还打算顶着古怪的蓝头发招摇一世呢。当夜幕降临时,我窝在摇摇椅里和震东一起听流行音乐电台的节目。宝蓝色的星垂与远处的高架桥混为一体,星光与车灯各自闪烁着不可言说的美意。收音机里响起卡百利天使般的歌声,震东吻了我,我们做了寻常男女常做的那种事。我感到他眼睛深处有蓝色光芒在熠动,但也许是错觉。

两个月后,我的初恋结束了,因为震东死了。他的尸体被人发现倒吊在废墟深处的电线杆上。虽然电视机里的新闻镜头他的脸被打着马赛克,可是曾经摩挲过我身体的骷髅项链却像誓言般倒垂了下来。

"那个地方,真的很适合杀人吗?"我因此失忆了好几天。第六天蒙着医用口罩出门时,含着合欢树潮气的秋风唤醒了我的记忆,我在街心花园的垃圾桶里吐出了六天以来吃过的所有食物。米饭、汤圆、鸡汤、辣白菜、肉卷,所有黏糊糊的液体倾倒出体内所有的知觉。

然后我坐上巴士,绕过高速公路之后在十字路口下了车,沿着汉堡店门口的路往前走,经过二手书店和社区医院,来到那栋楼。

走上楼梯,看得见门口贴着警察局直挺挺的封条。我掏出钥匙打开房门,脱下鞋子在玄关处摆好走了进去。沙发、摇椅、咖啡杯、录影机、收音机,以及盥洗室的牙刷和床上的毛毯……我逐一检视房内的物品,最后在摇椅坐下,打开录影机按下电视遥控器专心看电视。

录像带藏在电视墙下方的柜子里,我看的这卷里头录的尽是外国机车广告。什么大漠奔驰的机车美女,什么越野赛上与狼共逐,什么冲上云霄,等等,虽然对机车并不是太感冒,可我照看不误。

天黑了,我从食物柜里翻找出一个杯面和两听罐装啤酒。杯面的有效期到上个星期五,正是我失忆的其中某天。现在吃也许还不算迟,我想了想,烧了水,泡好杯面边吃边看电视。

下一卷录像带我看的是憨豆先生。

花了两个星期,我把震东家的录影带都看完了。这个秋天,我剃光了头发,因为颜色是无常世界的烟火。我戴一顶短檐的灰呢帽去上学。自从蓝头发剃掉后谁都没有来再撩我,我因此得以清静地活着。这一天,我收到山明的简讯,问我去不去看电影。

这个人,并非因为头发的颜色来约我啊!

"好的。"我回复了他简讯。

放学后,我站在校门口等他。庞大的重型机车远远地驶来,在我视野里一点点变绿,更绿。虽说戴着与那人一模一样的头盔,可是画面看起来好诡异啊。

"喜欢吗,这车?"山明用指尖划拉着绿色妖怪起伏的线条,说。

我注视着车身钥匙孔微微摆荡的黑色钥匙,那个人死了,他的精魂还在的。

车子缓缓匀速地朝前驶去,四周的街景一点点消退。陌生的体味侵袭着我的鼻腔,从后视镜里看过去,沿路的街灯像尾随的花朵,而头盔里的那个男人,连一呼一吸都令我难堪。

"海风好大啊。要是能再快点就好了。"

山明加快了车速,机车在台北大桥上呼啦啦飞驰。

"冷吗?"我褪下领口的白纱巾,从身后替山明系上。

"风实在太大了,可能还需要再紧一点吧。"说着,我紧紧地拉住山明的脖颈,往记忆深处拉去。

"喂,别乱来。"

"很危险……"

车头在桥上七扭八歪地拐了几次,一下冲出了大桥护栏,重力消逝的瞬间,身体和地球上所有的一切事物脱落开来,机车、书包、金鱼阿短、铁皮青蛙、数学习题、金发女郎、染发膏,和心脏。我逐节逐节回忆起在震东家里看过的录影带里机车广告每个精彩的瞬间,有与狼共舞,有大漠奔驰,也有冲上云霄。

与此同时,我的双手更紧更深地拽住了白纱巾,纱巾那头是好温柔的事物。倒悬的星空无比明亮,我想起小时候妈妈说过的话。

她说,色盲症患者的眼泪是金色的哟。

家族事件

在一个吊诡的春天，我的父亲迎娶了他的第二位太太，也就是玉珂小姐。玉珂小姐比我大上三岁半，圆圆的脸蛋看起来很亲切。娶第二位太太是我母亲的主张，自从奶奶去世后，父亲情绪很是低落，也不知母亲怎么想的，就自作主张替父亲张罗了这门亲事。一开始我总觉着家里突然多了个没有血缘关系的女人怪怪的，但久了也就习惯了自己有个小妈的事实。

玉珂左耳垂下方有颗淡褐色的小痣，那颗痣看起来很像偶然停留在耳畔的小飞虫。就是这颗痣母亲认定了玉珂是我们方家的一员,在我们方家,人人耳垂下方都有一颗痣,爷爷,奶奶,父亲,母亲,我和弟弟。虽然有颗痣并不是什么了不得的事,但我们家祖上历来很重视这痣,称之为家族痣。不过,在我看来,玉珂有痣不过是巧合,这痣的长法既不是玉珂的意志也不是痣本身的意志,无非机缘凑巧罢了。

玉珂嫁过来时是二月,积雪初融。记得那日社区楼下堆满了积雪,还有不少放寒假的孩童在玩堆雪人。玉珂穿着淡乳蓝色的婚纱踩着白雪明明白白地朝我们家走来,这场景对当时的我而言,似乎真切得有些过了头。

我们家的家规虽多,但是遵循起来并不繁杂,主要是这些家规平日里并不太使得上,只有在特殊的日子必须按规定办事。譬如说,葡萄成熟的季节家庭成员要在第一个休息日聚在一起品尝新鲜的葡萄;每年九月初三烧白檀香供奉先祖;平日里家中有感冒的成员不许在家过夜,须到附近旅店开房休息;拍家庭合照时大家都得露出耳边的痣;等等。当我站在家中佛龛前磕磕巴巴对着玉珂宣读家规时,穿着淡乳蓝色婚纱的玉珂抬起头来冲我笑了,笑容里藏着一颗颜色很白的兔牙。

有好几次,我曾偷偷窥看过玉珂的痣。正如母亲形容的那样,她耳下的痣的的确确是真痣,只不过颜色较我和弟弟的稍浅些,也没那么大,仿佛轻轻一吹就会如飞虫般飞走。不管痣是真也好假也好,总之,玉珂明白无误是我们一家人了。

之前奶奶在世时,她是家里最爱说话的一个人,吃饭也好看电视也好,总絮絮叨叨说个不止。奶奶过世后,家里安静得有些乏闷。爷爷,父亲,弟弟,都是不爱说话的木声木气的人,母亲和我也好不了多少,左右不外是"今晚的腌黄豆味道不错""听说天气预报女主播因为怀孕换了人""电饭煲的内胆有些接触不良,要修一下"之类的话,往往说完上句没了下句,就闷闷地埋头各干各的。以为玉珂来了之后,情况会好点,谁知她更加不爱讲话,只自顾自地干着自己热衷的家务活,扫地浇花和剥豆子什么的。

可能正是这个缘故,我们家每年都有一人失声。失声就是完全不能讲话,即便是讲,也是断断续续嘎啦嘎啦的音,根本听不懂什么意思。大前年是奶奶,前年是弟弟,去年失声的则是父亲,奶奶过世后他就嘎啦嘎啦完全不能作声,静静地宛如幽浮一般地存在着,且时不时地简直要消失一般。不管怎么同父亲大声讲话,他总微微点头,表情什么的可以说是没有。鉴于此,母亲才忙不迭地安排了这门亲事。玉珂过门后,父亲的状况仍没有多少改善,相反家里多了个默默无语的人,连我们各自在客厅红木地板穿袜子走路的足音都数得出来。

玉珂过门后差不多两个多月,有一天,忽然对我说,她想回娘家一趟,问我能不能陪她一起去。乍一下被她这么盯着认真询问,我还真有些适应不来。"回娘家吗?玉珂打算回娘家……"

其实,玉珂回娘家的事爷爷和父亲母亲都已经同意,弟弟虽然没什么表态,但也没说什么(他一向对家庭事务不怎么上心),就等我的意思了。这天晚饭过后,我跟着母亲进了厨房,边陪母亲洗碗边问:"你不怕玉珂回了娘家就不再回来?"

"怎么会呢,玉珂在我们家不是待得好好的吗?况且,人家诚心诚意邀请你一起去,不是很好吗?"

既然母亲这样说,我也就没什么意见。反正,要是玉珂到时候不愿意回来,母亲自然会担待着,我只管陪她回家去便是。

到了周末,我和玉珂收拾了随身衣物,带上母亲准备好的茶叶、腐竹和鱿鱼干,坐上了社区的便捷巴士。

玉珂的娘家在城北的一个大型社区,这个社区足有我们家所在的社区十倍之大,巴士在社区里兜兜转转差不多半小时才到玉珂家。玉珂家门口摆着晾干了的艾蒿和蒲草,玉珂拿艾蒿往我身上和自己身上拂了拂,这才把我领进家门。

玉珂的家很宽敞,光线却暗暗的。玉珂说是因为爷爷眼睛不好的缘故,长年见不得太强的阳光,因此窗户都用竹帘子遮着,到了傍晚才拉开来。因此我进来之后,眯了一段时间才适应屋里的光线,看清玉珂家人的长相。玉珂家人很热情,一坐下来,玉珂母亲给我沏了大麦茶,拉着我问长问短的,内容不外乎是令尊身体可好,姑娘今年几岁了，找对象没有，等等。由于我长时间不爱讲话，被玉珂母亲这么一问，感觉头昏脑涨的。

聊了半晌，里屋忽然冒出一个长着山羊胡子的男人，我刚要起身叫爷爷，玉珂却介绍这是她父亲。望着看上去同她爷爷差不多大的玉珂父亲，我感觉这家人的年纪都颠三倒四的，难怪玉珂愿意嫁给比她长上一辈的我的父亲，或者这是她的家族一贯以来的偏好也说不定。

吃饭前，玉珂给我介绍了她娘家这边的家规。她家的习惯很简单，只有两件事，一是晚辈睡觉前要给长辈暖被窝，暖得差不多了才起身回自己房间睡觉。另一件则是每年农历九月九日全家都要去附近的野山登高，登高时还喜欢边攀登边拍手唱先人所作的家歌，什么"南山有樱木，葛藤爬上树。和乐君子啊，福禄安抚你"之类的。说着，玉珂站了起来，边拍边唱地给我示范了一番。

午饭是玉珂母亲做的酱油炒饭、炖莼菜、菠萝咕噜肉及虾米海带汤，吃饭时大家各自先往眼睛不太好使的玉珂爷爷碗里夹一筷菜，这才慢慢开吃。玉珂的父亲和爷爷坐在一起，除了爷爷因为眼睛不好动作略有些迟滞之外，两人怎么看怎么像孪生兄弟。

"喂，"吃着吃着，玉珂忽然用胳膊肘碰了碰我，"吃完饭带你看一件好玩儿的东西。"

玉珂说的好玩东西是玉珂哥哥玉郎养的珍珠马。珍珠马差不多如成年人的手掌般大,虽然个儿小,却十足十地长着马的样子,嘚嘚嘚地在书桌上跑起来也甚是得意。

"这是你们家家宠吗?"我问。

玉珂刚想说点什么,却被玉郎用眼神制止了。玉郎慢慢地将珍珠马拢入怀里,给马喂了一根青草,这才说道:"算是吧。这是之前我给一个企业家设计商标时,他送的。据说这是他家养了十来年的家宠,因为刚过门的太太对马毛过敏,只好送人。客户见我甚是爱马,加之设计的商标很受市场欢迎,因此送了珍珠马作为感谢。"

"是吗?"我啧啧地称赞着,边看边用手抚摸马的鬃毛。

我早就听说过珍珠马这种动物,之前奶奶在世时,曾给我讲过珍珠马的事。在奶奶那个年代,很多王公贵族纷纷以饲养珍珠马为荣。据说这种马善解人意,能复制主人心里的想法,将其传递给另一个人。其中,复制人心能力愈大的珍珠马,品种愈为高贵。那些善于豢养珍珠马的饲主们,在小马刚满月的时候便开始驯马,使用祈祷师秘传的咒语,加上有灵气的黄精、雪莲、鸡蛋草等食物混合在马饲料中,边念诵咒语边喂饲,待马渐渐长大后,就可以驮着人的心意传递给他人了。不过,刚开始时珍珠马能传递的心意和想法并不多,等马逐渐学会负重后,才能传递合适分量的思想。如果一下子给马负重太多的话,这种灵马也会受不了而因此逃跑或夭折的。所以,饲主本身的心意是否地道,合乎人情,也是相当重要的。

听奶奶讲，那时驮着爷爷的心意来给奶奶做媒说亲的，是一匹奶白色的名叫"阿栗"的珍珠小马。当时阿栗由哑巴媒婆装在竹筐里，裹着天蓝色的缎丝绢子，送到奶奶家。到了奶奶家，在曾祖父、曾祖母及舅爷等人的围观下，哑巴媒婆揭开缎绢，阿栗从竹筐中一跃而出，一下子扑向了梳着两根麻花辫的奶奶怀里，边舔着奶奶的手边嘶叫，奶奶悠悠然地将插在麻花辫上的栀子花摘下来，喂给小马吃。我问奶奶被珍珠马传递心意是什么感觉，奶奶只说她不是很记得了，只觉着当时犹如触电般明白了一件事，那就是爷爷十分中意她。当然，阿栗传递的心意，在场的曾祖父、曾祖母等人是不知晓的，只由珍珠马传递的本人才晓得。由于珍珠马十分聪慧，复制和传递的主人心意几乎完全准确而不出现差错，比靠媒婆、邮差等转述或书面表达可信多了，通常人们都很信任珍珠马。所以当时使用珍珠马做媒、传递商业情报、说服政要对手甚至用作间谍等做法，曾在上流阶级风靡一时。

明了爷爷心意的奶奶，低头冥想了十分钟，尔后在家族神龛面前双手合十祈祷之后，又回到大家围观的珍珠马面前，默默地将手伸给了阿栗。阿栗踩在奶奶的掌心上，欢快地蹦跶了一小会儿，随后又跃入媒婆的竹筐中，一副悠然自得的样子。曾祖父全家目睹阿栗的样子，多少松了口气，由曾祖母包了大红包奉给媒婆，又将早已准备好的掺了豆饼和葵花籽的上等马料扎好放入竹筐，这才目送媒婆离去。没多久，奶奶就嫁入了方家，过着相当像样的少奶奶生活。说起来，若没有珍珠马阿栗，我和弟弟会不会来到这人世上都还不晓得呢。

由于在玉珂家见到了珍珠马，我的心情格外舒畅。毕竟在这里遇上了聪慧的小兽，我感觉多多少少算是幸运的事。不过，回到娘家的玉珂比起之前在家时好像有所不同，但具体哪些地方有变化，我一时半会也察觉不出。在娘家的玉珂仍是默默地扫地浇花，只是之前的剥豆子现在变成了筛木糠。她将筛好的木糠装在小箩子里，覆上稻草，拿到一楼的杂物房里一层接着一层地摞起来。

在玉珂筛木糠期间，我总不由自主地跑到玉郎房间，偷偷察看珍珠马的动静。谁知那珍珠马鬼精得很，一听到有陌生人的脚步就躲得不见影踪。我只好有事没事跟玉郎套近乎，央他把珍珠马抱出来给我看。这小马还真神奇，凭空隔着一段距离也能晓得主人的心思，玉郎不过轻轻打了个响指，珍珠马便嘚嘚嘚跑出来任人抚摸。

在玉珂家住了差不多一个星期，可能是中意和珍珠马玩的缘故，我好像胖了些，两颊的肉都鼓了起来。母亲每次打电话来问我和玉珂怎样，我都答好得很。偶尔母亲也会亲自同玉珂交谈，玉珂的回答和我一模一样，母亲就放心了。我想，父亲失声这段时间，母亲大概跟珍珠马差不多，成天替父亲和玉珂转达他们之间的心意吧。

这天早上起来，玉珂忽然吐了。她在盥洗室里哇哇呕吐的声音很大，惊得玉珂的奶奶和母亲都跑进去了。三人在盥洗室倒腾了许久都没出来，桌上的荷包蛋、腊肠和糙米粥都凉了。我们坐在餐桌旁等了很久，最后，由玉珂奶奶和母亲扶着玉珂来到神龛前，三人对着神龛里的先祖牌位念念有词地作了一番很长的祈祷，这才转过头来向我们宣布："玉珂有喜了。"

玉珂的爷爷和父亲彼此对望了一眼，不胜欣喜（老实说他们简直像镜子里的映像般对称），我也暗自激动："很快将有个小弟弟或者小妹妹啦。"玉郎则豪爽地吹了声口哨，继续吃腊肠，喝烧酒。

吃过早餐，玉珂母亲让我陪玉珂回房休息，玉珂的爷爷则和其他人在里屋召开了家庭会议。一番讨论之后，由玉珂的母亲打电话给我母亲，除了报喜，也与母亲商议了有关玉珂怀孕回家休养的事宜。

讲完电话，玉珂母亲轻轻把我拉到一边，悄悄地说："有劳你了。"我眨了眨眼睛，表示不太明白她的意思："有劳？照看玉珂回家不是我应该做的吗？"

玉珂母亲支支吾吾，表示三天之后我的家人会来接玉珂回去，届时我母亲会出面解释这个事。我沉默了几十秒，点了点头。

三天之后，父母和弟弟来到了玉珂家。来到玉珂家的父亲依旧是不苟言笑，也许是知道玉珂有喜的缘故，父亲的失语症好多了，但也是偶尔吐出一两句"还好吗""很高兴"之类的短句，大部分交流沟通的工作由母亲负责。想到我很快将跟着父母和玉珂回家了，于是我趁倒茶的工夫溜出了席，来到玉郎房间偷看珍珠马。怪的是，珍珠马好像知道我要来似的，一动不动地站在书桌上任我抚摸。

恍惚中，我好像听见珍珠马在嘲笑我，我一边抚摸，它一边从肚子里发出模模糊糊的嘟囔："你回不去啦，回不去啦。"珍珠马的声音让我听得入了迷，于是我愈加努力地抚摸它，摸着摸着，一股心醉神迷的感觉涌上心头，房间里的一切顿时变得恍惚迷离。待我清醒过来，发现自己忽然变得跟珍珠马差不多大小，于是我义无反顾地跨上马背，嘚嘚嘚地在书桌上奔驰起来。由于太喜欢珍珠马了，我根本不去想为什么，只由着自己的性子坐在马背上尽情驰骋，珍珠马也是非常兴奋的样子，一下子跃上书架，一下子又跑到台灯背后，最后跳上了衣柜顶端。珍珠马在柜顶奔跑许久，最后在尽头停了下来。尽头站着一个人，双手插兜朝着我笑呢。那是玉郎，该死的玉郎，同我一模一样大小。

"这地方，简直是世界尽头哪。"我从马上下来，挑衅似的对玉郎说。

"欢迎来到世界尽头。"玉郎是那么的不客气，"而且，你总算来了。"

"怎么了，这是？"

"这地方嘛，是为你准备的。"

"为我么?"

"嗯。"玉郎双手抱胸,仰视着天花板,微微点头。

"为什么?"

"你要留在我们家了。"玉郎认真地抚摸着爱马,一副极其动情的样子,"既然要把玉珂连同孩子送回去,就得留一个人来交换。在我们家,一向都是用女儿换儿媳的,你不晓得吗?"

我瞪大了眼睛,感觉完全不可理解:"这不可能,这不可能,我父母来接我了。"

"啊呀。"玉郎一把抓过我的手,伸向珍珠马颈下。马伸出舌头畅快地舔着我的手心,同时将父亲的心意纤毫毕现地展现在我心里。在马舌头的舔抚下,我感到父亲那股子心意黏溜溜且湿腻腻的,虽然觉得无可辩驳,我亦感到非常落寞。过了一会儿,玉郎抱着我跨上马背,我们坐在马背上,跃下衣柜,沿着书架疾驰,最后跳下窗台。隔着绿纱窗,我往下望去。门楼边站着玉珂父母和我的父母等人,在玉珂父母的目送下,我的父亲、母亲扶着玉珂,弟弟则挎着大包小包的衣服,四人钻入出租车,犹如小绿甲壳虫般的车子不多会儿便消失在群楼中。

由于心情不好,我一直懒得恢复身形,每天吃睡都在玉郎房里的衣柜上,靠数蛛网上的蚊虫度日。玉珂的家人们好像一副宽宏大量的样子,不管我做什么都视若无睹,也许玉珂家历来的媳妇都是这样子过来的,他们早习惯了吧。倒是我的家人,基本上没再怎么理睬我,父母有了新的儿子(或女儿),忘记大女儿也是有可能的。其实,我原本也不怎么讨厌玉郎,但这事之后,几乎没怎么同他讲过话。每天从衣柜顶上看着他躺在床上若无其事呼呼大睡的样子,又觉得可笑。有几次,我还特地从蛛网上摘下几只小蚊虫,放到他脚边给咬上几个包。

五月之后就是六月。距发现玉珂有身孕差不多两个月了,百无聊赖地在玉珂家待了两个月,我学会了筛木糠(玉珂留下的那些木糠足够身形小巧的我筛上一两年)。这天,我一门心思地蹲在阳台边上筛木糠,玉珂父亲走了过来,低下头喊我:"小月。"

"哎呀。"在这个家里好久没人正经搭理我了,这么一叫,我吓了一跳。抬起头来看,才发现他不是玉珂父亲,是玉珂的爷爷。"哎,爷爷。"我说。

玉珂爷爷眯着眼睛看我,由于靠近阳台,光线有些刺眼,他好像看得不是很分明,只约莫地冲着我的方向努力地察看着:"小月,你还好吗?"

"我很好。"我说。

玉珂的爷爷说起话来有一股老人的口气,也许是我变小了,对细节变得敏感了也不一定。他说想和我聊天。

"好罢。"我干脆地跳上他的掌心,问道:"聊什么呢?"

这下他把手掌举起来细细端详我,赞道:"不错,好媳妇,好媳妇。小月是个好媳妇。"

虽然搞不清他葫芦里卖的什么药,但我倒也不忧,人变小了,没人管我的同时,多少有了些我行我素的风格。

玉珂爷爷说起他年轻时候的事,他说他有一个哥哥一个姐姐,那时,他和哥哥同时恋爱了。按照家族的规定,儿媳只能由女儿来换,不得擅自嫁娶。虽说一个女儿也可以换两个儿媳,或者两个女儿换一个儿媳,但那时玉珂爷爷的恋人和他哥哥的恋人并不是同一家的姐妹,因此,姐姐嫁过去只能换一个儿媳。玉珂爷爷和哥哥为此痛苦了很久,而他们的恋人都不知道这事,一直满怀希望地等待自己的心上人快快把自己娶回家。

过了一年又一年,哥哥不娶,姐姐没嫁。三个年轻人,不,五个年轻人一直蹉跎着。有一天,玉珂爷爷发现姐姐头上生出了几丝白发,那白发像冬日腊梅树上的细雪般莹白。他觉得很好看,趁姐姐不注意时拔下来,送给了自己的女朋友。女朋友看到这白发也惊呆了,她用箅子在自己头上找了找,也发现了缕缕白发。

"看。"玉珂爷爷说着,从上衣兜里掏出两根白头发来。因为怕我看不清,还特地放在木桌上,让我站在木桌上细细察看。

"哎呀。真的非常非常白呢。"我说,"做成古琴的琴弦,声音一定美妙可人。"

"呵呵。"玉珂爷爷得意地捻着胡须，非常骄傲的样子。

"所以，那后来呢？"

"后来哟，这头发的主人就成了玉珂奶奶了。"玉珂爷爷沉浸在自己的恋情的回忆中，不可自拔。我趁着他陶醉着，一把抓住白头发卷入自己裤兜里，跳下桌子钻到沙发底下去了。

"哎哟，小月，你等等。"玉珂爷爷说着，急急地冲着沙发底下摸索着找我。由于他眼神不济，根本看不见我早已从沙发底下钻出来，一溜烟跑进了玉郎的房间。

我边跑边笑，笑得前俯后合。这老头子拿自己的故事来吓唬我、诱惑我同玉郎结婚，万万办不到嘛。

正当我躲在衣柜上得意时，玉郎偷偷从柜子后面冒出来，揪住我的马尾辫，问道："笑什么呢丫头？"见到玉郎有些愠怒的脸，我心想完了完了，只好垂头丧气地把战利品给了玉郎。

实际上，玉郎也根本没有把那两根白发还给爷爷。他吹着口哨把象征爷爷爱情的白发编进了马鬃里。马是白色的，头发也是白色的，此白与彼白，倒是匹配得很。我问玉郎为何不把头发还给爷爷，"嗨，"玉郎撇着嘴说，"那天我顺手从奶奶头上摘了两根还他。反正这头发嘛，都是奶奶的。"

我觉得玉郎有点儿意思，但一旦考虑到要成为他的媳妇，又觉得头痛欲裂。

这天，我用一个核桃壳盛了些温水准备泡脚，玉珂奶奶走过来问我看见玉郎了吗。我摇了摇头，继续低头搅动温水。"哎呀，你哥哥上哪儿去了呢？"玉珂奶奶嘀咕着，看着坐在地下的我。

玉珂奶奶大约是把我当成玉珂了，人老到一定年纪，容易把所有年轻姑娘当成自己孙女，这是奶奶在世时同我讲的。当成谁都好，只要不把我当成孙媳妇。我心里默想着，把脚伸进了核桃壳里。

"珂儿啊，快把你哥找回来。天都黑了。"玉珂奶奶说着，蹲下身摇晃我的核桃壳。核桃壳的水被晃得荡来荡去的，我洗不成脚，只好穿上拖鞋，站起来说："奶奶，天还没黑呢。"

"胡说。珂儿什么时候学会顶嘴了？天明明是黑的。"玉珂奶奶很生气，愈发起劲地摇晃核桃壳。

虽说隔着竹帘，但依然瞧得见窗外白得透彻天空。我心下有些害怕了，撒腿想往房里跑，玉珂奶奶一把捏住我的睡裙裙摆，将我拎上了手心。她的眼睛睁得大大的，不断地嘟哝着："珂儿，你怎么啦？珂儿，你是怎么啦？"

我被问得头昏眼花，直到在厨房忙乎的玉珂妈妈跑过来，才解了围。

虽说玉珂家人并未对我这个不成器的媳妇有什么不耐烦，但这段时间玉珂爷爷和奶奶的态度多少让我有些忧虑。

也许遵从这个那个的家庭规定真的很重要,祖先的智慧就像河水,流动在家族的血脉里。我忽然觉着自己将来肯定会嫁给玉郎,这恐怕是自然而然、顺理成章的事情。每到夜深人静的时候,我总想起疼爱我的爷爷,沉默不语的父母,虽顽皮但乖巧的弟弟,有时也会想起玉珂,想起去世的奶奶。

听说奶奶忌日的时候,我们家去了乡下拜祭奶奶。想到挺着大肚子的玉珂替我去了奶奶坟前上香,我有种难以言说的嫉妒之情。

这天晚上,我在衣柜顶的吊床上迷迷糊糊地躺着,正准备入睡,突然看见弟弟跨在珍珠马上,笑嘻嘻地看着我。

"弟弟,你怎么来了?"我一骨碌从床上爬起来,使劲揉着眼皮。

弟弟下了马,扬着马鞭站在我面前。按比例缩小的弟弟看上去比半年前高了不少,宽宽的额头晒得黝黑。"这马接我来着,说是你的吩咐。"弟弟摸了摸珍珠马,好像和小马很熟的样子。

我这个早熟的弟弟一向善解人意,还没等我说什么,他就带着我重又跨上马背:"走,我们看望奶奶去。"

珍珠马在窗棂上扬起一圈尘土。出了门,下了楼道,嘚嘚嘚地在黑糊糊的街道上疾驰。弟弟的腰从小就很细,即便是长大了,他的细腰的触感还是让我觉着异常熟悉。我悄悄儿把鼻翼更深地靠触向弟弟的后脖颈处,嗅着他身上所发散的家的气息。

奶奶终归是奶奶。她的墓地和她本人生前一样安详。在这个伸手不见五指的夜晚我抱着奶奶的墓碑痛哭了一会儿，在我哭泣的时候，远处传来的蟋蟀声悄悄应和着我的哭声。虽然我还想继续哭下去，但觉着这样不是办法，就靠着墓碑边休息边抹眼泪。弟弟什么也没说，只有珍珠马在静静地咀嚼着一旁的野草。

过了一会儿，弟弟忽然说："你怎么哭得和玉珂一模一样？"

我"啊"地大吃一惊，问道："那天玉珂在奶奶面前也是这样哭的？"

夜色中的弟弟好像点了点头，说："从小到大，抢玩具也好，摔了一跤也好，失恋的时候也好，你根本不是这样哭的。我有没有记错？"

我已经想不起来了。可能是在玉珂家住得太久，我对自己过去的记忆有些不肯定了。难怪那日玉珂的奶奶一直把我当作她孙女，而我又那么热衷于筛木糠，难不成自己越来越像玉珂了？想到这一点，我赶紧让弟弟摸一摸我的脸。

在这个黑魆魆的夜里，弟弟把我的脸抚摸了一遍又一遍。"姐姐。"他说。"嗯，弟弟。"我急急地回应道。我们重复了许多次。弟弟仍是弟弟，姐姐仍是姐姐。彼此确认了很多次，我又在奶奶面前哭了一遍，这才安心跨上马，跟着弟弟原路返回。

祭拜过奶奶之后，我的心情好了很多。虽说越来越似玉珂的疑虑始终不能打消，但有了那日弟弟的抚慰，我也觉着有了些许心安。

这一日，玉珂爷爷忽然冒出来替玉郎向我求婚（我已能分辨玉珂爷爷和玉珂爸爸了）。他不知从哪里采来了三叶草，结成很细的一束，蹲下来摆在我面前，问我愿不愿意嫁给玉郎。

我吸了吸鼻子，拿起三叶草送到唇边嗅着。草叶里露珠的味道很重。我想起父母来接玉珂的那日，玉郎用那样挑衅的口吻同我讲话，不由得觉着很窝火。虽然事后玉郎对我的态度并未有什么过火，我亦没怎么再搭理过他。我没答话，只低头想着有关玉郎的心事，冷不防抬眼见到玉珂爷爷正认真地盯着我，由于眼力不济又看得太过仔细，眼圈周围一圈都泛红了。我被玉珂爷爷盯视得心烦意乱，只觉着喉咙发涩，什么话也说不来。这时桌上的电话突然响了，我赶紧把三叶草往他跟前一放，飞快地跑回了房里。

玉珂爷爷大概是瞒着家人偷偷向我求婚的。晚上，我从衣柜顶上窥看玉郎的背影，他正坐在书桌前翻看设计资料，看不出有什么得知此事的端倪。

第二天，玉郎上班后，玉珂爷爷蹑手蹑脚走到房里来，把新鲜的三叶草递到我的吊床边。我没什么反应,只低头揉搓着草叶。珍珠马跑过来,揪起一片叶子咀嚼着。马吃草叶的当儿,玉珂爷爷在我面前唱起了家歌。这歌我在玉珂面前听过一次,玉珂爷爷边唱边目不转睛地盯着我。和昨天一样,他用力盯视,眼眶泛红。被他看得我有些累了,于是我也陪着玉珂爷爷轻哼起家歌来。家歌的曲调没变,歌词却好像和玉珂那次唱的时候不一样了,哼着哼着,我不由得心眩神迷,一股浑然的满足感涌上心头。玉珂爷爷又问,你愿意嫁给玉郎吗?一瞬间,我想起朝夕相对的玉郎的沉厚的背影,不由得点了点头,再点了点头。

婚事定下来后,玉郎大部分时间和从前没什么两样。只是深夜伏案工作时,偶尔会猛然转身朝我喊道:"小月,我爱你。你爱我吗?"很多时候我都会不假思索地答道:"爱呀。就像玉珂爱爸爸一样爱你。"玉珂全家对这个答案都很满意,准备等玉珂的孩子生下来后就为我们举行结婚典礼。但其实我对自己这个答案有些怀疑,因为我不晓得玉珂小姐到底有多爱我的父亲。

迷星

十一岁那年我失去了一只尾指。失去左手尾指对我来说其实不算什么,我甚至觉得那东西某种意义上相当于阑尾——我不弹钢琴,阿姐是弹的。除了弹钢琴这一点上我同阿姐有相当差距之外,其他方面我可是一点儿也不逊色于她。

那以后我就把左手尾指随身带在身边。念卫校的阿姐做了个福尔马林溶液的小瓶子,我的尾指就浸在那里。

"从今往后,小挚又可以和她的小指天天在一起啦。"阿姐摸着我的头高兴地说。

我不明白这有什么可高兴的,不过有点沉的福尔马林溶液瓶子藏在书包里，感觉上有点像多带了个奶瓶。这个"奶瓶"外表还被阿姐套了个半幼青半靛蓝色的小棉套子，棉套上绣着一朵白色的栀子花。——阿姐就喜欢这样自作主张，我从来就不喜欢什么栀子花，尤其是把它绣在自己的尾指的外套上，可能向日葵或者绣球花还好一点。那会儿我几乎天天带着自己的尾指去上课，不过从来没有拿出来过。因为怕被抢走，我的蝴蝶结啦，橡皮筋啦，甚至用压岁钱买来的画册都被抢走过好几回，我晓得尾指那东西不像脱落的牙齿，以后还会再长出来。每个人一生只有一只，不，两只尾指。

直到我高中毕业后开始工作才晓得没有尾指的人同其他人是不太一样的，比如说在应聘海运公司前台这件事上，大大打击了我。对方主管没有直接说明不予录用的理由，但到底还是想办法不动声色地拒绝了我。那以后我就寥落地去了一家区立植物园给那里的研究员当助手。植物可能不怎么了解人类，大约以为人类失去手指同它们失去一根枝条差不多罢。

尾指男出生的时候我正在洗澡，那天准备参加一场亚热带植物研讨会，说是参加，实际上只是在会场端茶倒水，顶顶重要的事情也不过是穿着衬衫黑裙前胸挂着牌子引领宾客入席罢了。平时在苗圃几乎蓬头垢面地干活，好容易有一次抛头露面的机会，都快不怎么适应了。

当我沉浸在淋浴器蓬头洒出来的温热的水的抚摸里时,我听到客厅传来一声类似过期婴儿的古怪尖叫。裹着厚厚的浴巾奔到客厅我看到了他——实际上是他看见了我,大声朝我尖叫。

那是一个差不多尾指大小,具有人体形态的活物。淌过湿漉漉的倒碎的福尔马林溶液以及瓶子碎片,我的尾指形成的人体站在桌上摆放着的一株热带植物上眺望我。他大声朝我吹着口哨,竭力引起我的注意。那类似婴儿唳叫的口哨声尖锐得几乎刺破了我的耳膜。

我小心翼翼地确认他是个男孩儿。

尾指男样儿看上去有点儿乖戾,瞪着我的样子看起来像是很愤怒。我小心翼翼地把他从叶片上扒拉下来,弄了一个碗给他洗了澡——我不得不这么做,在强烈的福尔马林的气味中他的确让人觉得不得体。

洗澡的时候他尖声大笑了两遍,接着就安静下来,缓缓地闭上眼享受泡浴带来的滋润。当我的左手同他的身体触碰时,有种奇异的、安然的衍生之感,说起来,他的存在的的确确是我的左手尾端的延伸,不是吗?

喝咖啡吗?我边洗边问。

他摇摇头。显然听得懂我的语言。

我给他裹上一条买去屑洗发水附赠的印着广告的白手绢作为衣服,然后将自己喝的咖啡倒出一点儿放在他身边,用花生壳装的。然后打点齐整出门直奔植物研讨会去了。

不管他喝也罢，不喝也罢，招待来自自个儿身体的人物跟自己吃喝的玩意差不多就行了，我想。说起来，头一回没带装着尾指的小瓶出门感觉上怪怪的——好像缺了根手指。我确实缺了根手指，只不过事到如今缺法不同罢了。

回到家我看了看，尾指男躺在纸巾盒里睡得正香。看起来他像是长大了不少，不过也有可能是我的错觉，我伸出右手小指比了比，的确长出来那么大一截子，都快赶得上我右手无名指的长度了——如果这是错觉，那我错得也够真实的。

我拉开冰箱门倒了点儿牛奶，并问他喝不喝。尾指男支棱着下巴看着我，少顷点点头。到底还是个孩子，我想。自己怎么就没想到呢，给刚出生的孩子喝什么咖啡，的确有点不像话。

尾指男通过喝牛奶确认了食物与他之间的关系，他喝得很欢，足足喝了两大板栗壳子。我本来以为用核桃壳作碗会更高雅一些，不过冰箱里只有板栗、花生和豌豆。

我给尾指男读了点《伤心咖啡馆之歌》，我有睡前读书的习惯，于是顺道也给他读了读。我发现这家伙在语言方面有异乎寻常的理解力，冗长的语句流经他耳膜时，他的表情变幻极为丰富且自然。尽管乍一眼看上去他不过是在半闭着眼打盹罢了。

睡觉前我检查了门窗，要是让隔壁老太太家的肥猫进来就糟了。这肥猫抓起壁虎和小鸟来很有一手（唯独老鼠不怎么行），还是防患于未然的好。

熄灯钻进被窝后，黑暗中桌上传来一两声软软的呵欠。

从网上订购了几件给布偶穿的那种衣服，尾指男在接受我给他买的白衬衫和背带短裤后，也顺道接受了我给他取的名字：小诚。小诚这个称呼来自婶娘小侄子的名字，这家伙前年考上加利福尼亚大学拿了全额奖学金后入了美国籍改名为汤姆·克鲁斯，原先的名字便弃之不用。想想用来称呼尾指男倒也不坏，更何况他们俩还有几分相似之处。

小诚日复一日地发生变化，那种变化倒是肉眼可见的植物拔节般的变化，生长速度简直同温室棚子里的猴面包树没什么两样。我不在家的时候他就窝在沙发看电视，从《绝望主妇》一直看到每周时事论坛，连电视购物广告也不放过。在小诚长到我的胳膊肘那么高的时候他听懂了我和佑实之间的对话，他一下跳到我的膝盖上，又蹦上我的肩，将耳朵贴在话筒一侧，不声不响。

事后他冷不丁地冒出这么一句："是种恋人。"

这是他第一次讲话，我被吓了一跳："什么？"

"是阿挚的恋人的一种。"

"喔。"我故作冷静地答道，"哪种？"

"其中一种。"他说。

我问他怎么晓得我的名字的,他说听佑实说的。佑实在电话里老叫我阿挚阿挚的,这小子什么都晓得了。

"阿挚喜欢吃猪油拌饭。"

"阿挚的胳膊皮破了。"

"阿挚头发不整齐。"

"裙子卷了一边。"

小诚说话的风格颇有电视腔,语调介于时政主持人和广告腔之间,偶尔也冒出几句有声有色的台词,我想那可能是肥皂剧里的深情告白。相当长一段时间,我都只以为小诚只晓得同我有关的事情。

有一次我正准备出门上班,小诚从沙发一端的报纸堆里冒出头来慢腾腾地说:"阿挚要去哪里?"

"上班。"我简短地答。

"就是播种、栽培、移植、灌溉、施肥、修剪等事务的统称吗?"

我一时语塞,想了想,点点头。

"好的,那再见。"小诚说。

回到家时,我发现他正拿着我的那本《园艺手册》读得津津有味。

小诚很快就长得几乎有书桌那般高了,匀称的体型使得他看起来像个缩小了的大人。看着小诚慢慢长大,那感觉就像是缩小的大人慢慢在我眼前放大似的相当不可思议。

况且小诚的动作神态几乎难以以生长的年龄来衡量,他的那种变化更像是不甚协调的肉体与精神慢慢协调,互相认知的过程。

小诚不太情愿穿我给他买的童装,但除此之外也没有大小合适的衣服可供选择。我从衣橱翻出几件搞活动时附赠的印着广告标语的廉价T恤改了改,配上无论裤头多大只要有吊带就无所谓的背带短裤,对于这身行头他倒是觉得很满意,我也长吁了一口气:在他个子完全稳定之前,至少不用再在打扮上费心思了。

长高了的小诚,说话声音开始变得浑厚,睡前他会念书给我听,比如安·比蒂的《一辆老式雷鸟》,或者毛姆的短篇小说集,有时也莫名其妙地翻开一本《世界园林植物与花卉百科全书》读起来。小诚念书的时候竭力注意我的表情,并竭力从我的表情与书本内容之间寻找一种相对应的类似读后感的关系。我问他为什么,他想了想说:"想知道阿挚喜欢什么,不喜欢什么。"

"唔。"

"比如阿挚喜欢朗姆酒,不喜欢有生气味的啤酒。喜欢淋浴,不喜欢泡澡。排斥各种有颜色的汽水,但果汁没关系。"

"那么人呢?"

小诚闭上眼想了想:"佑实,阿挚越来越依赖佑实了。"

小诚的说法实在令我咂舌。

佑实每次来电话，小诚都像武侠小说里的店小二似的定定地注视着我们。他似乎没在注意我说什么，只在意我的嘴型、神态和讲电话时的姿势。

这小子，到底得出了哪门子结论。

佑实是个不太爱说话的男人，我也不怎么擅长讲话。我们之间的通话内容大体上分为两部分，一部分是为了确认约会的时间地点等事情，另一部分则是可有可无的闲聊。通常是我痴痴地问话，比如"佑实小时候骑过羊吧？骑羊对羊来说真的没有关系吗？""单数花瓣的花朵和双数花瓣的花朵，哪个比较能够带来幸运呢？""小立领还是大方领的衣服比较适合我？"这一类问题，佑实时而认真地回答我，时而报之以敷衍的答案。不管他怎么说，我听着都挺上心的。只不过，自从小诚那样子专心看我同佑实讲电话以来，我多少有些受到干扰，类似情话一类的问话也讲得不是很顺口。我这人比较害羞，哪怕是面前站着一本正经似模似样的半大不小的人儿。

佑实喜欢吃各式甜点，每逢周末他就带我到各个糕点店去吃点心，比如榴莲酥呀，马卡龙呀，蛋奶酥啦，红豆马蹄糕啦，等等。说起来不好意思，就连我们第一次亲热，也是在他一举消灭完一堆甜甜的马卡龙时做出的决定。不过，我要是问道，佑实你怎么晓得这么多好吃的，他就会回答说，工作太累了呗。

在很多甜蜜的食物面前，佑实总是给人善解人意的感觉。如果没有甜点，光是干巴巴的电话对话的话，佑实说话便有些单调，哪怕他是以认真的语气认真地说。小诚的事儿，我对佑实说不出口，因为他这人太正儿八经，倘若知道了小诚的身世，必定会发表出一通让人无可奈何的言论，连我的左手也可能被波及，想想还是算了的好。

这周佑实带我吃的是桂花莲藕酥、杏仁甜饼、芒果班戟和奶黄流沙包。我还另外点了一杯草莓奶昔，佑实则要了壶伯爵红茶。佑实每次总点红茶，他说，吃甜点配上红茶，滑溜溜的香甜味道才能更地道。他说起食物来总是那么温柔，真好。

我一边吸溜奶昔一边问他工作的事儿。

"要到香港好几天呢，阿挚想要什么手信儿呢？"佑实一边说，一边往我盘子里夹热腾腾的流沙包。

"港版的《时尚》杂志就好了。"不知道为什么，心里明明想的是化妆水啦防晒霜一类的护肤品。但我觉得佑实脑袋其实不太实在，让他买护肤品一定会搞错的。

"好的。阿挚多吃喔。"说着他又消灭了一个流沙包。

吃着吃着，我想起家里的小诚来了，觉得杏仁甜饼可能他也喜欢吃，于是趁佑实不注意偷偷往包里塞了两块。真傻啊，想买回家，却找不到买的理由。

吃完饭后我和佑实到电影院看了《蜘蛛侠》，又一口气接着把《X战警》也看了。看的时候我其实不断想到一个问题，我真的是如小诚所说，越来越依赖佑实了么？

感觉不出。

回家的时候佑实握着我的手,在春风鼓荡的夜晚,我想,若是握着小诚的手,会是怎样呢?

真是一番难为情的想法。

小诚正在方桌上玩单人纸牌游戏,见我回到家,噗的一声推开纸牌,不动声色地说道:"阿挚回来啦。阿挚辛苦啦。"

"辛苦啦。"我说。

最近这段时间小诚动不动就玩纸牌游戏,电视也不看,好像一门心思要玩出什么道道来似的。我把从甜点店拿来的杏仁甜饼连着裹着的纸包放到小诚面前,说:"吃吧。"小诚看了看我,淡淡地说了声谢谢。

随着个子渐渐长高,小诚性情也愈发深沉。有时候推门乍一看,简直像个在拉斯维加斯面对绿色牌桌专心下注的成年男子。无论是深邃的眼神,还是深思的表情,俨然是沉稳男人的模样。只不过有限的个头让这种成年人的感觉变得极为不恰当,甚至让人难以准确拿捏与他交流的方式和语气。

不过,罢了,迟早有一天这家伙的身体和思想会协调至某个合适的点的,到时候再老实与他交流不迟。

小诚咬了口甜饼,重又埋头看牌。从侧面望过去,他那眉头蹙得紧紧的,侧脸平润而光滑,中部微微隆起的鼻子有种生动而有力的倔强。这小子,究竟长得像谁呢?看来看去总觉得像我们家哪个亲戚，但具体是像谁却说不清。若论起血缘关系来，小诚还真真是一家人呗。可是……

"这甜饼，是你爱吃还是佑实爱吃？"小诚冷不丁地问了个多少有点令人尴尬的问题。

"我同佑实都爱吃啊。为什么问这个？"

小诚摇摇头，仿佛刚刚什么也没问似的。

"阿挚，你的手指怎么了？"有一天，小诚突然问起这个问题。

"唔？"

"左手小指怎么了？"

"小时候顽皮弄伤了。"我淡淡地说。

"痛吗？"他问。

"当然痛。"

"要是能代替阿挚去痛就好了。"

我没想到小诚会说出这样子的话，一时语塞什么也说不出来。随着小诚渐渐长大，说的话也越来越复杂。在纯真的语气里往往夹杂着不明所以的深邃，又或是冷酷的讥诮话语中充满爱怜，让人很难分辨出他的真实想法。不过有一点就是，他说的每句话都是出自内心的真意。

"哎，现在不痛了。"我一下子严肃地打算结束对话。小诚总是这样，要是话多了，指不定他又说出些什么来，说话这种事，还是等他完全长大想法稳定了认真对待不迟。

"可是，我有时候真的觉得阿挚有在痛耶。比如说昨天，阿挚来月经的时候。阿挚对不对，阿挚昨天是有来月经的吧？"

"那个……"我迟疑半晌，说，"不痛，不痛。"

小诚疑惑地看着我，像是看着什么迷了路的拉布拉多犬。"可以摸一下么？"他的手触向我的小腹。

"呃。那就稍微一下吧。"我说。

小诚轻轻地在我穿着印有樱桃花纹的衬衫的小腹上摩挲，眼神一下子变得细莹而清澈起来："真的不痛么，这里？"

"谢谢小诚，不痛的。"我说。

小诚的手四四方方，粗壮的五指短促有力，同他孩子气的身体截然不同，也许人是从身体末端先成熟起来的罢，我心想。不过，他又是怎么知道我昨天痛经那回事的呢，莫非这家伙真是晓得不成？我觉得最近一段时间以来，小诚同我聊的话题越来越深入了，他以自己尚未构架稳定的世界观磕磕巴巴地理解着我这个人的一切，感觉上怪怪的。

"阿挚是个蛮专注的人。"小诚把手收回来，支着下巴，看着我说，"不管是种花啦、擦地啦，还是烘焙蛋糕冲咖啡，或者是做健身操、睡觉什么的，阿挚看上去都很专注。"

"有这回事？"

小诚点点头："有时候专注得有点过了头。比如说擦一个碗，就认真得不得了，不知道的人还以为你在造宇宙飞船。"

我吃吃地笑起来："原来我是这样的一个人。"

"不过，那么专心的话，要小心容易失望噢。"

我嘻嘻地笑了起来，拽了拽小诚的耳朵。小诚的耳朵软软的，攥在手里像是捏着一粒棉花糖："像你这样黏黏糊糊就很好。"

小诚揉了揉耳朵，泛着潮红的耳朵和脸蛋像快要融化了似的。

十一岁那年冬天，阿姐送我一双红手套。红是宝石红，比圣诞红还明亮。阿姐大概是怕我手指受伤很伤心，才送我的。我喜欢红的事物，比如说樱桃红的唇膏啦，淡一点的粉红朗姆酒啦，还有小时候摆在老爸台桌上的那棵红珊瑚。不过，阿姐的心意，我怎么也领会不来。双手被红色裹得紧紧的，感觉上像是失去了自由。没几天我就把阿姐送的手套连同包装纸盒一道塞在衣柜的深处，既不是遗弃，也不是放弃，只是躲猫猫。

和佑实说起这事儿的时候，他正靠在一棵巨大的棕榈树旁，低头看我摆弄地上的小花。

"没想到阿挚有这么可爱的往事，我光知道你喜欢吃红樱桃。"佑实蹲下来摸着我的头，我摸着地上无名小花的头。

佑实去了香港足足三七二十一天，回来后给我带了一件连帽提花毛衣和一套绣着马蹄莲的围巾手套，另有一桶牛油果味的珍妮曲奇。至于《时尚》杂志和护肤品，怕是给忘得一干二净。这一点,不像佑实。他拎着印着商标的衣物包装袋,来植物园接我。

离晚饭时间还早,我和佑实在密密的树林里走来走去。这种走法,是我们一贯的、无际无涯的走法。郁郁葱葱的各色植物裹住了佑实的影子,看着很多植物里被包裹的他,让我觉得很安心。

"所以阿挚从那以后就没有戴过手套?"

"有是有的,只不过那以后谁都没有再送我手套,还有手链啦,指甲油啦之类的。"我说着嘻嘻地笑起来。

"可是要好好地爱护手的哟。"佑实从前头的一棵法国梧桐探出头来,认真地看着我说。

我一下子想起小诚,那家伙,多少也算是我的手的一部分么?

回到家,见到小诚闷闷不乐地坐在窗前,摊开的《西游记》倒趴在桌面上像百无聊赖的狗。这小子,我不在家的时候光是自顾自地读书玩牌和看电视,从来不吃喝点什么。只有我在家做饭的时候,他才跟着我吃上一些。说来也奇怪,就这样个子竟然也可以蹿得这么高。

"小诚,饿了?"

"吃曲奇吧?"

小诚摇摇头,没回答我。

"怎么啦?"

"表达不好，"小诚眼神郁郁的，"这些日子总是这样。一旦阿挚不在家我就觉得自己情绪有些变化，严格来说就像被锁死了发条的轮渡似的，光顾着在水里的漩涡滴溜溜打转儿。阿挚要是回来了，那漩涡又一股脑儿地消失，脑袋又可以咔哒咔哒顺畅地运行。怎么说呢，具体说来阿挚大概就类似方向感那一类的东西。"

我一口咬着曲奇，一下子吃吃笑了起来。

"长得越大，这种感觉越明显。"小诚不带一丝笑容地说。

"简直傻气得可以。"我将曲奇罐子递给他，自己又咯嘣咬了一口。

说起来，小诚现在的个头已经快超过我了，无论是表情也好，动作姿势也好，都跟之前那个他有了相当大差别。我看着穿着廉价衣服，一脸纯粹地坐在我面前的小诚，俨然一副死守寂寞的守夜人的神情。

我看不下去了，转过身去，把佑实给我买的毛衣围巾掏出来，装作整理衣物。

"像这样下去还有救吗？"

"你会长成大人的。"我边回答边翻看那件毛衣，松暄的毛衫捧在手里过于暖和，小诚的问话又过于冰冷了。

那之后好些天我没有同小诚正经讲过话，凡事多以"嗯嗯啊啊"替代过去，只是眼见他的个儿嗖嗖地往上蹿，直教人想起温室里的猴欢喜树。

我给小诚准备了几套衣服，分别是由老爸的旧工作服改的外套，两件打折时买的优衣库衬衫和一件佑实留下来的旧毛衣背心，另外还按照最新一期的衣物邮购手册上标注的身高体重选了两件棉布长裤。我把衣服折好放在小诚的床上，关上门轻手轻脚地出去。

说起来，小诚出生的时候还是夏天，是个像豌豆一样蹦跶上我手心的彬彬有礼的尾指小王子，眼下天已入秋转冷，他大概也已彻底长大了。时光快得瘆人，就像有什么类似命运之神的家伙觍着脸拿播放器把某个情人的前半生快进了给我看似的，"不看会死"，那家伙附在我耳畔悄悄这样说着。我开始怨念起十五六年前自己突如其来断掉的那只小指，开始质疑起自己懵懂地拎着福尔马林溶液的小瓶子度过的日日夜夜来。说来荒谬，总觉得佑实和小诚之间，存在着某种不由分说的，致了命的深深鸿沟，而我就行走在这荒不拉叽的鸿沟里，没头没脑，没日没夜。

小诚穿上了我给他准备的衣服，白色衬衫的领口一板一眼扣得紧紧的，黑色棉裤倒是熨帖——这裤子说来算是我专门为他购置的新衣服了。穿着这么合身的，完全按他身材订购的衣服，小诚感觉上成了一个独立的、有作为的成人似的。小诚坐在沙发上，静静地翻报纸，不抽烟，不喝酒，镇定得让人心悸。

"小诚。"我试着唤了他一声。

"干吗?"他边看报纸边回答,视线不动,泰然自若。

果然是有模有样的成年人了啊。我心中叹道,低下头继续拭擦茶几上摆放的一溜儿糖果罐子。

"什么时候你想喊我的名字都可以。"小诚拉下报纸盯着我说了一句,"只要你愿意。"

佑实来家里是星期日,我准备了菠萝咕噜肉、西兰花炒鱿鱼和香菇炸腐丸,甜点是椰汁红豆糕和双皮奶。

吃饭的时候,我在桌子底下把佑实的手抓得紧紧的,用右手默不作声地夹着饭菜,感觉自己是个上学走路很慢的小学生,走路慢到连话都说不出。

佑实和小诚谈得滔滔不绝,风生水起,给人感觉像是两个失散多年重逢的异卵双胞胎。何以一向话少的佑实同向来说话不三不四的小诚聊起来如此投契?总之我夹菜不止,而他们俩则从近日的诺奖夫妇八卦聊到了阿斯汤加瑜伽的各种体式。

"来一支吗?"饭后佑实掏出一包万宝路,对小诚说。

"好的,谢谢。"小诚大方地接过烟,拿起打火机啪地点上,那样子基本上是个烟龄有二十年之久的家伙。

我觉得自己简直活见了鬼。

不过,也好。我一边收拾餐盘一边想。这俩人那么有默契,迄今为止填满了各自在我生活中无心漏失的古古怪怪的阴翳,也许当初设想的、致了命的鸿沟根本是不存在的,我们是一家人,从根本上,从盘古开天辟地以来就是。

我同佑实讲,小诚是我从小错失的、同父异母的弟弟。作为私生子的他从小同母亲一起生活,直到今年我们姐弟才有缘得以相见。

"你同小诚看着那么像,吃起红豆糕来简直如出一辙啊。"佑实说。

我不知说什么好,自顾埋头削苹果。

"吃东西的方式还有相像这么一说啊,被你这么说起来,感觉阿挚吃红豆糕的样子的确很可爱呢。"小诚说。

佑实平常就不像个会打趣的人,说起话来也实实在在的,不知怎么今天竟……我削好了苹果,又泡了壶红茶,把热热的红茶端在手上放在两人面前,只觉得自己像个被两个男人照料得很好的傻瓜。

可能是天气转凉,万事万物开始受束的缘故吧,我呆呆地想到。

过两天同佑实见面的时候,他没怎么提起小诚。我们坐在天气转凉室内却依然冷气十足的茶餐厅,佑实灵巧地切着酥皮菠萝包放到我盘里,我则支棱着脑袋看着他手上的刀叉。明晃晃的刀叉时而映出餐厅的水晶吊饰、淡金色的杯盏,时而映出佑实真心实意切面包的脸和玻璃外车马行人的碌碌影踪。

可是,我突然一下子对甜味的茶点感到腻味。

"想吃猪皮萝卜、鲍汁凤爪和咖喱鱼蛋。"我赌气地说。

"好啊，那就点吧。"佑实的样子很温柔。

我时不时地有这样的情绪，对身边熟悉的、一味惯从的东西感到失落。只是一点点，一点点的失落，不久就会像脱落的海蜇皮般的椰子树般完好复原，变成原先那样事事贴心的乖巧女生了。

"算了，要不来份果汁就好了。"

佑实把切好的一小份菠萝包叉到盘里，精钢叉子触碰瓷盘时发出明媚的叮的一声，宛如佑实心脏的声音。

我要了份雪梨汁，一边喝一边瞅着佑实。

"喂。"

"什么事？"

"喂喂喂。"

佑实吃着菠萝包，翻动手机上的新闻信息。我觉得很沮丧，不停地叫着佑实。

"想啥呢？"他把视线从手机屏幕上离开，看着我。

"喂喂喂。"我颇为满足地笑了。

"你很好笑呢。"

"你也是。"

小诚并不是这样，不给我轻松愉悦的感觉，即便是现在长成了十足十的男子汉，实际上还是相当固执。虽说那天见到佑实表现欢快，单独面对我时还是那样冷峻，他时不时地皱着眉盯着我看，无论我是在切萝卜、捣蒜，还是洗杯子，总而言之对我的一切饱含忧心。

为什么会是这样？

"我这样子你就不喜欢我了吗？"这种话我简直不知道该怎么回答，"怎么会呢？""胡说呢，我们不是好好的吗？"这类回答我一样也觉得说不出口。的确有哪个地方出了纰漏，小诚的言行举止也并非不妥，自从他以成人的方式来面对我同他的关系，我们原先傻气而率真的沟通方式早已土崩瓦解。

"阿挚，我爱你。"小诚有时会长时间冷峻地盯着我，突然热烈地说道。

我便转过身去不看他。

这种事久了以后，我就越来越觉得手足无措。

有一天，小诚同我讲："阿挚，我们出去散步吧。"

想到外出走动也许能缓和我同小诚之间的关系，外面的世界一旦对小诚展开，说不定他就会被什么吸引过去，从这种执拗的迷恋中出来罢。

我同小诚穿行在街头巷角，一开始是各走各的，后来就变成了手拉手。小诚走路的姿势有种郑重其事的安稳。"把手拿来。"我便把手拿去，拿过去的是那只完好无损的右手，我的右手同他的左手贴合在一起，感觉上浑然一体。

是周末的夜，三三两两的行人从我们身边擦肩而过，深秋的净琉璃般的月色随着街灯的远近变幻时隐时现。原来小诚走路竟是这样地道啊,同世上任何一个男子无异。我默默地体会着,将小诚走路的身姿连同行人、月色、街灯和依稀的梧桐作为一个整体来体验。同这个人一起在同一屋檐下生活得久了,却从未想象过这人置身旷野天地中的样子。真奇妙啊!被小诚牵着,我不由得胡思乱想起来。

"阿挚。"

"嗯。"

"喜欢这样子?"

"嗯。"

我们的影子时而交叠,时而交错,时而又并行。有什么类似猫的小兽在屋顶窜过,发出不明所以的乖戾的声音。

"阿挚现在熟悉我了么?"

"嗯?"我望着小诚的眼睛,他的眼睛在夜色中异常透明,好像要被什么穿透了过去。

小诚扳正我的肩,把他的唇压向我。他衬衫的领口涌出大股大股的气味,令人晕眩。

我大概是要结婚了。手上戴着佑实送的订婚戒指,拍婚纱照啦,挑选礼服啦,举办婚礼啦一类事情都在筹备当中。可自己觉得仍然像在梦中,时不时地来袭的,近乎荒谬的错觉。

同佑实结婚是我一直以来的梦想,按部就班地走到现在，手上戒指的质感如今亦时不时地予我以安慰。小诚也是知道的，不过他似乎装作什么也不知道的样子，依然一往情深地待我。

我已经无法看小诚的眼睛了。

"阿挚。"

小诚一叫我的名字，我就不由自主地背过身去装作忙碌着什么。

"阿挚。"小诚的声音愈来愈近，浓郁的鼻息弄得人耳朵很痒。

"我们结婚好吗？"

"你说什么？"

"我们结婚好吗？"

电视机沙沙地响着，由于接收信号不好而导致电视节目欲断未断，人物的对话断续得像是失去了控制。

"不好。"我背对着小诚蹲下身去，泪水无力地渗出双眼，"你要给佑实当伴郎，晓得不？"

小诚没有像电视上通常的剧情那样用力地扳过我肩，他只是闷闷地说："晓得了，阿挚。"

可是，诸如此类的情节一再地重复，我感觉厌倦。"我们结婚好吗？""我们结婚好吗？""我们结婚好吗？"小诚无时无刻地不这样问道，当我煮咖喱的时候，清理沙发茶渍的时候，蹲马桶的时候，和吃早饭的时候。

大概小诚是不会真正"晓得"的。

同佑实认真说起小诚的事儿，是在选购请柬的路上。

"小诚没有阿挚是不行的。"我不由得冒出了这句话，手不自觉地攥紧了拥住前胸的安全带。

"哦，是吗。"佑实仿佛没有什么回答，他的注意力集中在开车的路况上。我定定地看着佑实，仿如等待被施予饼干的猴子等待着他接下来要说的话，佑实什么也没讲，一任街上的招贴啦，树影啦，花花绿绿的人行道广告啦的倒影掠过他的面颊。

"让小诚同我们一起住吧。"我说。

"阿挚觉得好，就好。"

直到挑选完请柬回到家，我还喃喃自语着佑实的那句"阿挚觉得好"，始终觉得佑实的说法，让人有种走火入魔般的安然。我看了看小诚，他全神贯注地对着电视机，认真地消磨时间。

见到我来，小诚拥上前来，说："阿挚，我想送你新婚礼物。"他从掖得很紧的旧工作服改做的上衣口袋里掏出一个褐色小瓶子，塞到我手里。浅褐色的溶液里漂浮着一只淡蓝色的小指，比我的长，比我的强壮，摇一摇，载浮载沉。

"我爱你，阿挚。"小诚说，"这是我的手指，我想你会喜欢它。"

蜻蜓之翼

我的生母长了双薄如蜻蜓翅膀般的耳朵。我遗传了她。这种遗传是极其吊诡的遗传，除了那双薄薄的透光的耳朵，我和母亲毫无相似之处。从样貌到神态，从动作到表情。意识到这一点，其时我已年满十八，拥有两个女友，五双价格款式不等的耐克运动鞋，一件吉普森牌电吉他和三百多套摇滚乐唱片。

母亲是个双性恋。十一岁那年母亲同我正儿八经地解释了恋爱的含义，言之凿凿地告诉我，爱情是没有性别区分的——我没有对此不满，反而如释重负。至于为何如释重负连我自己也不知晓,记得那年我在课堂上写了篇作文《我的母亲》,开头是这样的:"我的母亲有一位漂亮的女朋友,她的名字叫作紫霞姐姐。"

见的姐姐多了,实际上我很盼望有另一个母亲。这个母亲同我实际意义上的生母区分开来,成立另一种形式的母爱——我是这么想的。可是,随着年岁渐长,这种可能性是愈发地淡漠了。毕竟,长成一名男子汉后,同女人之间那方面的关系就愈发地微妙起来,这也是没办法的事儿。

生母——我的母亲极其中意我的耳朵,有时候我很是怀疑自己除了那对薄而又薄的招风耳简直一无是处。就这样,我蓄了长发,耳朵卷在头发里,非到必要的时候,绝不把耳朵给露出来。与此同时,我拥有两位女友,一位中意我的耳朵,另一位中意长发飘飘没有耳朵的我,在这两个女友之间游走,我感受到了一种毅然决然的温暖。

再次见到紫霞姐姐是在深夜时分空旷的地铁车厢里,这个女人一面挠着卷发一面用低低的声音半歪着脑袋讲电话,皮肤细洁,神态婉转,趴在她膝头的白色漆皮提包驯服得像只猫咪。我想她怕是已经不能再被称为姐姐了。她仍光洁如昔,而我已历经七年的起承转折变作半意义上的成人。我拎着破了皮的吉他包,隔着五六个座位的距离远远地看着她,感到喉间发涩——没有理由不发涩,她肯定一定绝对不可能再记得我。对于昔日情人的孩子,怕是没有什么可供记忆的理由。

打完电话，她将手机放回提包，极其自然地抿了抿嘴角，将目光转向对面的地铁广告荧幕，用略略松懈又忧愁的表情盯视荧幕。我的心脏怦怦跳得像拉布拉多犬，仔细看过去，她已经不能再与我记忆中的那个紫霞姐姐吻合了，落入时光深处反复磨灭又亘生的她的形象，经由此时的校正得到一种新的体验，这种体验令我诧异，简直差不多快要连我的少年都要遭到全盘的否定和更新。

母亲年轻时候是个美人，那种美法在某种程度上阻碍了她对现实世界的认知——至少我是这么认为的。骄纵地与父亲恋爱订婚，尔后移情别恋。爱上的对象是大学网球社的学姐，这种做法教当时尚在腹中的我成为一种多余的、尴尬的存在。母亲带着腹中不满五个月的我与那位学姐开始了新的生活——与其说我一出生就没有父亲，倒不如说我是不配拥有父亲的人，很多年来我都一直这么想着，有这样一位不需要男人的母亲，等于我从根本上就丧失了拥有父爱的权利。

所以，双重母爱有何不可？

时至今日，母亲的美貌仍然发散出一股经久不息的魅力。梳着干练而精致的短卷发，持之以恒地练习瑜伽和游泳，吃清淡的饮食，穿着素雅但凸显线条的真丝连衣裙，说话缓慢而又圆柔，没人不喜爱这样的女人，包括作为儿子的我。四十多年来，母亲一直以这样的端庄得体的形象示人，其骨子里深深的骄纵和任性，大约只有在人生关键的时刻才会得以凸显。

对于母亲，一开始我的爱法就不对。这也是没有办法的事情。从我四五岁记事起，那位当初同母亲爱得难以自拔的年轻俏丽的大学学姐早已在我和母亲的生活里失去了影踪，取而代之的是一位健壮厚实的，让我称之为"彼得叔叔"的男人。

彼得叔叔尝试在我生活中扮演父亲的角色已久，然母亲同这个男人一开始就未能形成应有的默契，同住在一个屋檐下若干年，连维系关系的方式都模模糊糊，现在想起来，怕是由于母亲身上固有的强烈但不自知的自我意识造成的。母亲与彼得叔叔的关系维持到我七岁那年，猝然中断之后便有了不少姐姐。记得十一岁那年母亲用闪闪发亮的眼神告诉我，爱情是伟大的。

如释重负的年纪。打那以后我同小伙伴们的关系变得简单，无论周围的同龄人怎么质疑我和我父亲的存在，我都表现得满不在乎。实际上也是如此，我拥有如此之多的温柔的介于姐姐和母亲之间的爱怜，整个人像被一股溏心鸡蛋样儿的空气所包裹。那样式的童年简直像明信片里的场景，温馨狡黠可人但充满了可疑之处。

紫霞往我这里望了一眼，用同样轻松、乏味但忧愁的眼光扫视了这边——我心脏一瞬间升到了喉咙，鼓得快要掉出来。但是，很显然，她对我的存在没有丝毫的印象，用没有存在感的目光撩过这边之后，她转而继续注视广告荧幕。

空沓无人的地铁车厢有种末日般的温馨，人潮退去后的锃亮的座位和扶手杆闪着孤寂的光。从我的这个角度看过去，紫霞的侧脸轮廓像不经意走失的母马的痕迹，淡而有致。我想她一定是抽烟的，她的脸有股抽烟的人特有的韵致。可能是见过的母亲的女朋友多了，在这一方面，我从小就很敏感。

我静静地用眼角余光盯视着她。时而低头，看手里拎着的吉他盒子上破败的绽线。有好几次，我以为会与她的目光相撞，哪知双方极快地交织一瞥之后又归复各自的世界。大约她平日里也习惯了这种被陌生男士所瞄视的目光罢。

屏息静气地感受着鼓荡在我与她之间的沉寂空气，喇叭播出了横沙的到站提示，紫霞遂然起身，一径随她起立的还有那白色挎包，走起来同小白狗似的追随在她身畔。下车前她往我这边瞥了一眼，也许是无意的，也许是在确认某种状况也未可知。我下意识地追随她的步子下车尾随她而去，待惊觉过来时，她已转头静静地看着我。

"星仔？"她说。

万籁俱静的地铁口，只得交垂寥落昏黄的路灯照亮我和她的身影。

"是我。"我说。

"个子好高啊，都快认不出来了。"紫霞的话语中有种质疑样儿的哀愁，像是要确认不存在之物之存在似的。

在附近的一家小酒馆落座后，端坐我面前的紫霞真切到难以置信。她从提包里取出一盒七星，衔在嘴边，打着了火。我笃笃实实地注视着她，乍一看去，坐在我面前的紫霞同七年前没有太大差异，然如此真实具体地消化她的存在花了我相当一段时间。毕竟这以前她存放在我的记忆深处的时间太长了，长到我已经不能将其作为真实的人物予以接受。

"吉他弹得很不错吧。"她说。

我点头："练习差不多一年了。"

"抽烟吗？"她递过来那盒七星，纤细的小指上戴着一枚花戒。

我默默摇头，一时想不出该说什么。

她漂亮得像幅风景画，并非女演员或是模特那种举目可见的美，而是隐匿在微薄五官下的耽美情致。这种温润又璀璨的气质，同我的母亲完全是两码事。母亲那种端庄触目令人过目难忘的美，远没有紫霞这种好看来得真实和予人安慰。紫霞的好看，是在她离开我和母亲的生活很长一段时间后，我才蓦然发现的事实。

她把烟头朝烟灰盅磕了磕："还住在屯门？"

"嗯，不过换了公寓。"

"初美有这样一个儿子，真棒啊。"她像是自言自语，又像是在对我说，"一开始没认出，但总觉得眼熟到挂心。直到下车你跟过来，我才不太敢肯定地问出声来。如果我不问的话，你怕是不会同我打招呼吧？"

"嗯，一直在犹豫来着。"我慢慢转动眼前的啤酒杯，注满气泡的金黄色啤酒在灯光下现出粉色的色泽，"一眼就看见了你，但不知说什么好，我想你肯定不会记得我了。"

"哈，光顾记着小时候的你了。小时候的星仔，可爱吃星洲炒米粉了。每次去你家，我都从楼下夜市打包一盒带上去。呃，吃起来连附带的海带例汤也不放过。说起来，你小时候的事我差不多都记得。"

我望着紫霞说话时眸子里透出的光，不出声。

"嗳，我现在还保存了一张照片，是我同你妈妈还有你在海边野餐时拍的，那时候的初美，真美啊。"她说。

我搓了搓鼻子，端起啤酒小酌了一口。

"初美她现在还好吗？"

"妈妈那人吧，和以前差不多，还是老样子。"

"这样嗳。"紫霞说着沉寂了下来，"初美好久没见到了，这七八年发生了很多事。自从我搬走，和你母亲几乎再没见面。但我常常想她，想你们来着。"

我默然点头。

"说实话，你母亲那人，原本就是个天性自然、无拘无束的人。任何关系都不适合她，母子关系也好，恋人关系、夫妻关系也罢，她不可能囿于那种过于确定的固定关系里。我们最后走到这步也是这个缘故。你晓得吧？"

"多少明白一点。"

"作为儿子来说你也够难为了，和你们在一起那段时间，我总在想，你要是我儿子该有多好。"

我勉强一笑："原来你还有过这样子的想法。"

"可不，"她笑了，"星仔可是个乖巧的男孩子。"

说不清是高兴还是失望，我一气灌了一大口啤酒。

"怎么，我做你妈妈的话不满意？"

"不成，紫霞姐姐还是太漂亮了一点。"我说。

"真认为我漂亮？"

"肯定。打小就这么认为。现在也一直都是。"

紫霞笑了："对于自己的长相这一点我还真不怎么晓得。从镜子里看去感觉自己平平实实、普普通通的一个人，总之一般说来我这种长相总被女孩子认可的为多，成年男子夸我漂亮的可算是少之又少。今天被星仔这么一说还真开心。"

"嗯。你的样子一点都没变。"

"你倒好，变成帅小伙了。"

"对了，紫霞姐姐结婚了吧？"

"两年前离了。说是这个那个的没有相同的志趣。"紫霞寂然一笑，"看我都跟你说些什么啊。"

"噢，是吗？我觉得你还蛮适合家庭生活的。"

"你这孩子,晓得的可真多。"

"不,"我摇摇头,"一直以来印象里的紫霞姐姐就是那样的人。"

"现在也挺好。没刻意追求什么。"紫霞淡淡地说,拿起鸡尾酒极其小心地呷了一口。

我想不出说些什么好,又不甘心这样沉默。邻桌突然有人在大声喧哗,迅速绽开的热闹冲击着四周的空气,连光线也随之波动。

"星仔长这么帅气,该谈恋爱了吧?"紫霞转换了话题。

"还行。"我说。

紫霞微微一笑,对我回应的这个词表示出相当的默契,搞得我有些不好意思起来。不知为什么,在她面前我始终无法成功转换少年时期的相处模式,即便在重逢后的今天。

"有空的话,常过来玩就好了。"我抬头注视着她。

紫霞没作声,我这话好像石子投进了她的眉心。她像扶住什么似的捏住高脚杯,稍举起轻轻摇曳,欲喝不喝地打量着杯心。

"嗯,也有想过,"她说,"好几次想到你们家找她来着,太寂寞了,寂寞得受不了,但终究还是转念作罢。最后过了几年,我想通了,觉得还是不见初美为好。"

我用极其细小的声音"嗯"了一声。

"原因我想你可能也能猜出一点——猜不出也没关系。总之,"她放下杯子抬头凝视我,"我觉得这样已经很好了。

你长大了,且长得相当尽人意,母亲的影响固然有,但你处理得相当妥帖,是个潇洒平实的小伙子,真让人高兴啊。"

一瞬间我多少明白了紫霞不再联系母亲的缘由。从我这个角度看过去,紫霞细瘦的肩膀微有些颤抖,我很想一下子把她搂紧到怀里,又觉得自己根本没有这样的权利,再想说点什么时她已经端起高脚杯仰脖喝了一小口。

"味道真不错啊。好久没有喝到协调得这么细致的酒了。"她微笑着说,"如果可以的话,欢迎你来找我玩。我在这附近开了一家服装定制店,招待喝上两杯咖啡可是没问题噢。"她说着拉开提包,捏出一张颜色淡雅的名片递过来,"只不过,今晚的相遇,就只当作我们俩的共同秘密,好吗?"

"明白了。"我说。

紫霞托着腮,微有满足的样儿眯眼细听钢琴布鲁斯。她一点儿都没变,眼角稍稍聚拢的美妙的细纹看上去像我少年时代的印记,无论看多少遍,我都不厌倦。

此后很长时间我都未能与紫霞联系。我把她给我的名片夹在碎南瓜乐队CD的封套里——那是母亲永远不会去收拾和留意的地方。然同紫霞的重逢让我一下子确认自身的存在,十岁、十一岁、十二岁、十六岁、十八岁所有的存在。母亲固然爱我,然她越爱我我就越无法确认自己,她大概就是那种人——紫霞也说了的,我们都理解她,爱她，充分地尊重和包容她，除此之外，又能怎样呢？

一个阴郁的下着雨的傍晚，母亲在家炖了萝卜牛腩汤。我回到家时发现她坐在沙发上抽烟看电视，银白的电视荧幕发出惨淡的黯然的光，播的是一出才艺综艺节目，喧闹哗然的电视场景并未在家里客厅投下什么闹热气氛，只是厨房里的萝卜牛腩持续咕嘟咕嘟地散发出倔强而熟悉的香气。母亲总这样，一有什么事儿来便神经质地放下手头的事情沉郁地抽烟，几个钟头过去便会好。我拎着背包想回房，母亲唤住我："星仔，你父亲死了。"

我停了脚步，转而望向母亲。穿着深白镂花衬衫和灰色细脚裤的母亲拢着双膝坐在沙发角落，神色平静。

"噢。"我说。我从来未曾了解和确认自己也会有个生物学意义上的父亲，而现在他死了。

"这个你去一下。"母亲递过来一封白色信封。

抽出来看，是陌生名字陌生地址的葬礼通知书。林浩然。我念念有词地对着那个陌生名字重复了几遍，以期取得某种实感。

未果。

"好的。"我说。此外想不到什么词。一直以来母亲从未告诉过我关于父亲的一切，这种做法有些任性，却是她对事情的惯常处理方式。说到底，母亲一贯以来都认为我是她一个人的，男人固然在制造我的生命过程中起了某种作用，她却宁可把他看作无。她是这么做的，久而久之我也逐渐接受这一点，不接受不行，母亲她太过柔弱而又善良了。凭这一点，我就必须接受母亲的安排。

我拿了信封，回到房里，仰倒在床上。可能是由于饿过头的缘故，嘴里泛着苦味儿，厨房里牛肉汤的香味儿一股一股来袭，而我什么也不想吃。

母亲同我打点了一套用料不菲的黑西装，中规中矩地连同塑料罩和领带一起摊放在床头。我暗暗叫苦不迭，这原本是参加成人仪式上准备的衬衫西服，岂料成人仪式还未参加，就此成了父亲的葬礼西服。

扣上衬衫纽扣，结好领结，套上黑外套的我看上去远比实际年龄要大得多。西装的肩膀有些松垮，也许我的躯体远未到实际能够承受这套衣服的年纪，感觉上是合适西装里住着的不合适的人。我拢起头发，转而又放下，齐肩的头发黑而有致，较我身上的任一部位都与之更为配搭。我将白色的信封揣入兜里，拿了公交卡、钥匙和零钱出门而去。

父亲的家位于麒麟寺街深处的老巷子里。因为路不好找，又无人可问，我兜头兜脑地在巷子里穿行了大半个钟头。

第一眼看到这个男人的作为"家"的房子，我心里有稍许的惊栗。毕竟是从前差点成为我"家"的家。深褐色屋檐，红色砖瓦及小而有致的细洁庭院，怎么看都像是一所符合正常家庭气息的温馨房子。

在来宾表上签上名字,放下奠金,坐在桌前的系着黑色袖章的中年妇女看了我一眼,她的眼神极其深刻,晦暗,不明所以。同父亲的妻子握了握手——那是温婉得只剩黑色裙装的女人,有股清洁的哀意。两个结着白花穿着白裙的女儿在一旁看我,我甚至连头也没多抬高,径直进了灵堂。

坐在座位席的最末尾,尽可能地不引人注意,然仍有不少人有意无意地朝我这边瞟视,让我感觉喉咙涩得要命。罢了,我松了松扣得发紧的领结,索性干巴巴地坐着。

进来的第一眼,我就意识到自己同遗像上那张脸如出一辙——除了隐藏在头发深处的耳朵。他的微笑中蕴含着某种普世性的宽容,是我不太明白的、通常出现在遗像上的那种笑法。

在这帮亲朋好友之间,唯独我孤零零与之毫无关系毫无维系。除了那张脸,标志性的生物学意义上的脸。目睹父亲的容颜,好长时间我回不过神来。

我感觉自身在不合适的窘迫的西装里产生了一种挥之不去的难堪。额上沁出了细汗,早上吃进去的火腿热狗在胃里隐隐开始泛酸,突然想喝啤酒,或是任何一种能让身体为之平静深邃的液体。我把手插进兜里,半低着头,双手尽情地体验崭新的裤兜特有的熨帖气息。

有人在念追悼词,宣读父亲的生平,我在众人间垂首听着。那些词汇、句子所形容的人如此陌生和不切实际,我边听边遗忘它。偶然抬眼，发现父亲的结着白花的小女儿正在看我，好奇、迷离兼而有之。那是一张清稚的，与我血脉相关的脸，如果妹妹的实感上得来的话，她应该是我的妹妹了。

我喟叹一声，转开脸去。四周传来嘤嘤的泣声，我低头看地板，泣声很小，地板的颜色很真切。

不太记得最后是如何告别出来的，临走时那些关注过我的脸的人都忙着哀伤，未有人再留意我。

在街角的自动贩卖机买了两罐啤酒，不冰，但凉凉的足以慰人。一气灌下去，沿着来路慢慢地走回去。

父亲的名字忘在了脑后。唯独容颜挥之不去。

我褪下西装外套搭在手上，领结也略略懈了些，一罐啤酒落肚，我和周遭的现实的关系多少才缓和到正常的地步。正值五月的某个上午，风和日丽，艳阳高照，喧嚣稳健的汽车和行人在我身畔流利穿行。半个钟头前的一切，基本上已恍如隔世。

上了地铁，在拥挤的人群中闭目沉思，人间的喧嚣在这里似乎比其他地方来得更深一些。我未有地方可去，在未能打通思绪之前哪个熟悉的地方我都回不去。几个站后，地铁驶上地面，流丽的日光经由厚厚的玻璃投到车厢里，感觉上整个列车温醺得惊人。阳光移动得很快，一幕幕穿过车窗的光，在地上投射下疾驰的影子。

当广播报出横沙站名时,我跟着下车的乘客以有些踉跄的脚步出了站。莫名的刺目的天光深邃且透蓝,在地铁口我扶着树干伫立了许久。上一次在此出站是因为紫霞来着,我想。这个地方,四下里的生活气息远比市中心来得淡薄。街心花园、便利店、游戏室、水果铺、茶餐厅和邮政局,因为过于稀疏而显得像是梦中虚拟的场景。我沿着意识中的路走下去。

微微的沁凉的风吹得人警醒,却又像有什么在一点点地褪失。我不以为意,只沿着人烟稀少的街道往更深处走去。没有人注意我,连我自己都不会注意自己,脚下的影子在接近正午的日光下退化成极小的一坨,犹如丢不开的宠物狗。

不多时,细汗从身体各处渗出来,肌肤粘在白而坚挺的衬衫上,有股溃然的不适感。我想停下来,找一处背阴的地方静静地待着。然极目四望,便利店、咖啡馆、小型超市、银行、糖水铺、美容院,招揽生意的店面一个连着一个,似乎哪儿也不存在这种幽静之地。我愈想歇息,就愈走不停。最终我看见一个装潢细巧,招牌上印着褐色猫咪的小书店,没头没脑地钻了进去。

推开玻璃门时,自动门铃发出"欢迎光临"的悦耳声音,恍然把我拉回了现实。虽说是五月,店里开着嘶嘶的冷气。穿着绿色恤衫的店员在收银台有条不紊地算账,除了我,十来平方米的店内没有任何顾客,只漾着静谧安逸的读书氛围，感觉上一下子让人放松下来。

《冰与火之歌》《花鼓歌》《漫长的告别》《东京昆虫物语》《枕头人》《希望之国》……书摆放得齐整精致，一个接着一个书名看过去，却得不出什么连贯的印象。我拿起一本《关于来洛尼亚王国的十三个童话故事》翻了翻，又转而翻开那本《希望之国》，最终转头读起了雷蒙德·卡佛的侦探小说集。

硬邦邦的铅字，冷涩的文字，在读到第五页时我感觉一股困意遽然来袭，那并非常态的困，而是出于困顿情境下无可挣扎的困倦。空调的冷风嘶嘶地吹着，意识时不时地粘连成一片，身体一点点地变重，手肘上的西服往下滑，书拿在手里感觉上像是某种突兀的异物。罢了，我想，自己无论如何得找地方休息了。转头望了望收银台上方的挂钟，时针与分针稳操胜券地走向十二点。在街上晃了快有两个小时，我想。突然一声突兀的"欢迎光临"将我惊醒，接着又是一声"欢迎光临"，还没等我回过神来，接二连三的"欢迎光临"之后，偌小的书店一忽儿挤满了穿着校服大声喧哗的初中生，我感觉自己像被包围在一片鼓噪的蛙声中无处可去的路人甲。我无奈地闭上眼，静静地承受刺激耳膜的喧闹声，任周围少男少女嘈杂的话语和自身的困意在脑海中交织成挣不脱的网。

十五秒后，我睁开眼，第一眼看见的是街角款步而来的紫霞。透过书店的落地窗看出去，她穿着一身黯蓝间墨

世界尽头的女友

绿纹路的旗袍，拎着挎包寂然无声地从远处走过来。由于隔得太远，她的表情看不真切，只隐隐地感觉紫霞走路时眉眼深处的韵致，那是旁若无人、独处时分的她。

捧着书，拎着西装外套，我站在窗边细细地看着这个女人，看着她由远及近地走来，一秒钟也不想浪费。她的穿着细巧扣带高跟鞋的脚在混凝土路面以轻巧的步调走动，我突然发现紫霞走路的样子有些像我的母亲，隔着深而又深的正午太阳和厚玻璃窗，那姿势让人得到某种程度的抚慰，这女人走路的样子抚慰了我。她走得愈来愈近，面容也愈来愈真切。我低下头去看书，书里写道——"比尔和阿琳·米勒是对快乐的夫妻。但有时他们觉得他们被他们所属圈子里的人超过了，留下比尔做他的簿记员，阿琳忙她例行的秘书事务。"

当我抬头时，紫霞只留下一个美妙到近乎优柔的背影，如果不是因着她走路，我怕是不会想起母亲；如果不是想起母亲，怕是没有办法释然。屏息静气地看着她在街角消失，我合上书，将书拿到收银台，问："多少钱？"

世界尽头的女友

我们原本就未曾拥有什么世界尽头的女朋友,却为此组建了一支乐队,用以歌唱我们世界尽头的女孩们。那是一九九七年的事情,我时年二十一岁,大炳十九岁,耀民二十五岁,皆是不上不下无法固定女友的年纪。

之所以会忆起那个时候的事情,大概是某种中年痴呆症作祟的缘故。若不加紧回忆的步伐,那些存留于世界尽头的记忆便会随同时代的脚步毁于一旦。如今的我,身穿CK牌黑纱棉衬衫,开一辆二手路虎,拥有三十四岁的妻,五岁的儿子以及尚余二十五年贷款的市区高层复式小公寓。

凡中年男子应有的一切，我无一不有。即便没有，凭借手头的存款，怕也是可以即刻拥有。我所缺乏并且一直缺少的，是位于一九九七年盛夏最后一个周末的，世界尽头的女友。

那是一个酣畅淋漓的夏日午后，香港刚回归不久。我所在的沿海城市大学举行了庆祝香港回归运动会。何以将运动会跟这个那个政治事件扯上联系，无非是觉得这样大家跑起来更加有劲，而校委会的业绩更加光耀罢了。参加校运会的学生里，大抵可以分为热爱香港和不热爱香港两种类型，像我这种在半程马拉松赛中发挥水准不佳的，终究会被归于后者的行列。

在距比赛终点还有两三公里的时候，我停下了冲刺的步伐。那是一个渐进的过程，也许是过于酷烈的日光闪耀在远处屋脊带来的幻觉，如同透明弹道般的赛道在终点处被吸入了周日午后的天光中。此一瞬间与下一瞬间彼此叠合，意识到即将迈入世界尽头的我，不由自主地将步伐放缓，最后在赛道上漫步徐行起来。

"49号加油，加油！"

作为动作离奇的49号，我受到的鼓励、呐喊与嘘声一样多。眼看原本位于第三名的我，在缓慢行走中落到了倒数几名的位置，最后，所有的鼓励变成了嘘声。赛道两边，裹挟着阵阵嘘声的人群陌生如电影场景，走着走着，我忽然心有所觉，一个加速冲向终点，结束了所有的嘘声。

茫然地接过工作人员递来的毛巾和矿泉水,扯下身上的49的号贴,在喧闹的人群中我孑然独立,活像沙漠正中竖立的一根并无实际意义的电线杆。

"看到你在马拉松赛时的表现了,"耀民说,"我觉得你的内心深处具有某种独特的戏剧性天赋,很适合担当乐队的主音吉他。"

"是吗?"

我们在学校图书馆广场的铜像旁坐着,时值夏末,距夏日运动会结束差不多大半个月的时间。

"某种意义上来说,音乐使人具有某种再生功能。恰如其分地运用这种功能,我们或多或少可以通向无法抵达又竭力抵达的意识深处。"耀民说道。

"嗯。"

铜像是众所周知的伟人铜像,伟人经历了一番意味深远的革命斗争,最终夺取了胜利并矗立在每个青春期蠢蠢欲动的孩子面前。我如是想着,耀民依然滔滔不绝。

"你说的我都明白,但我似乎没有这个必要,"我说,"但我所寻求的,不过是个长颈鹿般漂亮的女友罢了。"

"这个世界上长颈鹿为数不少,漂亮的女孩也多如牛毛。你何以会为这种事情苦闷?"

"呃,长颈鹿般的女孩不中意我在运动会上的表现。单单中意这种表现的,只有耀民君你。"

"啊。"他说,"不打紧的,一个看起来不怎么让人中意的举动,重复的次数多了,便会令你成为让人中意的、独一无二的人。"

耀民的话不无道理。但想到话里话外不过是为了拉我入伙从事他所谓的音乐活动,多少有些觉着乏闷。

从小我便擅长拉小提琴。五岁的时候被父亲送去学习音乐,十二岁戛然而止。停止练琴的原因再简单不过,当我意识到自己继续学下去,便会进入那种事物的那个地方——年幼时候解释不好,跑过那场和香港有关的马拉松赛之后就忽然明白了,自己有种躲避事物尽头的本能。因为觉得自己可以把琴学好,所以戛然而止。

"所……所以,我们的乐队名字叫作'世界尽头的女友'?"大炳问。

在耀民租住的公寓里,大炳捏着啤酒罐,陷入惺忪如大象肚皮的沙发深处。我和耀民各踞书桌一隅,他抽烟我喝啤酒,一言不发。

在学校,女孩都爱跑步快、弹琴佳的男生,耀民和大炳弹琴水准足以囊括他们喜爱的各色女生,而我若是在跑步比赛中达到惯常水准,拥有长颈鹿般的女孩也并非难事。何苦特地为了女孩们组建一支乐队?

耀民考上研究生以来,组建过相当数量的乐队,"袋鼠通讯""火星探测器""发条老虎"等,不一而足。名字固然动听，乐队寿命却不怎么长久。寿命不长的原因具体解释起来很多，总的归纳起来便是耀民念研念的时间太久，与他同期的乐手们毕业的毕业，工作的工作，乐队继续成立下去的理由在现实性的生活面前纷纷触礁。

换而言之，耀民看上我和大炳，大概是因为我俩距离现实性的生活还有相当一段距离——足足四年。

我们很不来劲地喝了一个小时啤酒。之后，耀民的女友用钥匙开门进来，煮咖啡，打扫房间，整理唱片架，收拾桌上的一次性餐盒以及空啤酒罐，乐队名称遂固定下来。

"世界尽头的女友。"

大炳是个说话结巴的大一新生。不知是不是因为这点，唱起歌来尤其动听。嗓音好，音色像拖曳过海面的潜水艇，起起伏伏的水浪间含了金色丝绒般的色泽。

"曾经参加过朗诵补习班来着，小学六、六年级的时候，老师教、教了朗诵李商隐的诗词，"大炳说，"'隔座送钩春酒暖，分曹射覆蜡灯红。'"

"学是学会了，但并没有因此治好那、那个，只是能将距离日常语义遥远的句子顺利地加以拆、拆分，读出来而已。当、当然，包括歌词。"

大炳喜欢喝啤酒，一喝啤酒说话速度便顺畅得多，让我想起小时候便秘，母亲给用开塞露的情形。

排练房设在学校后门的居民老街，趟过各式麻辣、烧烤小吃店，招牌触目的情人旅馆以及韩国留学生租住的简陋公寓，在一家门面很小的修车铺背后，我们的Band房像年久失修的贫民窟般半隐藏在地下。

房间混杂着潮湿铁锈的幽凉味儿，后墙仅有的小窗也用隔音棉遮挡着，只在我们抽烟时掀起来透一点风。据耀民说，这房子早先是修车铺的杂物间，堆满了废旧的机车零件，缺了插头的电泵，印有每小时二十块的旅馆招牌以及不知哪个年代的窨井盖。耀民在修车铺打工了大半个学期，才换得这间房子的使用权——当然，吉他若要继续弹下去，机车电单车势必也得要继续修下去。

排练休息间隙，我们三人蹲成一排在门口抽烟透气。不时有路人经过，会误认为是三只看门镇宅的抽烟貔貅也不稀奇。

排练几次下来，我发现自己已不再像从前那样对于演奏音乐得心应手——孩提时代徘徊于音乐之门的灵巧劲儿早已过去，取而代之的是普通吉他手的庸常弹法。不过，对于这个，我也并未有什么不满。这样的排练，对我而言恰如多年前马拉松赛尽头的最后漫步，我抱着电吉他，缓步徐行，吹拉弹唱，自得其乐地四下兜转。

耀民的女友时不时地给我们担任键盘伴奏。时不时的意思是，这个女孩热爱超市零工和收拾房间更甚于乐队活动。她会在完成这两项工作后过来这边弹琴。来的时候带来超市的剩余物，有卖不完的鱿鱼煎饼、烤土豆，也有只差一天过期的啤酒和方便盒饭。总之，大家逮什么就吃什么，最离奇的一次组合好像是瘸腿螃蟹、压扁的西红柿加包装破损的小熊饼干。

但实际上，螃蟹茄汁淋在面条上并撒上饼干碎末味道不错。

如今回忆起来，关于乐队的种种事情总给我阴错阳差的虚无感。混搭组合的食物，气味蛊人的Band房，音色缥缈的鼓手，乃至成立的理由，初次登台的缘由，无不在莫名的谬然中混入了某种哀愁。

是的，哀愁。

乐队第一次登台是个普天同庆的日子，十月的第一天，一个细雨黯然的秋日。校方为庆祝国庆及香港回归举办了联欢晚会，"世界女友"乐队作为压轴性质的演出安排在了倒数第二的位置。最后一个压轴节目自然是校歌咏队合唱的《东方之珠》。

抑或香港这座城市在我年轻时候的光阴中极具重要性也未可知。自己因此参加了马拉松，组建了乐队，并以同样的理由登台演出。面容稚嫩的校电台记者——实际上也就是比我小一届的一个一年级女生在演出前问我，对香港有何看法时，我边调试音响边回答，这是个时髦且有着优美音乐的城市，这种时髦，是一种命中注定的时髦。

命中注定啊，小女生喃喃自语道。

演出单上把我们乐队称为"世界女友"，恐怕是出于世人习以为常的心理——世界女友远比什么世界尽头的女友符合众人预期，况且让女友处于末世感的位置，作为庆祝国庆暨香港回归之演出怕也不太得宜。

"世界女友"，一个大众性的、且有走红迹象的乐队名字。这种称呼方式其他成员们似乎毫无所谓，作为灵魂人物的耀民在演出前忙于联谊沟通事宜，大炳埋头插接线板及调试灯光，兼职键盘手，耀民的女友正准备着演出时的乐队袖章，而我——在后台抽一根烟的沉思时间里，也无可无不可地接受了这个名字。

不知哪个歌迷送来了可乐和巧克力，以挂着"加油哇，世界的女朋友们"的便签形式放在后台杂物桌上。颇有象征意味的白朗姆酒味巧克力。我心想，接纳它的只能是那群从来没有现身过的世界尽头的女朋友们。

演出时下起了雨。雨本就该下的，但若有若无的样子一直延宕到了我们的节目开始时。前奏响起时，灰尘样儿的雨雾变成了黄豆大小的雨滴，滴答答地让整个舞台沦为海洋，唱出的歌词顷刻间沦为台词。

便是这么样儿的十月夜雨。

有人在雨水中欢呼，刺目的聚焦灯晃出一大片水的形迹。黑魆魆的台下有人跟着唱歌，也有伞在黑暗中漂浮。高潮处我荡失了一小段音节，谁都没有发觉，暴烈的雨势掩盖了许多事物。察觉到台下哪里有哪个女孩在哭泣，待到回过神来，第一曲歌已经结束了。

或许只是错觉而已。但我在弹奏中的错觉总是太过真实。那个漾着顾长脖子的女孩，于雨水和歌声中哭出了某段真相。

但凡青春，多容易被哭声道出。

演出结束后校团委送来了"最佳节目"的锦旗。红彤彤的锦旗覆在 Band 房深处的废旧机车零件上，由于字体过于醒目，有一天被耀民翻了过来，将其背面作为琴布盖在了电钢琴上。

那次演出之后，乐队几个人在相当一段时间内，成了学校红人。Band 房里摆了锦旗，成员三五不时地在食堂或是篮球场被哪个女孩索要签名，也有人写信来问什么时候出专辑，就连公共课上被老师提问的概率也大为增加。就音乐来说，我们的乐队平庸得可以。我总想，怕是因为雨。那场掩盖歌声的雨增加了某种料想不到的情感性。

是的，观众们想要的，是深具摇滚乐气质的雨。

秋日过后，很长一段时间我们没有再演出。我、耀民、大炳三人各自陷入了某种莫名的怅惘中。耀民同键盘女友分了手，接下来的女友如走马灯般更替着；大炳的单身母亲远嫁美国，失去经济来源的他在琴行谋了一份兼职，每日如盲人摸象般地教学生弹琴；我则因为打篮球撞伤导致桡骨骨折，手臂上石膏的那段日子，迷上了PS，整日在游戏机店消磨光阴。

世界尽头的女友因此失声。

圣诞前夕，"枪炮玫瑰"乐队来城市演出。我们仨喝着啤酒混在拥挤的人民广场里聆听异国吉他手撩拨城市深处的声音。我站在观众台最前端，把啤酒罐像鼓棒那样紧紧攥在手里，隔着围栏望着与CD封面毫无二致的乐手们的面容。"十一月的雨。"艾克索·罗斯唱道。不知何时，我的耳畔响起了某种幻听，那是雨中饮泣女孩的声音。天阴沉沉的，没有任何雨的迹象，城市的天空如此广袤，我在人群中却寸步难移。

怀中握住的，是早已干涸的空酒罐。

"有兴趣的话请到我们酒吧来，在广场街的后巷口。"演出人潮散去后，一位穿着翻领夹克，胡子略像海豹的中年男子递给耀民一张名片。后来我们才知道，他是酒吧老板兼小号手。

每个周末，我们演奏一些稀糖水般的乐曲，海豹男则在我们休息间隙吹上那么一两曲，偶尔兴致来时，也会与我们合奏几段。在怅惘的人群中弹奏存在感不那么明显的音乐，先前属于我们的惘然似乎也渐被周围的听众所吸纳。

那究竟是一群什么样的听众？如今回想起来，只记得旋着霓光的魔球灯，贴着彩色马赛克的小舞台，成桶成桶的冰冻扎啤，人迹往来处各式阔腿牛仔裤以及镶着鳞片的鱼尾裙。

许多年过去了，二十世纪九十年代末的温柔听众始终在无声处安然纳受我们所弹奏的一切。在酒吧驻场之后，大炳辞去了琴行的兼职，耀民也不再着手于寻找新的女友，而是写作关于新女友的歌曲，我有了更多的零花钱用来玩PS，却用那笔钱买了一辆二手摩托车。

新的键盘手叫娜娜，她在马路上弹琴时样子像个漂亮乞丐。在那里，她弹奏出霓虹灯、马路灰尘以及阴湿冬日的声音。摆放在地上的琴袋里有若干零零碎碎的散钞。一曲终了，耀民把手中新写的谱子递过去，问她能不能弹。

"白日萤火虫。"她念出标题。

"嗯。"

她试着哼了一小段："感觉还不错，但你得给我伴奏。"她看了看我俩肩上的吉他和贝斯，像打量两个背着书包的失学儿童。

我们在马路边弹起了萤火虫之歌。夜晚被弹成白昼，路灯演变成萤火微光。娜娜的键盘声像宜于跳舞的吉卜赛女郎，她有她的孤独，和曲子不一样。

也许三个青年所苦求不得的，是妙龄女子之感伤。

停下来抽烟时我们问她来自哪里，她摇摇头，不置可否："你们还是大学生吧？我嘛，刚从里面出来。"

"嗯。"我们俩对视了一下，这微妙的动作，她视而不见。

"替男人顶罪进去的，诈骗，聚众斗殴。出来一个月多了，两年前决定跟男人在一起时，就跟家人脱离了关系；至于男人，现在好像也消失了。怎么样，"她停下来抽了一口烟，"作为故事来说，还是写得出好歌的吧？"

她说极其中意"世界尽头的女友"这个名字。

耀民偏爱弹琴动听的女孩，而长颈鹿般脖颈的女子是我心之所往，大炳说他对唇形像兔子的女性颇为心动——从这三点看来，娜娜无一不具备。可说到底，她身上的某种近乎天性般的冷峭气质，让我们得以单纯自在地相处着。

娜娜来到酒吧后，我们的演出受欢迎了许多。作为背景板的音乐被顾客们提出了这样那样的要求，糖水般的音乐增进了各种世俗故事的曲折性，将酒吧维持到某种恰到好处的繁杂。

娜娜有时候也来Band房，但是次数不多。排练的新歌听过几次便能配合上来，有一次，她看到掩埋角落的"最佳节目"锦旗，哧地一下笑了。

"对不起，不该笑的。"娜娜解释说，"只是想起自己年轻时候。"

我们在Band房附近的海鲜排档吃宵夜，娜娜吃得极多。烤金枪鱼，炒海螺，凉拌海蜇，芥末味的凉菜，一味地吃个不停，吃完了就抽烟。酒足饭饱之后的眼神像个孩子。

"那个，曾经给债主唱过歌来着。"她说。

"债主？"我问。

"嗯，"娜娜点头，"有一次，跟男人被一大帮耷头耷脑的讨债混混堵在门口，为首的家伙用匕首顶住男人的下颌，情急之下我唱出了歌。"

"当真？"

"嗯嗯，"娜娜哼了一小段，是旧时流行粤曲的一小段华彩，"本想开口求情的，结果一出口成了这样。"

"还蛮好听的。"

"那个头头，叫我继续唱下去。我看了看他，又看了看男人下颌那把雪亮的刀，不像是开玩笑的样子。"她说，"于是我坐到键盘前，边弹边唱。感觉上声音不像是从嗓子里发出来的，而是心脏某处。"

"那时候，我和男人倒卖那批货折了，货款一时还不上，东躲西藏地过了好几个月。事情就是在那时发生的。一连唱了七八首，抵得上小半场演唱会的时间，那头子才说停。"

"唱歌能抵债吗？"

"当时我也是这么问的，那胡茬男听歌时把匕首收了回来，拿在手上上下玩弄。他没有回答，只用另一只手紧了紧领带——是的，讨债的都穿西服打领带搞得像听音乐会的。等了好一会儿，他递过来一张名片，那卡片上只有一行地址，名字电话什么的都没有。叫我每晚上这个地方来唱歌，直到我们还上钱为止。"

"你去了？"

"嗯，不然还能怎样？"她点了根烟，"那地方，是个私人酒吧，我在那里大概唱了小半年，才把货款还上——说来也怪，我好多歌都是在那个地方写出来的。"她用眼角余光注视着放在红色挎包上的乐谱。

"一心想着给债主唱歌，却写出很多的情歌，现在听起来，恐怕还相当感人。所谓创作这种事，很多时候怕是一种身不由己的体验。"娜娜半睨着远处的街灯，眼神里充满了黯旧的光线。

"好像是这么回事。"默不作声许久的耀民，应了一句。

临近冬假，我和大炳等人忙着复习期考，娜娜忽然打电话到寝室，问我能不能出来一趟，她在校门口的樱树下等我。

的的确确有那么几棵形姿可人的樱树，不远不近的地方还矗立着一座红色电话亭，活像明信片场景的地方。

挂完电话我忙不迭地拿起牛仔夹克往上套，下意识地拎起吉他套盒，走到门口又放下了——每次见到娜娜总是带着吉他的，也许这次有点例外，我想。

穿着毛呢长裙灰褐色冬衣的娜娜扎着马尾，双手插兜，倚着树干。她嚼着香口胶，上下打量我一番："几天不弹琴，活得好好的嘛。"

"那是。"

"能陪我去见个男人？"

"那个人？"

她点点头。

说实话，娜娜要求我做什么事都不出奇，不过，为什么是我？

我们沿着校门口的樱花道走了一小会儿，坐上905路电车。眼下正是傍晚，返校的同学基本都坐返程车，出城的电车空荡荡的，我和娜娜各自占据一个靠窗的位置，各看各的风景。从我这个角度看去，她的后脑勺形状很好看，盯得久了，让人有种恬淡的疏离感。

注视了一会儿风景，我摸到牛仔夹克兜里的单词速记本，想着拿出来翻翻，不过想想还是算了，几乎没怎么努力用功的我在娜娜眼皮子底下忽然奋进起来，多少有些傻气。

斜阳渐渐西下，电车转入市区时，沿途的街灯差不多亮起来了。其间有一个带菜篮子的老奶奶，一个背着书包的小男孩和一个穿着入时的白领在娜娜身旁坐下又下车,到了西街口,娜娜转过身来,"还有两个站。"她说。

下两个站是海澜街,一个新开发的高级社区,崭新的街道,四平八稳的别墅公寓,人工修剪的草坪和林荫树,无不显示出新区的阔绰和有致。

电车把我和娜娜在车站放下随即驶离,这里行人稀少,偶尔哪间别墅传来几声狗吠,冬日的冷寂意外的明显。

我问娜娜冷不冷。

她甩了甩马尾,一个演奏时惯有的姿势。

不怎么冷或是冷得不以为然,我紧了紧外套,跟着娜娜高跟鞋的步伐往前走着。她好像来过,走得异常熟练,鞋跟踏地的节拍错落有致。

我们在一栋挂着姓氏"MK"的白玉兰别墅面前停了下来。娜娜按响了门铃。对讲机里传来人工呼吸般的回答:"请进。"

进了大门,是个极小的典雅庭院。暮色暗薄,鱼池和林梢零星点缀的依稀晕黄的小装饰灯,映衬出某种黯然的幽华。

一位管家样儿的男子将我们引进客厅。装饰低调的客厅,沙发左右各开着两盏落地灯,灯不怎么亮,只刚刚看得清家具轮廓的程度。偏角处,一座身形庞大、古褐色的三角钢琴犹如孟加拉海龟般安然蛰伏着,在阴影深处。

"红茶还是咖啡?"管家问道。

"茶，不加糖。"娜娜说。

一会儿，管家端来茶盘，除了茶，还放着一本乐谱。

"说是由您来弹，会好听。"管家说。逆光中，他掺着银发的鬓角深处，有一道极细小的文身般的疤痕。

喝茶的当儿，管家拧亮了娜娜身边的落地灯。乐谱薄薄的，放在娜娜双膝上犹如一双色泽暗旧的白蛾。

沉默。

娜娜大约读了三分钟，安静，专注得近乎坐禅。那并非她惯常的读谱方式——排练时，她总是瞟一眼新到手的谱子随手开弹，抑或是哼出前奏便用双手流畅地将余下旋律一一在琴键上铺展。

"能弹一弹？"三分钟之后，娜娜抬起头，问道。

"能的。"管家说，"还从没人弹过，在等你。"

娜娜起身坐到海龟般乖驯的钢琴前，琴凳顶上的聚光灯感应般地亮了起来，一小簇椭圆形的灯光照亮她的手和手底的黑白琴键，几近完美无瑕。

是那种起伏不定、亦真亦幻的声响，起初如细浪般嬉戏四下的暗夜，逐渐逐渐如重云般裹卷着此时与彼时的世景。听了好一会儿，我意识到哪里有人，对方倾听乐音的方式与娜娜弹奏乐音的频率不谋而合。弹奏的人和倾听的人犹如爱与被爱，犹如爱与做爱。

高潮结束后不久，乐音渐趋渐弱，钢琴的顶灯也慢慢湮熄。一曲终时，娜娜的身影遂同钢琴一并隐入阴影处。她的双手轻轻放在膝盖，隔了好一会儿，才合上琴盖，起身走过来。

坐下来时，我发现她眼角有泪。

男人其实死了。无声无息、万众凌迟又狡黠如梦的死法。预知了死之将至，男人罗织了几项不大不小的罪名，将女人送入监狱，由此得以逃脱那个什么。按照俗世套路的解释，生离好过死别，久别远胜重逢。

我摸索了半天，从衣兜深处掏出纸手帕，擦去她的眼泪。

管家说，他葬在池边的冬青树下。死前身上有二十九个弹孔，在这个屋里，围在他身边的，是七个毒贩子。

她的弹过钢琴的，修长如泣的手，握着手帕有轻的颤动。

我在想，为什么是七个毒贩子而非六个乃至十六个毒贩子呢，莫非他们知道钢琴是由七个音阶组成的不成？

男人赢得了二十九枚弹孔和最终的缄默，老大赚得了盆满钵满。并非某种特别遗憾的死法。暗静的乐音里，兼具了前奏、间奏、再现、高潮与尾声。

最终由老大买下这座别墅，辅之以立式钢琴，冬青墓园，并在鱼池里蓄养了十来只日本空运来的白色锦鲤。由于眼下是深冬，锦鲤们都在池底深趴着休憩，只得命运之神般的冬青树与管家老头长久地相对而视。

乐谱出自一个无名的芬兰作曲家之手。据说，由于毒瘾发作，作曲家饮弹自尽之前，将最后的曲谱寄给了卖给他毒品的毒贩子。藉此，谁也未有弹过它。

初春三月，娜娜离开了K市。留给我们的音乐簿，里头尽是写给债主的情歌。"写了新歌，附在明信片后寄回来。"走时她这么说的。

有时候我们也能从她留下的曲子弹出纸醉金迷的味道，但大部分时候，也不过奏出中规中矩稀疏如糖水的时光。新学期一来，忙碌的事情好多。篮球社集训，实习报告，交换生考试，臃肿的琐事一件接着一件，乐队的排练时间基本上缩减到同女孩例假周期差不多的地步。

五月，酒吧老板死了。据说那天晚上两个喝醉的客人起了干戈，倒下来的酒柜砸到老板，酒瓶扎进后颈，错愕的客人跌跌撞撞将他抬起送往医院——两天后，我们拿着那柄鲜亮如昔的小号，在店里的追悼仪式上吹奏了一曲《别离之光》。

那之后，我们差不多两个月未再练琴。娜娜寄了新的曲子来，附在有海岛教堂的明信片背后。初夏的日光淡薄地湮进Band房，耀民坐在台阶，哼起那首新调子，我总觉得好像在哪里听过——且不止一次。

"世界尽头的女友"断断续续存在了两年多——一九九九年年末,我考上香港某大学的交换生,临行前给耀民介绍了新的吉他手。那是个沉默寡言,发色染得暗白的小伙子,他说,不如改名为"铿锵往事"可好?

　　没什么不好。我说。

寺雪

在书房抄写经书的时候,我听见细雨打在庭院草叶上的沙沙声。雨很细小,有足够耐心的话,还是听得分明的。雨一下,就意味着村里的干旱得到纾解。虽说已是深秋,残留在村庄的酷热怎么也不见褪去,稻谷奄奄发蔫,如同村民苍黄的表情。每日在大殿午课,我都尽力为村民诵经祈雨。

有了雨,就好办了。

我推开木窗,让雨气更深地渗透进屋里来。烛光因气流的变幻摇曳不定,一滴墨滴落在书页一角,迅速洇染成为淡的墨色花瓣。

抄完这一章,该是三更了吧。屏息感受雨气的时候,庭院外传来急促的拍门声。持着灯烛,我应了门。

淡淡的烛光圈着一位少女憔悴的面容。我仔细看着她,这少女不过十五六岁,模样儿介于成人和孩子之间,衣衫褴褛,表情有些空洞。我不记得自己在村里见过她,又问:"你从哪里来?"

少女摇摇头,一言不发,双手在胸前拢得很紧。我这才发现,她怀里抱着一个很小的婴孩,用很薄的毯子覆着大半。

"快,快进来。仔细着了凉。"

她点点头,跨进门来。我撑起油纸伞,遮住她和她怀里的婴孩。

少女在大殿落了脚。端来先师留下的被褥,我又去厨房舀了碗熏着炭火余温的米粥,让这女孩喝下去。满以为她喝完粥会向我讲述来历和去向,她只抱拢着婴孩,蜷在被褥里沉沉地睡去。殿前的烛光映着她的面容,影影绰绰的,觉着她的实际年龄比我所揣测的还要更小些。

怀里的婴孩好安静啊,跟不存在似的。

我轻轻退去,掩了殿门。雨还在下,更细更无声。

次日起来,天光大晴。雨不再下,砖石地面留有润湿的水迹。我推开殿门，见摆放一旁的被褥空空如也，以为那少女已经走了。正怔怔发蒙，听得头顶树上传来细弱的声音："师父，您好。"

抬头望去，菩提树上，少女靠坐在树枝上，怀中仍然拢着婴孩。真不知她怎么爬上去的，实在是太危险了。

"危险呢，下来，快点下来吧。"我说。

少女点点头，迅速将怀里的孩子用背囊裹好，然后环抱着树干爬下来。

"师父，您能教我念经吗？"少女用恳求的表情看着我。

"好的。"我说。少女看起来很像是一只鸟，从前我在书房抄经，有鸟从林子里窜进来，落在刚抄好的经文上，墨汁濡湿了鸟的爪。

"你叫什么名字？"

少女摇摇头。

"我唤你作阿宝，好吗？"我想起从前读诵过的那部《宝女所问经》里也有这么一位少女，就说。

少女点点头。

因着这场雨，村里的旱情得到缓解，我也宽慰许多。有村民送来苞谷和苕米粉丝，说是感谢神明的帮助。眼见有人来，阿宝躲在大殿深处，远远地看着跪在佛前祈福的村民。她好像有时候胆子很小，有时候又特别胆大，抱着婴儿爬山上树，在后山漫山遍野地跑。

我问阿宝要不要找村里的阿婶帮着照顾孩子,她忽然转过身抱着孩子跑得远远的,在离我很远的庭院的一角喘着气,又慢慢转过身来看我。我意识到这女孩很怕人,大概除了我,谁也没办法接近她。

我不再提让村民帮忙照顾孩子的事了。诵经时我让阿宝坐在身后,拿着一本经书跟着我念。她的声音细细喃喃,又始终延绵不断。

先师过世后,寺里只得我一人。听惯了独自一人诵经声,细声细气的声音加进来,似乎也不那么单调。

有时我觉得,阿宝怀里的孩子安静得可怕。想要关切地看一眼,她却如护崽的母猫那样惊惧。

第六日,阿宝把孩子抱到我跟前,问:"这孩子成佛了吗?"

望着萦绕着几只绿苍蝇死去多时的婴孩的脸,我忍住心下的不适感,说道:"这孩子超度多时,已往生净土了。"

"真的吗?"阿宝一动不动地注视着我,既信任,又犹疑。

"没错。"我说。

阿宝嘤嘤地哭泣起来,她哭泣的声音很像山中的猴子。那孩子,她怀里的孩子随着她的身体的抖动,好像变得清醒了一些,不时地抽搐几下。但是,那是错觉。

拿出珍藏多年的细蓝布缎,我让阿宝裁开,给他穿上新的裹衣。望着这个散发着淡淡腥臭味儿的婴孩，我在他身侧塞上落雨那晚所抄的经文。孩子瘦骨嶙峋，我的掌心摸到突出的肋骨。

雨早就停了。不知为何那日又下了起来。我唤来村民，让他们把孩子埋到山里。阿宝看着这一切，显得很安静。蒙蒙细雨中，她对着山谷大声背诵我所教授的经文。

阿姐领我来玉英寺的时候，她和阿宝一个年纪。那年因为饥荒和传染病，乡里人死的死，走的走，我们的父母也病死了。阿姐领着我跋山涉水，沿路乞讨，说是要带我去一个有馒头吃的地方。

"阿姐，馒头是什么滋味？"

"馒头是甜的。"

"什么是甜的？"

"就是浆果子的味道。"

阿姐和我走在山路上，常常会有这样的对话。有一次，我们在山路上遇到一个虚弱得快死的老人，阿姐走上前去想把手中的苞谷糁子分一点给他吃，谁知道他竟牢牢地扯住阿姐的头发不放，还一边大喊大叫着"你这个没良心的，你不能走呀"什么的。

阿姐和我都吓坏了，阿姐死死地攥住自己的头发，想要扯回来，但老人怎么也不放手，纠缠之下，我扑上去咬了老人的手一口。

"扑通",我被老人一脚踹到了树丛中,阿姐失声尖叫,拼命挣扎着,很快的,老人就渐渐一动不动了。

我连滚带爬到阿姐身边,姐弟俩抱在一起瑟瑟发抖。我感到阿姐失去体温的身体是那么的惊惧,不像真的。

老人的眼睛瞪得大大的,嘴巴也是张开的,即使死了,好像有什么怨气一类的东西汩汩地冒出来。我们隔着一段距离看了半天,最后阿姐捡起一个小石块朝他扔去。石块噗地打在老人的鼻尖又弹到地上,老人仍然一动不动。

"是死了?"

"唔。"阿姐点点头。

"死很疼吧?"

"不知道。"

"不是很疼,那为什么抓你?"

阿姐没有理睬,只小心地择了些颀长的草叶,走过去覆住老人的躯体。随后她跪坐在老人面前,喃喃自语地念起了一段奇怪的经文。

孩子埋葬后,阿宝仍是天天随同我坐在大殿里读诵经文。我让村长帮忙找了村子一隅的废屋给她住,她好像也渐渐不那么怕生人了。只是,除了我,她仍然不同村里其他人讲话。阿宝看起来很瘦弱,但由于村长和我的关系,村民们对她态度还不算坏,只是时有些好奇粗野的大孩子,爬上大殿后的山坡朝她吹口哨或是丢鸡蛋壳。

对于这些骚扰，阿宝表现得无动于衷，只管纹丝不动地坐在我身后，虔心读诵着经文。我每日做午课和晚课的时候都很长，有时阿宝也会提前溜出去，到伙房烧好饭菜等我下课后来吃。

雨一下，村子就恢复了原样。田地虽然贫瘠，稻谷仍随着雨露欣欣然结穗。后山的枣子也熟了，时常听见有松鼠在枝头窜动的声音。偶尔登上后山远眺，见得到村民三三两两在田里劳作的身影。

日子再苦，樱花也会照常盛放——这是先师同我讲过的话。有时候想起来，又觉着是一句偈。站在秋日的樱树下，我用村民供过佛的苞米喂鸟，阿宝不知什么时候走过来，静静地注视着我的背影。

"你也来喂鸟吧。"我说。

阿宝迟疑地伸出手，兜成兜，捧过我手里的苞米。

"师父，我觉着孩子没有成佛。"

"什么？"

"那孩子，好像来找我了。"阿宝说着，把苞米一粒粒抛得老远。

"只要潜心超度，孩子就会往生净土。"我说。

阿宝好像没有把我的话听进去，只大力抛出手里的苞米。

很长一段时间，我认为人之所以会出家，是因为没有亲人的缘故。任凭先师怎么讲,我也固执不肯改变看法。

父母去世后的那段时间,我时不时地会将阿姐看成是母亲。那个夏天,看着阿姐背着包袱的背影,年幼的我气喘吁吁地走在没有尽头的山路上。走得久了,我就分辨不出那个背影,到底是阿妈还是阿姐。

"等等我。阿妈。"

每到我这样叫,阿姐就会怒气冲冲地回过头来:"饿了就喝水。你不是饿吗,你饿你快喝啊。"

她不耐烦。她跟母亲一个表情。于是我就更加惶惑了。

自从那个老人死在我和阿姐面前,我常会半夜里惊醒。好像不管走到哪里,他的魂魄都在我们背后跟着,翻山越岭,随同我们追寻免于忍受饥饿的出路。

"已经超度了。"阿姐说。

可我怎么也不相信,因为那恐惧明明还在眼前。

我喝了一口茶,继续抄写经文。茶水是阿宝烧的,新的炭火烘焙出来的茶水有淡淡的熏火味儿。阿宝来了之后,帮着打扫大殿和烧火做饭,我的日常事务一时减少许多,抄写经文的速度更快了。

抄完第三章,我将这一日抄好的经文叠整齐,捧奉在先师像前,鞠了一个躬,这才把佛经供奉到书房的佛台上去。

"嘭嘭嘭",突然传来敲打外门的声音。由于声音刺耳,震落了佛台香炉里少许香灰。

寺门应是没有关的,来的怕是外人。

我走出房间,穿过小径,远远看见大殿外站着两个粗壮大汉,将殿门拍得极响。

"佛寺之地,请安静。"我说。

两个大汉上下打量着我。这两人一人持镰刀,一人握大棒,如同孪生兄弟般有着对称的面孔,突出的眼珠和杂乱的胡髭看上去相当可怖。长居于此,好久没有见过如此粗鄙的人了。

"两位打从哪里来?"

壮汉没有回答我的问话,他们异口同声地问:"看到一个抱着孩子的女娃了吗?"

看样子,这句话他们说过很多遍了。

"孩子看到过。女娃也看到过。"我说。

"在哪里?"又是异口同声。

"抱着孩子的女娃,暂时还未曾见。"我说。

持大棒的壮汉用棒子顿了顿地砖:"喂,你什么意思?"

我未作声,只蹙眉凝看这两人。哪里来的燕子在房梁上鸣啾,时值秋末,天空比少女来时更加高远。

这两壮汉仔细揣度我的神色,仿佛那女娃就居住在我面容里。

大棒汉子有些发急,再次杵了杵木棒,地砖发出砰然的声响。镰刀大汉使了个眼色,大棒汉子这才停下来。

"以前也发生过这样的事。"我说,"有人来问,见到一个抱着小孩的女娃了吗?"

两大汉面面相觑,问:"什么时候?"

"去给佛祖上一炷香吧。然后我告诉你们。"

大棒汉子并不太乐意,只怏怏地随着镰刀大汉跨进大殿。我捻了六根香,伸进烛台的火舌里。线香如同往日一般发出安静的香气,并未因进香人的身份而有所不同。

"你们,棒子和镰刀放下。"我说。

两汉子各自把木棒和镰刀放在一侧脚边。刀刃碰撞地砖所发出的细微金属声在殿内回响,听来让人有些不适。

二人各拈了三支,对着佛像默默参拜。外面燕子的鸣啾声忽然变得响亮了。在殿前佛陀的注视下,两人把线香插进了香炉。

"您说什么时候有人来问过?"镰刀大汉显然问得比较恭敬。

"鄙寺确实曾有少女带着孩子前来投宿。"我沿着庭院的小径边走边讲,两大汉亦步亦趋。

"不过,那是几十年前的事情了。"我抬头看树,"后来,常有香客来问,听说贵寺寄住着一位带孩子的少女,在哪里呀?这一问,就问了很多年。"

"混蛋,教你胡言乱语!"棒子大汉紧握木棒,脸涨成了猪肝色。

"佛祖面前,岂敢胡说。"我微微笑,"那孩子,就是本人。对不起,你们听说少女的事,可能是太久之前了。"

镰刀汉子拦住棒子大汉,进一步道:"我们要找的女娃,是半年前出逃的家奴,她带走了我们公子的孩子。我们敬你是出家人,好言劝之。如若不从实说来,不管你是不是出家人,小心吃官司!"

"吃官司也好,吃核桃也罢。滋味想必差不多。"我说。

镰刀汉子悻悻看了我一眼,转身对棒子大汉说:"这家伙说的怕是实话。我们走吧。"

"你是那孩子?"
"唔。"
"那少女呢?"
"没有了。"
"不能告诉我吗,师父?"
"没什么的。"

两个汉子来过以后,我教阿宝不要再来寺里念经,只管住在村屋里,跟着村里的大婶做些针线活,或做些帮老人下田烧饭等散工来维持生计。这一日,阿宝端来做好的蘑菇汤,送到厨房来。喝汤的时候,她忽然问了起来。

我低头喝着汤,不看她在灯烛下注视我的目光。

"为什么?"

我摇摇头。

阿宝融入村里生活以后，性情开朗许多，举止也渐不再那么粗野无礼。据做针线的大婶说，村里有几个小伙子倾心于她。阿宝托着腮帮，认真盯视着我。

"可是……"

我举起海碗，喝光剩下的汤。起身转去房间拿出一册抄好的经文，递给她："好好念这个。"

"不管怎么念，孩子还是没有成佛啊。"阿宝说。

我站起来，样子严肃地看着她："只要念诵，人们的心灵就会平静下来。这样去做，就对了。"

秋收过后，连降数日暴雨。庭院里枯败的残荷与偌大的蕉叶，被雨水打得飒然作响。原本尚有秋日余叶的树枝，也被风吹雨打去。殿内有几处屋瓦漏水，我拿了木桶和盆来盛装，盆桶不够了，又凑上铁锅。诵经时四周瓢盆作响，这种雅致场景，自先师以来，持续至今。

毕竟庙太老了。念至半晌，我抬头仰看殿前菩萨，发现菩萨脸上挂着雨水，于是起身去房间拿来自己的蓑衣，为菩萨披上。

由于村子地处山洼，除了干旱让人忧心，一到暴雨时节，又让人挂心山崩塌的危险。

雨落得愈大，我诵经愈精勤。暮色渐暗时，雨势小了许多，我便回向功课，起身撑起油纸伞，提了油灯，出门察看村中景况。

先师的墓在村中的另一头。七年前先师圆寂后，便葬在村子背后的幽谷里。这个地方，离寺庙尚有一段距离。何以选择这个地方安葬肉身，师父生前没有提及原因。大约那样的处所，更便于守候村民们的福祉吧。

我沿着田埂往村里走，打算绕村察看一周，再去先师墓地走一遭。连日的暴雨，不知师父墓地遭受山洪冲击，是否无恙。诵经时目睹菩萨面容流过的雨迹，心中难免惦挂。

影影绰绰的，迎面走来一个名叫小辉的孩子。小辉牵着自家的牛，踩在满是泥泞的路上，连伞也不打。

"小辉。"我叫道。

"师父好。"小辉看起来很没有精神的样子。

"去哪里呢？这么晚了，伞也不打。"

"牛跑丢了，找牛。"

"来，我送你回家。"

我走到小辉面前，用伞遮住他，随同他的方向往村子走去。一路上，小辉沉默不语，好几次欲言又止。我察觉到他好像有话要说的样子，便轻轻拍着小辉的肩膀，使他慢慢平静下来。

终于到了村口，小辉开口道："师父，这世界上有妖怪吗？"

"妖怪那东西，想必是没有的。"

"可是方才我看见牛,被什么黑乎乎的东西牵着往山里带。我使劲喊牛的名字,牛好像不认识我了。"

"你看,牛这不是回来了?"

"我用了好大力气攥住牛绳,它才拧着劲儿跟我走。"

我拍拍牛:"牛儿牛儿,要听话咯。"

沉重的牛顺从地跟着小辉的牛绳走,没有要挣脱的意思。

"小辉啊,你一定是太累了,师父教你认的字,有空要好好温习呀。"我摸了摸小辉的头,他的额头都是雨水,冰凉凉的。

送小辉回家后,我沿途察看村子的情形。夜色已完全和村庄合为一体,之前隐隐的天光消失在地平线,只有滴滴答答的雨水声,融纳了我穿草鞋的步履声。

看样子并无不妥。各个村屋里透出黯的灯光,之前一两处孤寡老人的居所也安然地明亮着。只稍远处的溪水哗然作响,惊人的响势犹如暴雨余威。

趟过浮桥,溪河对岸的山谷深处,便是先师的墓地了。

我用油灯探了探桥下的水势,与暗夜融为一体的滚滚溪流看样子颇为危险。湍急的水流中,不时翻滚过泥块与朽木。

深呼吸一口气,我踏上浮桥,小心翼翼地挪动着脚步。由于草鞋并不容易打滑,走在桥上还算稳当。好些年了,也曾数次经过湍急的水流上的桥，拜望先师之墓。

进入山谷后，郁郁森森的树木遮蔽了不少雨水。我沿着一条狭窄的兽径往熟悉的方向走去。

雨停了。山谷却越来越深。我觉着自己走过了头，好像错过了那墓，又觉得墓地近在眼前。渐渐地，我心头浮现出先师的面容，不知不觉低声吟诵着昔日念诵的经文，继续朝前走。

手中的灯无声地熄了。深谷中的冷意吞噬了灯烛里的最后一丝温暖。意识到自己迷了路，反而安静下来，我找了一块有树荫的岩石，盘腿在上面坐下来。

大概和小辉家的牛一样，不知不觉就走向了别处。

与其继续走，不如静坐下来，像往常在大殿里那样，为林子里的鸟兽们念诵经文吧。这或许，也是先师的心意呢。

雨既停，林亦静，我渐渐地与万物化为一体。

天光大亮时，鸟鸣啾啾。枝丫间深邃的青蓝色预示着这是个极好的晴天。抬眼望去，便知一切无恙，包括先师的墓茔。

打坐一整夜，感到有些乏力，从岩石上起身后，我活动了一下筋骨，继续找寻先师的所在。说来也怪，晚上觉得迷惑的路，白日看去又无比的清晰。清晨的雾霭笼罩着前方的小径，我快步走向目的地。

昨晚遍寻不见的先师墓茔，原来就在我打坐身后不远处的缓坡上。墓茔上积满了浮草和落叶，一并有些坡谷上滑落下来的腐木和小泥块。

在我专心捡拾木头和泥块时，听见身后传来了窸窸窣窣的声音。

"师父。"

是阿宝这丫头。她不知从什么地方钻出来，睁大眼睛看着我，手和脚都黑乎乎的，脸上也混着不少尘土。

"在这里遇见师父真好。"阿宝说着，帮我捡起泥块来。

"一大早的，怎么在这里？"

"昨晚啊，有只大妖怪，说是要带我去见孩子。"

清理完先师墓茔上的腐木和泥块，又用树枝拨去浮草和落叶。一线阳光落在墓碑上，使得碑石上的露水格外莹澈。

"来，给先师顶礼。"

阿宝恭恭敬敬地随同我给师父鞠躬顶礼。

"不要想着孩子的事了。"回去的路上，我对阿宝说。

"可是我见着孩子了。"阿宝一下转过头来，"那孩子站在树梢上。我爬上去，他就跳下来不见了。"

我沉默着，没有答话。我们的脚步踩在积叶上发出沙沙声。

一前一后地，阿姐和我在树林里走着。

"过了这林子，就到了。"

"过了前面那条河，马上到了。"

"还有一道山。"

阿姐总是言之凿凿，她所说的地方那样明确且肯定，不由得我不相信。自从那次遇到垂死的老人之后，阿姐赶路的脚步更快了。走在前面的阿姐的背影，显得异常巨大。"等等啊，阿妈。""等等我，阿姐。"不管我怎么叫喊，阿姐都没有放缓脚步。我趔趔趄趄地，追赶着阿姐。

究竟是什么时候阿姐升起要把我寄养在寺院的念头的呢？揣测往事，即便是各种细枝末节叠加起来，仍是模模糊糊的得不出答案。

那时的我实在是太小了。

曾在路上遇到过山猫。犹如豹子般虎视眈眈的眼神，绽放出奇怪的绿光。在那种情况下，冷酷的阿姐忽然转过身，一把将我抱住藏到身后，她的力气那么大，简直要把我的胳膊掐断了。

山猫冷冷地看着我们姐弟俩。在我们村，猫是很多的。可是这种长得像猫却丝毫没有猫的温驯神情的小兽，冷冽得几乎让人全身僵掉。山猫和我们一动不动地对峙了很久，那个夏天的午后，蝉鸣的悠响洞彻山谷。

究竟后来我们是如何逃脱的，已经不得而知了。剩下的记忆，全是在玉英寺里温暖的柴火房里留下的。

"磕头吧。磕头以后你就是菩萨的孩子了。"阿姐指着大殿内老旧的佛像,对我说道。

哇的一声,我哭出来,躲到了阿姐身后。

"一切有为法,如梦幻泡影,如露亦如电,应作如是观。"实际上那之后没多久,我就学会了背诵这四句偈。阿姐呢,也在那时候踏上了独自一人的旅途。

我默然地想着心事。脚步踩在树枝上,发出好大"咯咔"一声。

"那孩子,是你家公子的吗?"我忽然问道。

"不,是我的。"阿宝扬起脸,认真地说着。

"你是孩子妈妈?"

阿宝点点头。

这丫头看起来不像撒谎的样子,以阿宝的年纪,当孩子妈妈也是可能的。我不再多问,继续低头往前走。

出得山谷来,日光烂漫,秋后的土地反射着白光,三两村民们正在田里清理雨后淤泥。见得我和阿宝从林里出来,人们纷纷打招呼,也有些人用好奇的目光看着我们。

"回去吧。"我对阿宝挥了挥手,"别再乱跑了。"

匆匆回到寺里,收拾好殿内盛满雨水的瓢盆,随意用了些早膳,回到殿内供上香火,我又开始一天的功课。

雨停了,庭院也该开始清扫了。昨夜的雨水在寺院境内形成大大小小的水洼,映出一块块无比明亮的天空。我承认,自己是想念阿姐了。

"凡有所相,皆是虚妄。若见诸相非相,则见如来。"《金刚经》里的经文,是阿姐教我的。正在我持着扫帚怔怔念想之际,想起先师曾在书房柜里留下几册寺记簿。循着次序,我翻到阿姐来时那一年。

七月二十六日。晴。
镜容和安在投宿寺院。安在五岁,镜容十九岁。安在哭,镜容哄。

八月一日。露水。
殿里来了一只狐狸。咬伤安在的手,后叼走厨房的鸟窝。

八月五日。晴。
地藏菩萨日。信众甚多。诵经时安在大声号哭。

九月十八日。晴。
镜容皈依。安在剃度。

九月二十一日。阴雨。

抄完《地藏经》五部。安在研墨。

九月二十三日。阴转晴。
狐狸再来。相安无事。

九月二十五日。阴雨。
镜容于后院种下樱树幼苗三棵。
另，喂鸟的苞谷用完。

九月二十六日。晴。
镜容作风筝一只，与安在、大替、小替等孩子在后院放风筝。
雨季来临，大殿屋顶亟须修补。

十月二十日。小雨。
开抄《华严经》。

十二月十五日。细雪。
镜容顿首离去。安在尚在酣睡。

很早之前便读过先师的寺记簿，简略潦草的内容，不记得有关于阿姐稍翔实一些的记录。阿姐离去的那一日，我记得自己并未睡觉。年幼的自己依稀预感到了什么，从被窝里爬起来，趴在窗边，透过细细的窗棂，眼看披着斗篷的姐姐，出了寺门，留下白茫茫背影。生离仿似死别。

平日惯于哭喊的我，那时无声地啜泣着。大概是因为出了家，不再想让师父察觉到自己的心绪吧。

我合拢簿子，推开木窗。深秋过后，会落霜，接着是细雪。阿姐栽种在后院的樱树，只残有一棵，且始终长不高。

阿姐离寺后，也曾听闻过有关她下落的消息。可是，真正的内容传到我耳中时，已是十多年后，自己已然成人之时。

镰刀汉子和棒子大汉又来。他们领来一位白衣翩然的贵气男子，随伺在其左右。白衣男子眉长目俊，眼神却略有促狭，大概就是阿宝家中的那位公子罢。

"请问，曾有见过一位带着孩子的少女前来投宿吗？"白衣男以一种温和的口气问道，并深长一躬。

"这话，已经回答过这两位了。"我说。

"如能告知少女的下落，在下不胜感激。"白衣男说道。

"如果不能，你们会常常来叨扰呵。"

"岂敢。只是因缘所致，不得不如此。"

我注视了白衣男好一会儿。他意识到我的目光，坦然地微笑着。见我不作声，白衣男又说："既然来了，可以让我参拜一下佛像吗？"

"这边请。"我领他来到大殿，镰刀汉子和棒子大汉紧随其后。

面对佛陀,白衣男撇开衣裾,双手合十恭敬参拜,默默祷告。镰刀汉子和棒子大汉见状,亦在两旁作合十状。

良久,白衣男抬起头来,左右环顾,说:"若干年前,先父曾来此参拜。记得他讲,当日见寺古旧,曾为寺院捐赠修缮出过一份绵薄之力。不想今日来,贵庙仍然古旧,不知鄙人可否出资为寺院修缮出一份力呢?"

我微微笑:"公子今日来,究竟是来寻找少女呢,还是来捐资修庙的呢?"

白衣男道:"师父见笑了。"说着,白衣男挥了挥手,对着镰刀汉子和棒子大汉说,"你们先回吧。我还有事,要与师父详谈。"

镰刀汉子和棒子大汉对望一眼,遂朝我作揖告辞。

见两汉子离寺远去,我问:"公子,您还有什么事?"

白衣男站在殿门口,说:"先父曾说,这寺极美,有古朝遗风,您可以带我走走看看吗?"

"公子过奖,只是区区山野小寺罢了。"说着,我引指白衣男往庭院方向走去。秋末初冬,庭草皆已衰败,只几行枯木仍有苍劲之姿。池里的鲤鱼载浮载沉,闻有生人脚步,随即没入池底不见影踪。

"对了,不知令尊是哪位?"

"先父不过是众多香客之中一名,师父不必挂怀。至于在下，小姓葵，请直呼我为葵即可。"

"是葵公子啊。"我默想着，印象中不记得先师曾有说过葵姓之香主。

与葵沿着庭院的小径缓慢穿行，聊起先贤的诗句与文风，暮色便渐渐地降入寺里。

"感恩师父的热情招待，有缘再会。"说着，葵朝我深长地鞠了一躬，踱步走出寺门。

望着白衣男颀长的背影，我觉着惑然。究竟是什么样的缘由，使得这个贵公子对孩子紧追不懈？

很快地，阿宝得知葵前来造访的事。这日，我诵完早课从大殿出来，见她蹲在庭院的菩提树下，好像等了我许久。

"师父好。"阿宝伸长脖子，仿佛意欲从我脸上窥探出什么来似的，径直凑到我面前。

"您没有理葵公子吧？"

"唔。"

"他会捐助寺庙吗？"

"没有的事。"

"啊。一定是的。这所老寺，也确实该修缮了。"

"放心好了。"

阿宝忽然显得很沮丧，她凝看着我的脸，接着垂下了头："这个，是我供养菩萨的心意。"说着，阿宝解下腰间的灰绿色小包囊,从中拈出一颗外形圆圆、小小鹅卵石,"在跑出公子家的路上,捡到了这个。"

我接了过去,这小石头普普通通的,灰扑扑的表层好像积蓄了很多人的体温和气味,握在手里很温润。

"那一天,我跑累了。抱孩子的手酸痛得厉害,我便把孩子放在垫着竹席的树下,搂着他睡着了。可能是跑得太累,接二连三地我做了好几个梦,梦里什么也没有,只有我在跑,孩子跌跌撞撞地朝前爬。醒来后一看,搂在怀里的孩子咯咯地笑着,手里攥着不知从哪儿来的小石块。"阿宝说。

"是吗?"我揉了揉这石头,"那就放在佛台前吧,日夜接受诵经声与香火的熏陶最好不过了。"

"对了,"阿宝又说,"师父,我的肚子里似乎有了孩子。"

下意识地,我朝阿宝腹部看了看,她的腹部扁平扁平的,平润一如少女身姿。

"好像快两个月了。我模模糊糊地觉着,是那日到山谷寻找孩子时的事。"阿宝说着,轻抚了抚肚子。

"哦,是吗?是谁的孩子?"

阿宝摇摇头:"是我自己的孩子。"

对于阿宝的说法我起了迷惑,眯着眼睛看她。她似乎觉察到了我的想法,说:"为什么会有身孕,连我自己也不清楚。一次是这样,二次也是这样。我感觉我有了孩子,可是我并没有和任何人发生任何事。"

在我和阿姐来时的路上，也握过这么小小圆圆的可爱石头吗？记忆已经很模糊了。我拈着手心里的石块，石块的触感磨砺着我的记忆，我不断地想着。

落叶都扫光后，如同往年一样，初雪也会不知不觉降临寺宇吧。我添了炭火在小炭炉里，殷红的炭蹿起细细的火苗，铜壶的水发出闷闷的响声。沏了新茶，边喝边暖着握石的手。村中有人说，阿姐离开这里，是因为有了身孕的缘故。这样的说法，无论如何都让人觉着可疑。遍翻寺记簿，有关阿姐的字字句句，皆如米粒般可贵不可亵。

应允阿宝将石块放在佛台前，抄经时我却总是拿过来，用作镇纸。摩挲了一会儿，我将石块放置经纸上，提笔蘸墨重新书写下去。

阿宝腹中的孩子已三月有余，我嘱了村中细婶好生照看着她。过不了多久，村民们都会知晓此事，阿宝连同腹中的孩子，怕是又会如先前那样受到伤害吧？我的笔触慢了下来，不知不觉地，顿住的笔触洇湿了字句。

写了一会儿，停下来休息。隐隐地，我听到门外有人走动的声音，出去一看，发现是葵。他站在庭院中央，背着手仰望天空。深白色的天空因为冷意，显得很孤寂。我站定着，凝看了一会儿葵的侧影。很多时候，我觉得寺院的天空较之其他地方显得更为辽远和空寂，葵在这里，身影似乎很渺然。

见我来,葵走上前来,拱手道:"师父,幸会。"

我点头:"来了。"

"这里的冬日,甚是清雅啊。"

"是吗?"

"'庭际何所有,白云抱幽石。'眼见此景,真是明了。"

"是寒山的诗吧。"我笑着说,"葵公子来得正是时候,刚煮好新茶,请尝尝。"

在小炭炉重新添了炭火,铜壶的水吱吱响动的时候,我从斗柜里拿出一个陶色茶叶罐,打开木塞子,取出些新的茶叶来。在刚刚倒掉茶渣的瓷壶里,我把新茶叶添进去,再用小帕包住铜壶手柄,拎起铜壶往瓷壶里注入沸水。茶的味道随着水汽蒸腾上来,斗室里溢满了安静的香气。

边喝茶,葵欣赏着我摊在书桌上的佛经抄本。

"师父的字体,令我想起自己的一位伯父。看到您的手书,总让我觉着,字迹这东西,和性格很相似,大概都是有遗传的吧。"

"令伯父是一位怎样的人呢?"

"伯父生性悠淡,酷爱读经。据说他年纪尚幼的时候,尽吵闹着要出家。因不得祖父祖母允许,却也不愿经商或投考功名,只以私塾先生为职,零散地收些自己喜好的学生,终了此生。"

"他的字,很朴素吧?"

葵点点头:"目睹师父的抄本,亲切之感油然而生。"

闲聊间,葵拈起桌台上那枚镇纸石,拢在手里看了半天。"喜欢啊,这个。"

"不过一枚普普通通的石头。"

葵并未答话,只专心将石头蜷入手心,静静地体味着,似乎将石头的重量和质地作为整个庙宇的参照物来把量。

"怎么了?"我问。

"好像在跳动。"葵握着石头,继续感受其变化,"一下,两下……心脏一样。"

我注视着葵握石头的手,温厚的大手裹住这枚小石头,微弱地颤动着。

"的的确确跳动着呢。"葵摊开手,递到我面前。

在葵手心里的,是一枚扑通扑通跳动着的石头。小小顽石收缩着,看着它跳动的样子,自己的呼吸、脉搏不由得追随它的节拍。

葵将石头交到了我手里。留有葵的体温的灰色石头,在我手心里跳动的节拍愈来愈慢,最终如同沉睡般停下来。

"它只愿跟随你的呼吸啊。"我抬头看葵,忽然领悟到,那死去孩子的父亲,或许真是眼前这个人。

"你还在找那孩子么?"

"请师父告诉葵。"葵深深地鞠了一躬。

捧着石头念诵了一段咒语,我起身:"那走吧。"

披上先师留下的挂着补丁的棉僧袍，我捂熄炭炉的火，领着葵出了寺门。后山兽径上斑驳的落枝，因为干涩季节的缘故，踩上去发出嘎吱嘎吱的响声。这些树枝原本是充作柴火的好材料，可惜由于之前旱灾和饥荒导致村庄日渐凋敝，上好的柴火也少有人来拾捡了。

葵跟在我身后，默然地走着。因为踩断落枝的足音，我才确认着他的存在。

"法师。"

"嗯。"

"孩子什么时候死的？"

"不太清楚。"

"嗯？"

"来到寺院时就死了。"

林子里传来细细的鸟叫，像是应和着我的回答。山中的景色一点点在变化，愈往里走，我们的足音愈是空洞。

爬上陡坡，是一爿小小的山丘，拨开小丘顶端密密匝匝的杂草丛，我们继续往里走着。走到草丛尽头，我指着不远处的一棵形态如弓的大树："到了。"

树下什么也没有。

凋敝的落叶覆盖在枯枝之上，拨开落叶，只平平展展露出灰涩的泥土。沿着树绕了一圈，原先在树底下堆立起的垒着卵石的小墓，已经找不到痕迹。

对着原先墓地的地方，我低诵记忆中的经文。

哪里来了小鸟，啾啾地在落叶丛上低啄着。念诵声与鸟鸣混成一体，嘹亮的与低哑的，明快的与安静的。葵在一旁默然合掌，掌心里卧着扑通扑通的小心脏。

"大概没有死吧。"念完经，我说。

"我也是这么想的。"葵静静地说道。

茶褐色的小鸟飞过去又飞回来。我们注视树下的目光，很长时间没有变化。

她的母亲是个身怀六甲的盲女，那日在集市路口弹曲卖唱的时候，被父亲收留回了家。来到我们家时，她在母亲肚子里已差不多六七个月大。葵用温和的口气叙述着。虽说是盲女的孩子，父亲却也丝毫没有把她当作是下人的孩子，自小与我们一起玩耍着。待到大了些，父亲便把她指派给我作书房丫鬟。虽说研墨倒茶等活儿做得不错，只是可能由于母亲是盲女的缘故，她的性情仍有些孤僻。

她十三岁那年，盲女死了。据说是跌落河里淹死的。但也有人说，是听到什么样儿奇怪的曲儿，以至于走到河边被人推了下去。那时候起，她就更闷闷不乐了。很多时候，她都会独自爬到树上发呆。据说，在那棵树上，能眺望到她母亲掉落的河堤那处。因为怕她难过，我都尽量由着她去。

不知什么时候起，她有了身孕。缓慢隆起的腹部引得左邻右舍和其他仆人议论纷纷。也曾因为这事儿我问过她好几次，每次她都哭着跑开，好像受了惊的兔子。但这样下去实在不是办法，家中族人劝说父亲赶走这丫头，毕竟这种影响世风的事情，出现在家里怕是要败坏家运和家族风水的。况且，她也好她母亲也好，都是莫名原因有了孕，总让人觉着不祥。

"因此你认了腹中这孩子？"

葵点点头："我是家中大少爷，这样做的话，倒也最大程度地免除了麻烦。况且，她原本就是伺候我的丫鬟，周围人不说，心里怕都是这样想的。"

"是这样啊。"

葵平和地说着，随后又笑了笑。

"父亲固然生气，心里也是中意她和这孩子的。只可惜，这丫头并不领我的情，趁管家不注意，抱着孩子离开了。"

"是吗，这小心脏跳动得起劲呢。"

"是啊，很起劲。"

走在来时的路上，树枝的脆响在寂林里传得很远。

阿宝有身孕的事，村里的人都知道了。有一天，我远远地见着她，站在荒芜的田埂之上的身形好像孤鸟一样凄清。

葵走之后，被他手心焐热的石头仍摆在佛台。寂冷下来的石头日日接受着经声和檀香的熏染，我亦不再将其用作镇纸石。

这日，我在大殿里诵经，负责照顾阿宝的细婶急急地跑进殿来，先是跪在佛前朝着菩萨磕了头，方才拂净衣衫来到我面前。

"师父，有件事我不知道当不当讲。"

"请讲。"我合上经书。

"师父，我看了那丫头身子，虽说有了身孕，可是她的身子是清白的，好像还未经人道。"说着，细婶忧心地望着我。

"嗯，我知道了。"我说。

"可是……"细婶双手合十，注视着我。

"菩萨会保佑她和孩子的。"我说，"这件事，还请细婶保密才是。不然，村人会害怕的。"

晨朝起身，发现整个庙宇裹上了初雪。淡白的雪色从屋檐、树枝、院墙一直蔓延到池塘，池边小径、殿前的石阶披着绒绒细雪，连两旁石狮的眉宇都白了。

这样冷的天，该为了众生更加用心地修行吧。

我想着，拢紧旧旧的棉僧袍，提了木桶来到庭院的井边洗漱。将井沿的薄雪轻轻一抹，便跌落成白尘。

"师父。"是阿宝的声音。

我抬头看，阿宝从不远处的树丛里探出身来，她手一扶，枝丫上的细雪便纷扬坠落。

"怎么来了？"我放下桶。

"下雪了,来寺院看雪。"

阿宝仰着脖子看树梢的雪,表情很单纯。她穿着厚厚的小袄,衣袄下的腹部微微隆起,与她的瘦弱身子看起来很不搭调。

"这样冷的天气,应该窝在被窝暖暖地睡着才是啊。"

"雪真好啊。"阿宝继续说着。

"是呢。今冬的初雪比往年早些。"

"早很多呢。"

"这种事,阿宝也都留心着啊。"

"我就是去年这个时候,有了身孕的啊。"

好像有什么地方,沉默了下来。

"身体还好吗?"

"很好,谢谢师父。"阿宝吹散掌心的雪,看着我。

我点点头:"好好地在屋里休息才好。细婶会照顾好你的。"

"啊呀。师父,再见啦。"阿宝像是想到了什么,冲我摇了摇手,转身离去。

"喂!"我意识到有什么不对劲,然她已然远去,好像没来过似的,只有浅浅的脚印黯淡在雪里。

回到大殿诵经,隐隐觉得有些忧心。仰看菩萨,菩萨的面容里含着淡淡的笑。

阿姐离去后,有很长一段时间我没有能够开口讲话。

有时师父叫我去提一桶水来,我却提了很多桶水,如果师父不说,我就一直提着停不下来。那个雪天,握在手心的木柄黏黏的发涩。

其实,不认真回忆,根本不会想得起这些细节来。

那个夜晚,我守在师父的身边,替他揉肩。屋里的炭火融融烈烈地跃动着,像小动物。

"安在,你是哪年出生的?"

"壬辰年。师父您呢?"

"哈哈,也是壬辰年呢。"

师父的背硬邦邦的,应该是背过很多柴火的缘故吧?不,也许是背负着村人苦厄的缘故吧。我想着,用小手捶着师父的肩膀,觉着手臂酸酸的。

"师父。"

"哎。"

"师父。"

"怎么了?"

如果从一出生就如同此时此景,在僻远的山寺里,守着雪夜炉火陪着师父闲聊唠嗑,应该就不会存在此生的种种挂碍吧?所以姐姐她,我七岁之前的那一切,该是前世未了之梦缘吧?

梦一般短暂。

我正想着,师父好像看透了我的心思:"安在,你有个好姐姐。"

"为什么啊,师父?"

"因为她把你送来了寺庙,和我在一起啊。"师父用一本正经的语调说着,却笑了起来。

我捶背的手怔了怔,也跟着师父笑着,心里头却涩涩的。

"不要紧的,我们向菩萨好好学习,好吗?"

"我昨天略微学习了一下。"

"什么?"

"就是笑眯眯地打坐啊。"

"啊哈,安在很棒呀。"

师父的话沉沉的,嗓音的震动透过他的脊背传来,一瞬间,我有种开悟的错觉。

阿宝消失了。雪一落她就走了,对此我也并不感到太过惘然。那日我坐在殿里,数着念珠上的数,佛台上的石头忽然碎裂。雪既晴,石亦裂。我将碎石捧到庭院,在那植着樱树的地方将其掩埋。

葵来看我,我们坐在庭院的石凳上畅聊。这是一个不坏的晴天,积雪的反光让整个寺院无比明亮。

幼稚园往事

手风琴,是恋人的一种。

与小瓶分开后,我成了一名异性恋。倒不是说特意或者什么特别的缘由,只是自然而然地从那时起,遇见合心意的对象多半会是异性,渐渐地,我也就开始了与异性的交往。

和小瓶在一起的时候,我们头发长度总是一致的。不论是我特地把头发烫卷也好,把头发修短也好,不出半个月,多半会长成与小瓶一致的长度,久而久之,我也就懒得理发,只要小瓶把她的头发修修好,我的头发便会趋向相适应的长度,像两个相约长大的孩子。

"像两个相约长大的孩子"这话是小瓶说的,不知不觉想起的时候,已经是我和她分开的第七年。我坐在厨房里的桦木餐桌旁,悠闲地喝着白咖啡,冬日的暖阳透过玻璃落在不锈钢水槽里,果蔬架上的苹果与橘子在塑料果篮里分享阳光。由于太安静,这一切有些失真。

也就是这几天才想起小瓶的,接着便是一阵接着一阵地想起,直如时光倒流般不可遏制。

那年究竟发生了什么?我用小勺细细地挖出覆盆子蛋糕放进嘴里,酸甜的馨香从舌尖延展下去,好像是答案的一部分。

"你喜欢橘汁吗?"她端来一杯橘子汁,放在我面前。我下意识地缩了缩手,或只是意识里有缩手的念头而实际未有任何动作。"谢谢。"我斜盯着她散落在肩膀的发梢,答了一句。

橘汁凉得有点过瘾,我像小鹿触水般啜了两口,便放在一边继续静坐等待着。

"你是附近这音乐学校的?"她问。

我耸耸肩,不置可否。

"从小我就特别喜欢拉手风琴,想着念完中学可以投考音乐学校,谁知千里迢迢来到这里,竟然发现这所学校并没有手风琴专业,所以……"她拨了拨头发,连同我盯视着的视线被拨到了后方,"便来了这所琴行做销售员。"

"挺好的。"我说。

"我也这么想,学校常有老师过来这里试琴,叮叮咚咚很像在招呼我,'来嘛,来我们学校嘛'。"她朝我大方一笑,露出左边一颗虎牙,很像不规则的琴键。

我也冲她一笑。她便把拨到耳畔的头发又拨回来,不知为什么,我竟觉得自己的头发好像也被风撩了撩。

在我发怔之际,里面琴房的巴赫《小奏鸣曲》停了下来。"轮到我了。"我一下起身,把她吓了一跳。接着她很快地调节好表情,冲我点点头:"加油哦。"

那日面试我并未如愿地成为琴行的教员,只自然而然地与她成了恋人,一个月后我找到一份幼儿园教管员的工作,她便搬来与我一起,我们租住在铁路沿线的一间民房里。每当有火车由远及近地驶过时,她的头发便随着铁轨的节奏轻轻飘扬。

"你说什么呢?"

"我说你耳朵真好看呐。"

"什么好看呐?"

"什么都好看呐?"

"我说你好看呐?"

我们大声地对着话,趁火车驶过时胡乱说着心里话,火车一走我们便恢复了原样——一个埋头看书,一个煮茶切菜。好像每次火车来，我们的关系就会变得亲密一点。

我工作的地方是一个区属的幼儿园，从住的地方弯过两条街，三棵细叶榕，一个菜市场和半条铁轨——之所以是半条，是因为另一端是废弃的轨道，穿过轨道，便到了那所人很少的幼儿园。白天我在幼儿园负责登记接送上学的孩子，带领晨练，分发早餐奶，午睡时负责照看入睡的孩子，音乐课老师不在时便负责弹钢琴，通常是《咪咪流浪记》《红蜻蜓》《北京有个红太阳》之类的曲目。孩子们唱歌的音域通常五花八门，一旦跑了调，会绕到很远的地方不回来。偶有园长父亲不在这里的晚上，我便过来值夜班。园长的父亲是这所幼稚园的创办人，几乎大半生都以幼儿园为家，即便退了休，也喜欢在这里住着，晚饭前睡觉前各绕着园里小操场巡视好几趟，差不多相当于半个警卫。

不知为什么，我很喜欢值夜班。所谓值夜班，就是提着小瓶给我暖好的宵夜便当，卷着小洋毯过来弹琴的夜晚。住的房间是有被褥的，可我喜欢带着我的小洋毯来，安安静静地睡了过去时，闻得到毯子上小瓶的味道。这样的夜晚，我几乎大部分时间都在弹奏巴赫，音乐室后门便是那黑魆魆的铁轨，从前属于火车的地方，现在被火车和人类遗弃了，所以我得以尽兴地弹琴。

有一次值班，小瓶来看我。入秋时分裹着小洋毯其实并不太冷，但小瓶说，她看到有个孩子的影子在玻璃窗上晃动。

小瓶的直觉一向很准，所以我才这样哀愁。这毕竟是只属于孩子们的地方,后来她来,我们就只在二楼的天台上抽烟。

"我看见火车相撞了。"有个叫海诚的孩子这样对我说。

"什么时候的事?"我问。

"午睡的时候我迷迷糊糊听到响亮的声音,爬起来掀开窗帘一看,两个火车撞在一起,像贪吃蛇接吻。"

"海诚,你是不是做梦了?"

海诚摇摇头:"老师,我没有做梦呀。我的名字叫诚,奶奶说要我做个诚实的孩子。"

我沉默了一会儿,问:"那你害怕吗?"

"不,"海诚说,"只是想告诉老师,火车相撞的样子像接吻。"

我一下子想起初冬时分我和小瓶在厨房里,迎着火车接吻时的样子:"是吗?老师懂了哦。"

见我这么回答,海诚满意地点点头,拎着塑料小铲高高兴兴地和其他孩子们种凤仙花去了。

小瓶看见了海诚,海诚看见了火车,那火车看见了什么?我正想着,海诚又跑回来,偷偷附在我耳边:"老师,这是个秘密,答应不要告诉别人哦。"

"好的,答应你。"我伸出手和海诚拉了拉钩。

海诚种的凤仙开花时,这孩子死了。得了白血病,生病前唱歌特别好听。回忆这种东西,总是离奇地蛊惑我。我把凤仙花摘了一朵下来,放在钢琴上,用来弹琴。小小合唱团歌声响起时,那里也有天使的歌声。

小瓶从琴行辞职后,我问她要不要来幼稚园当音乐老师。她没有答应,找了一家24小时便利店当收银员,晚上有空便到附近的酒吧拉手风琴。

那年年底,幼稚园举办了小型新年晚会。园长租用区礼堂的三角钢琴开的晚会,从傍晚一直持续到元旦零点。孩子们又唱又跳,牧师也来了,我在合唱团里给海诚留了一个位置,园里谁都看得出,我对这孩子极其偏爱。

晚会茶歇,我从琴凳起身,一位卷棕发的女士举着碳酸饮料替代的酒杯朝我走来。

"我是海诚的母亲。"她对我说。

虽非引人注目的美女,但就孩子母亲的年龄来说,她年轻得令人吃惊,打个不恰当的比喻,她的容貌气质很像海诚生前种植的那株白色凤仙。

"感谢您来参加我们的晚会。"

她嫣然一笑:"我是代替海诚来的,我知道这孩子心里,说什么也不愿错过这个新年晚会。"

"是吗。"我也面带与她同样的笑意,"这些歌曲您可喜欢?"

"好熟悉啊,"她说,"常常听这孩子在病房唱起。"

我一时不知说什么好,就说:"如果您喜欢,接下来再让孩子们表演几首。"

"谢谢,不必客气。"

接着我弹了几首新年的歌,孩子们好像总也唱不倦似的,每弹完一首,我就停下来看海诚母亲的眼睛。

"看,下雪了。"站在最高一排的一个孩子发现了窗外的雪,接着孩子们尖叫着涌到操场上,纷纷去看雪。老师们和家长们也忙不迭地跑出去照料孩子,我和海诚的母亲剩在那里,我看了她一眼,她注意到我的目光,朝我微笑起来。

"下雪了吗?"她走近窗户,看着窗外的雪,"这可能是我和孩子父亲在这里的最后一个冬天了。开春,我们就移民去澳大利亚。"

"啊。"来不及感慨,我好像知道为什么。

"所以,在这里是最后一次看到雪了。"

不成形的雪片儿零零碎碎散在铁轨上,和出街灯荧然的光,又经不起细看,就消融成凛凛轨道的一部分了。和这个女人温和地聊着天,我忽然很想给小瓶打个电话。

"在新的城市,重找工作,换房子,生儿育女,将人生推倒重来,所以这一次,幼稚园的歌声也好,冬天的雪花也好,都想认认真真看个够。"

"嗯,孩子的父亲呢?"我问。

"他大概还在家看电视。我呢,是找了借口自己跑出来的。说是忽然想喝一碗蛋糕店的热巧克力,就披上大衣跑出来了,这个理由,够怪吧?"

"嗯。"

"大概是孩子去世后,丈夫对我说出的什么怪理由,都能够接受呢。"

"是吗。"我想象着一碗热巧克力汤的样子,好想马上做出来端给她喝,"晚会上没有准备热巧克力,没关系吧?"

"什么嘛,只是一个理由而已呢。"她的眉心笑的时候聚拢细细密密的细纹,要不是下雪,我还真看不见。

雪下得愈来愈繁密时,新年的钟声敲响了。我和孩子们最后献唱一曲《新年祝福》,当歌声结束时,我发现那女人已经从人群里消失了。

回到家,和小瓶相拥而眠时说起这件事,她忽地从被窝里爬起来,顶开窗户看雪中幼稚园。铁路的信号灯明明灭灭的,冷飕飕的寒风吹进屋里来。

"小心着凉。"

衣衫单薄的她对着大雪抽完一根烟,又钻进被窝里来。我触着小瓶冰凉凉的脖颈和后背,好一阵她的身体才变得温暖起来。

不知道过了多久,小瓶转过身来搂住我的腰,细长的手臂盘在我的小腹上,我以为她是睡着的,深夜里我们都醒着。

"我曾有个姐姐,"她顿了顿,"我曾有个姐姐,你知道吗，我有个姐姐……"

　　黑暗中我聆听着小瓶式的呼吸声，那种呼吸的方式和手风琴起伏的质地很像，我以为她会继续朝我说些什么，在我屏息静气等待的时候，她的腹腔发出了轻轻的鼾声。

　　翌日一早，我仍在被窝酣睡，迷迷糊糊侧身触碰到一个温暖的什物，方形的又热乎乎的，好像是她在被窝里产下的卵。我摸着方形的温热体，觉得暖融融的，可是不到两分钟，就被烫醒了。

　　自从在便利店上班以来，小瓶每天早上总会叮热两个便当，或炸鱼酸萝卜口味或窝蛋鸡柳口味，总而言之是前一天晚上便利店卖剩的盒饭套餐。她把叮好的一份塞进被窝，吃完自己那份，这才急急忙忙换上工作服出门搭电车。

　　打开混着自己体温的便当，我边吃边看经过的火车。元旦日的清晨好像经过的火车特别多，雪花根本冷得看不见，只有淡白色的雾气被一阵阵经过的车厢驱散，又弥合。昨晚小瓶到底对我说了什么呢，吃着黏黏腻腻的食物，我赫然意识到今天的便当换成了菠萝咕噜肉口味。从便利店的恒温箱里取出来，塞进鼓鼓的环保袋里，在风雪交加的车站冻得硬邦邦之后被带回家，在冰箱里经过一夜的冷冻，才被取出来温热送进胃里的咕噜肉，滋味感人得不可思议。一定是昨晚相约度过新年晚餐的人太多了，才有这样好吃的口味剩下来吧。

把最后一块咕噜肉送进胃里，我回屋冲了一杯即溶咖啡，喝完咖啡便开始扫地、擦窗、清理碗柜。屋里没有暖气，干活的时候我不时跺着脚，把浸了冷水的手放到嘴边呵着气。

幼稚园一放假，我便觉得天气冷。一开始不明白为什么，后来想想，大概是孩子们体温较之成人高一点点，被孩子簇拥着，总是暖暖的。

酒吧的音乐会八点半开始。我是穿着小瓶的粗线毛衣羊绒外套和印第安围巾去的，手套也没有戴，进来的时候把双手放在暖气管上烘了又烘。酒吧的船长看见我，递了杯鸡尾酒过来。船长长得很像黄种人版的约翰尼·德普，总觉得他是那种很适合在人群中汲取孤独的人，每次来，他会用一小杯酒代替打招呼。

九点差一刻，乐队开始演奏《风之谷》。戴着绒线帽坐在角落里的小瓶，怀抱手风琴的样子有那么一刻让人觉得很像海里来的鱼。

不知是否因为过节的缘故，酒吧较之往日嘈杂些。乐队演奏得很认真，掌声却稀稀拉拉的。一个戴眼镜的高个子男子端着酒杯坐到我身边，他问我喜不喜欢彩虹乐队。

这个话题好突兀啊，况且现场演奏的音乐和彩虹乐队根本没有任何相似的地方。不过，我还是认真地回答了他这个问题。

"我的前女友非常喜欢彩虹乐队来着,为此她甚至辞去工作买了机票去悉尼看彩虹乐队的巡回演唱会。"男子扶了扶眼镜说。

听着男子的说话,我的目光仍不时地看着台上的小瓶。有那么一小会儿乐声低下去,而我们的谈话像随着低伏的水流而露出的山石那样局促。

"啊,彩虹乐队是很好的乐队。"我重复着之前的话,"你呢,你喜欢吗?"

男子发出了一声叹息,抬头注视着台上演出的乐队,端起酒杯啜了一小口酒。"HYDE唱歌的样子,多少年了,还是令人讶然。"

他这么一说,我忽然觉得眼前这人的面部轮廓和主唱HYDE何其相似,何止是相似,简直是从HYDE身上取出一块模子浇铸出来并施之以年轮、戴之以眼镜的产物,一瞬间我多少有点理解他那前女友的选择了。

"为彩虹乐队干杯。为HYDE干杯。"我举起泛着鹅黄灯光的半杯鸡尾酒,男子也举起了自己的杯子。男子的杯沿触碰我的杯壁时,我感到他身上某一部分的怅意也折递了过来。

乐队换了首活泼的爵士乐曲,如果没记错的话,是《海上钢琴师》里的插曲,钢琴的配乐由小瓶的手风琴演绎出来多了几分俏皮。这就是小瓶,她总在乐曲不经意的地方加上独属于自己味道的烂漫琶音。

"手风琴的声音听起来有种近乎晦暗的透明,就像被雨水浇湿的积雪融散后的样子。"长得像HYDE的男子侧耳倾听了一会儿音乐,说道。

"你见过雨水浇湿的雪地?"

"没有。这种东西,只能想象,不是吗?"

"是吗?"我想象了一会儿下雨的雪地,柏油道两侧厚厚积雪,校园看台如雾似霜的薄雪,以及幼稚园单车棚上毛茸茸的淡雪,不管怎么想,雨里总是夹着雪。

"谢谢你同我谈论彩虹乐队。"男子拿起空的酒杯,起身前表情严肃地说,"之所以想象不出,是因为你同那雪待在一起。"

回去的路上小瓶买了大份的鱼丸和两罐清酒。演出完后她总要吃点什么,不吃就睡不着,像个孩子似的。我把来时所穿的羊绒外套给小瓶披上,她却把自己的绒线帽给我戴上,711路车迟迟未至,小瓶说自己饿了,我们便在灯火恍惚的巴士站台依偎着吃鱼丸,喝清酒。

寒假过后,幼稚园来了几个转学生。虽然每学期都会有新生插班,但这次来的新生好像格外让人在意。

"我叫春晓,春眠不觉晓,处处闻啼鸟。"叫春晓的孩子长着一张略扁平的胖脸,耳朵却很大,即便是报着两根辫子也露出耳沿来,介绍自己名字的时候整个脑袋都在晃。

春晓说完自己的名字,整个班都在哄堂大笑,因为前一天的童谣课老师刚讲过这首诗。笑得最久的一个熊孩子掀翻了邻座的小板凳。

春晓苦恼了好一会儿,茫然地看了看弄翻的小板凳,咬着嘴唇上去将板凳扳正,这才回到座位上。我当时很想过去轻拍她的肩头,但想了想又忍住了。

春分一过,积雪消融得好快。屋檐上、走道、树梢及旗杆上总有断断续续的残雪,每天晨操前我都要清扫一遍操场,以防出操的孩子们滑倒。看着穿着厚重的孩子们列队齐整地从教室走到操场,不免让我联想起冰天雪地里鱼贯而行的企鹅们。

春游去了市郊的动物园。老园长哮喘病发作以后,园长便将大部分精力用以照看父亲,带着孩子们踏青的任务便落在我们几位年轻的老师身上。

说是踏青,郊外野地只半黄不拉地冒出几星绿芽,沟渠和树底很多地方仍残留着黏湿的积雪。来到动物园,老朽的大象馆半封着门,象们不知所踪,熊馆的棕熊独自在半隙阳光间徜徉,白色的看不出年岁的孟加拉虎贴着冰凉凉的假山且睡且珍惜,唯聒噪的金丝猴凑着孩子们的嬉笑搔痒。大大小小的孩子们排着队,对着动作迟缓的动物们大声嚷嚷,一时间几乎把园里积蓄了大半个冬季余雪的树梢屋檐震塌。

"那个洞里住着悟空。"

"什么?"

"猴山背后有个洞,洞里住着悟空。"

"是吗?"

午餐间隙,春晓拉着我要去看悟空。不知道这孩子对于猴山住悟空的结论从哪里得出,大概是电视或者漫画看多了罢。脆生生的小手像小猴爪似的紧紧地拽住我,直到山背。

脏兮兮的猴山背后,有个小井般大的黑魆魆的洞口。

"那里,"春晓指着眼睛般的黑洞,"悟空的家。"

孩子毕竟是孩子,我摸着春晓的脑袋说:"好好,看到悟空家了,我们回去吧?"

春晓挣脱我的手,直往洞里钻。作为无甚经验的教管员,孩子这种做法使我大吃一惊。我慌忙伸手拽着她的衣角,可这孩子如同闪电皮卡丘般眨眼钻了进去,我也连忙打开手机电筒,弓腰驼背地挤进了洞里。

果然是悟空之家。灰扑扑的内洞一股子陈年霉味,除了两个烟蒂就是零星几个可乐罐,洞壁上写着各种参差不齐的涂鸦。

"老师,你看。"

我把举着的手机电筒对着春晓的指点照过去,洞壁斜角处画着一个嬉皮笑脸的孙悟空,下角歪歪扭扭地涂着几个字:"郭海诚画。"

"海诚是谁?"

"不知道。"

孩子就是孩子,知道和不知道之间好像并没有特别清晰的界限。我把笑嘻嘻的悟空连同海诚的落款拍下来以后,很长一段时间思绪变得茫然。好像也就在那时候,我和小瓶之间开始有了黯淡的不明所以的嫌隙,诚如戴眼镜的HYDE所言,好似雨水浇湿雪地所裸露的那一部分事物。

"昨晚,我和船长睡了。"

"为什么?"

"不知道,只是觉得闷。"

"这样子很好玩吗?"

"阿紫是个死认真的人。"

小瓶变成我认不出的小瓶,她的眉毛淡淡的,把裹着头巾露出的大半个额头衬得很洁白。洗完的头发也不吹,就这样扯开头巾扑倒在被褥里,一副困得不可开交的样子。我只得拿来了吹风筒,任她边睡边给她吹,呜呜呜的吹风筒器响着,听上去很像海螺在哭。

那之后我就没有去过酒吧了,好像去酒吧看小瓶演出变成一件很困难的事。春天来临之后,天台上的胡萝卜呀,雏菊呀,凤仙花呀,狗尾巴草啊什么的都在一股脑儿地发着芽。那天我在天台给孩子们做风筝,管杂物的男老师兜了一兜细竹管上来,我问他要做什么,他说要给孩子们做音乐课用的笛子。

"是吗?"我都忘记自己是个会吹笛子的人了。男老师说起他结婚了,上个星期刚领了证,对方是一位单亲妈妈。

"孩子,是园里的?"很自然地,我问出这个唐突的问题,他笑了一下。我觉得他的笑容里有种非常坦然的意味。

于是我们继续做着自己的手工活儿,我想象了一下手中这只淡烟草色的龙猫风筝在蓝天上飘的样子,有点儿想哭。

"孩子,我非常喜欢孩子,甚至不是我这个年纪的男人应有的喜欢孩子的方式。因此,能拥有一个现成的孩子我觉得非常满足。"

男老师的年纪大概跟我不相上下,甚至比我小一两岁也有可能——他举起削得齐齐整整的竹管认真打量,"你呢?你为什么来这里工作?"

"我吗?"我仔细想了一下他的问题,"大概是出于想要给孩子们弹奏钢琴的愿望吧。"

"可以嘛,你。"男老师笑了起来。

"我们见一面吧。"发出这条短信时,我并未想到会收到回复,好像只是朝着空洞的悟空之家发出自然而然的、由衷的话语。那天下午我抱着一叠做好的风筝,回储存室时翻出了旧的家长手册,从上面查到了海诚母亲的联系方式。

也许自己只是说什么都想让她看一眼海诚的悟空罢了。

出国的前一天,海诚母亲在旧电影院后面的咖啡馆与我碰了面。她剪去了长发,零零散散的短发披挂耳畔,比之新年之夜看上去年轻了几岁——很难想象一个女人由母亲经由失去孩子又重新蜕变成女孩这里面到底经历了什么。她不断地用小勺搅拌咖啡,表情很温柔。

"哪里的雪,都好像融化干净了呢。"

"是啊。"我说。

"倒是到了澳大利亚,不出几个月,又会看见雪。"

"那样的话,也很好呢。"我学着她的样子搅拌咖啡,并端起来喝了一小口。

"反复经历冬天的话,总有一年没有过完的感觉。"

"嗯。"

"你上次弹的那首曲子很好听,叫什么来着?"

"哦?"

"《新春祝福组曲》倒数的第二首。"

我从记忆里极力搜索着当时弹过的曲子,真怪啊,三个多月前的新雪气味历历在目,亲手弹过的曲目却弥散在雪气里。如果手头有一部钢琴,凭借手指的记忆倒是可能想得起来。

"哎,一时半会儿竟记不起了。"

"没关系。只是偶然想起的。"她从身畔的浅棕色小包里掏出银质打火机和长形的女式香烟,用眼神示意,"不介意我抽烟吧?"

我摇摇头,她熟练地点燃一支,呼出一口烟后,又继续方才的话题,"那琴声,怎么说呢,一瞬间觉得好像来自天国的回声,可能是刚刚响起新年钟声的缘故——不,不对,新年钟声敲响时,我已经走在离幼儿园有点儿距离的区诊所了。"她眯着眼睛,歪着脑袋,"一定是新年钟声的前兆,那种乐音,干净得像天使的性器,引来了天国的声音。"说完,她神经质地冲我一笑,嘴角漾出淡的细纹,"不介意我这么比喻吧?"

"不介意。"我说。尽管她这个那个地方留着岁月的痕迹,但怎么看仍像个女孩。我的意识略有神游,她接下来断然出口的话,打断了我的思绪:"海诚这孩子就交给你了,我会带走他的骨灰。"

"孩子……交给我?"

"我相信这孩子对于昔日的住所,喜欢的幼儿园,后山的花园还有动物园什么的,这类长大的地方,总是恋眷不舍,所以想要拜托你,我们走了之后,可以的话,请一如既往地照看他。"

"如何照看法?"我吃了一惊。

"只要一如既往地弹琴、浇花,照看他所种植的植物,这样就好了。"

"这样就好了?"

"总觉得,我们虽然带走了他的骨灰,但他身上的某一部分稚气也好天真也好的那种东西，一定是附着在那些可爱的地方的。"她说这话时的表情极美，美得有些失常。一瞬间我不知说什么好，我的意识不知不觉地停留在那个黑魆魆的，发着悟空之光的猴山洞里。

"啊。"好半天我才回过神来，想起海诚所种的凤仙，"那株凤仙花，天冷前被我放到教室的暖气管上了。"

"是吗？一定长得很倔强吧？不屈不挠的。"她再度燃起一根烟。

倔不倔强不晓得，毕竟凤仙基本上属于一年生的草本植物。我心里想着，却不好说出口。咖啡馆来了一群闹哄哄的高中生，好像是附近职高的学生，他们挤在靠窗的角落里叽叽喳喳研究菜单，不一会儿又安静下去，每人埋首翻看摊开的课本。

旁人的喧闹延续了我和她的沉默，抽完烟，她从小包里翻出小纸片和签字笔，刷刷几下，递给我："这是我在那边的地址。"

附着淡淡烟草味儿的纸条上，字迹端正得像小学生。

"那么，我告辞了。"她系上浅色棱格围巾，穿好大衣，拿起桌上的账单，临走前再次朝我点了头，"拜托你了。"

目睹她留在烟缸的残灰，偶有一星猩红。最终冷却的烟蒂那头，一点点地失去原有的形态，我终于想起了那支曲目，那是波兰的配乐大师科热尼奥夫斯基所写的《一千次晚安》。

最近，小瓶总是来幼儿园同我睡觉。我回家的次数越来越少了，小洋毯也像忠犬一样陪伴着我。小瓶每次来，几乎把家里的什物都快搬来了，什么电吹风啦，毛绒拖鞋啦，除毛膏啦，沙发靠垫啦，有次还把指甲油和夹在书里的避孕套也带了来。我问她这是要干什么，结果我们在旷无人迹的幼儿园吵了起来，午夜的园里其实很空寂，只有动物角孩子们饲养的牛蛙和巴西龟聆听我们的争执。牛蛙像牛一样叫了起来。

"真可怜哪。"我说，"幼儿园的牛蛙竟然要听这种愚蠢的争吵。"

最后，我们依旧坐在天台上抽烟，我想要去给牛蛙喂点食物慰藉蛙的情绪，小瓶说不要，她不想我去，结果那蛙整整叫了一夜。直至第二天孩子们晨练时才渐渐地停下来，简直把园里叫成了池塘。其实我已经不去纠结小瓶那些避孕套的用途了，只是希望她不要带到园里来，因为那是干净的天使的性器之所在。

管杂物的男老师负责每周五下午的电影放映，我问他能不能由我来放，他什么也没问就答应了。午后，起床的孩子们揉着惺忪的眼睛来到放映室，排好座位后，我粗笨地摆好投影仪，调节角度，从兜里抽出那张一早从家带来的《小鸡快跑》塞入碟机。孩子们看电影的时候，我躲到休息室抽烟。

边抽烟边翻看杂志，不一会儿放映室传来断断续续的抽泣声。当我掐灭烟头跑回去的时候，一个叫小右的孩子哭了，她旁边的双胞胎兄弟也在哭，跟着春晓和班里最胖的女孩也哭了，而且最后一排的几个男孩也一副欲哭未哭的样子。我觑了一眼银幕，只见正襟危坐的作家正对着大型蟑螂打字机写作，这怎么就成了《裸体午餐》里的鸡头怪和蟑螂打字机呢？

在一片抽泣声中，我被园长责令写检讨。在音乐室里我用厚厚的乐谱垫着检讨书，沉默的钢琴陪伴着我，虽然百思不得其解，但我想这大概是小瓶固有的、任性的做法罢了。

"你回来吧，再也不要每夜与牛蛙为伴了。"

我粗暴地拒绝了小瓶。火车呼啸而过的时候，我好像看到车里有孩子向我招手。那天夜里我没有再去幼儿园，我们窝在被窝里把《裸体午餐》和《小鸡快跑》各看了一遍。《小鸡快跑》放映到最后时，小瓶趴我怀里睡着了。后来我是怎么搬出那间民房的，自己已经没有太大记忆了，只记得她睡着后我在阳台抽烟，午夜的列车鸣咽着从窗前驶过，掀开薄薄睡衣里裸露的细淡肌肤。

我取代老园长搬进了他的小屋，成为孤独的守园人。我种了新的凤仙花，初夏时节，凤仙开出粉红玫紫的花朵。

不再是海诚的那种粉白。拍了照,印成明信片,我在信上写着,这是海诚新的颜色。傍晚沿着铁轨散步到邮局的时候,便把明信片投入信箱。还会有火车呜咽着从我身边经过,回想起来,那个夏天短暂得惊人。

忠心耿耿的时光离我而去。后来,我与春晓的母亲有了短暂的交往,再后来,我离开了幼儿园,成为大都市里一名普通上班族。

结婚以后,凤仙花的颜色改变了,粉白中夹杂着些许猩红。在寄往澳大利亚的明信片里我淡淡地写道,也许颜色是季节的轮回。

手诊

雪泥丢失的事儿是一点一点地得到确认的。

起先以为它像往常一样在书桌下打盹,然当我一边翻书一边把脚伸到书桌下踹摩它的身体时,异乎寻常地没有体会到实感。脚落空了。继而觉得它有可能是在院子里乘凉,毕竟天气热得离谱,从冰箱里拿出来的雪糕还没来得及舔上一口就已经溃不成形,目之所及什么东西都是热乎乎的。

"雪泥!雪泥!"我伸出身体冲着窗外象征性地叫唤了几声,雪泥的名字象征性地在院子里回荡了几遍,宛如打出去的壁球硬邦邦地弹回来,几个回合下来便没有了下文。

便缩回身子在书桌前继续读《乌克兰拖拉机简史》，小说情节相当令人忍俊不禁，雪泥在或者不在小说都——令人忍俊不禁。读到兴奋处我把右脚伸进桌底搅了搅，以期搅出肉墩墩软绵绵的身体来——通常我都是这么干的，雪泥打着鼾，海绵般任我胡搅一气。

看书的间隙续了两次红茶，吃了一块苹果薄饼。一边吃，意识一边开着拖拉机轰隆隆四处奔突，驰骋乌克兰。待我回过神来，意识与现实世界进行亲切友好的接触，才发现外面已经下起倾盆大雨。

向窗外望去，外面雨势大得像是敌人。从灰霾的天空俯冲下来，转瞬间击中院子的边边角角，洋紫荆的叶子在雨中扑簌簌扇动，篱笆边缘的酢浆草和喇叭花被打得直低头——

所以，雪泥在哪里？

我冲到门口，站在屋檐下朝院子四周张望，雨水夹杂着夏日的暑气和清凉水汽扑面而来，院子被雨水浇灌得白花花一片。

雪泥并不在这片白花花里。我已然感受到了这一点。作为有体温的动物来说，一贯存在有别于静物的实感。有时候雪泥喜欢躲在壁橱或是柴堆里打盹，但其存在感总是静静地从器物里面溢出来。无论它怎么窝藏自己，我和阿湛总能准确地把它揪出来。

眼下，什么也揪不出。隔壁邻居挂在外墙的空调在雨势的包围下，兀自有条不紊地发出嗡嗡的震动声。低下头，只见被雨打湿的阶沿像被动物啃过似的，一道深一道浅。

返回屋子，我啪地拧开里屋的灯，一举驱散了横亘于房内的黯淡天色。方桌上摆得齐整的蓝瓷套杯一板一眼随时待命，小红饼干盒装着阿湛走前留下来的蜜饯。立柜上方摆放着的马蹄莲形容怔忪地挺立在水罐里。桌凳也好，瓶罐也罢，被我擦得一铿二亮。墙上的挂钟稳当当地走着，不过下午三点一刻，外面的天色已经黑得不成样子。

这所独立小院是阿湛的祖母留下来的，阿湛三十二岁，在此住了三十二个年头。一年前与阿湛相依为命的祖母过世以后，我和雪泥便搬过来陪阿湛。好几次半夜起来上厕所，发现阿湛独自呆坐在客厅抽烟，烟头一闪一闪地，像独眼龙的眼泪。我冲过去抱住阿湛，死死地抱住他。尔后他便将我抱回床上，爱抚一番便各自入睡。

那段时间，阿湛说，实在是太清醒了，清醒得要发狂。我在想，那种清醒跟那年院子里的桔梗草一样又深邃又密密麻麻吧。

祖母去世后的第十个月，我们开始动手剪草坪，从杂物间翻出草坪剪和耙子，将草坪修得整整齐齐，吹弹得破，直令周围邻居大吃一惊。草坪剪完后，我便开始擦家具，瓷器花瓶窗户立柜乃至煤气灶不锈钢锅锡壶和咖啡杯统统都抹得亮得照出了整个宇宙。

那以后，阿湛活了下来。

柜橱找了，床底探了，衣柜也拉开逐个检查，洗衣机和米缸都掀开看了。杂物间也有头有脑地搜索了一番。雪泥不在这儿，也不在那儿。屏心静气，整个屋子没能察觉到雪泥的呼吸。

要是阿湛在家就好了。阿湛有个习惯动作，和沙漏一个样。身体或是脑袋哪里的沙子被漏光了，他必定会脑袋朝下地倒立在墙上，任流走的沙子慢慢流下来。

剪草坪，擦瓷器，劈柴火，洗床单，贴窗花，洗地板……

雨势减小，淅淅沥沥的雨声中听得谁家的收音机一首接一首地播放着甜如口水的流行歌曲。我蹲坐在门口，心想，十五年前，十六七岁的阿湛是否也坐在同样的地方听着同样的曲子？

半个月前阿湛出差去了海南。出发前一天晚上我同他不大不小地闹了一番别扭，同大多数情侣一样，我们闹别扭的原因实在微不足道，认真想起来多半也是匪夷所思。总之，他在走前给我留下了一张似是而非的脸。

到海南的第二天晚上他打来电话，电话里声音懒洋洋的，像是饱经日晒差不多快蔫了的河岸鲫鱼。

"喂喂喂，你可好？"我一连喂了三次。

"好是好，不过，这里桫椤挺多。"

"桫椤？"

"叶子和羽毛差不多,一簇簇的,是恐龙挚爱的树。"

"喂,那桫椤待你可好?"

"没你好。"阿湛说。这是我最中意的答案,总算心满意足地放下了电话。

阿湛脸宽宽的,话很少,是我中意的类型。起初他宣布喜欢我,是因为我"笑起来像是在跳舞",哪怕在沙发上坐得端端正正,都让他从笑容里感受到热情洋溢的沙丁鱼般的舞姿。后来他的喜好转移到我脚踝上,我的脚踝比谁都细,做爱的时候他握在手里绰绰有余简直像手里拢着一把伞。接下来是无名指,左右手一对无名指藏在手心里敏锐得像快要出膛的枪。再往后是嘴唇,现在变成头发,再往后他喜欢我哪一点,暂时还得不出结论。

第一次见到阿湛,他在公司走廊边上倒立来着。远远地看到一个人靠墙半天一动不动脑袋朝下,双脚朝上,直教人觉得怪怪的。

"喂喂喂,你还好吧?"我凑过去倒过头看他。

他闭着眼,既像睡,又不像睡。鼻翼上粘着两坨汗,直往眉心处流去。睁开眼,他用眼神回答了我的话(我很好,谢谢)。

"在做什么?"

(脑袋,痒。)

"需要帮忙吗?"

(脑袋,痒。)

这期间他一动不动。

怪模怪样的树懒！我小心翼翼地绕过脑袋痒树懒，径直走回公司。

十五分钟不到，脑袋痒先生顶着两撇呈八字胡子状的头发走进来，问我："您好，我是与贵公司主任约好的摄影师阿湛。"

我抬头瞥了一眼，一边拨打主任办公室电话一边问道："呵，脑袋不痒了？"

阿湛搔了搔脑袋，说："这么说起来，还是比较痒。"

说起来，直立的阿湛和倒立的阿湛，简直算得上是判若两人。

从鞋柜翻出雨鞋，蹲在门槛套上，拎上便利店买来的轻便雨伞，决定到附近找找看为好。我想了想，又回房拿上零钱袋和一包浅绿色的七星揣进兜里。

撑开伞走进雨里，脚上的两只水蓝色雨鞋像青蛙蹼嵌进泥里，每一脚都留下一个大惊叹号。一出门，即刻进入以雨为中心运作的世界里，树、篱笆、水洼、马路两旁的下水井盖和便利店门口的遮阳伞，哪一样都奈何不得雨。

远处收音机传来的流行歌曲稍有迷离，俄而愈加清晰，主持人以含糊不清的语气说道："……夏日雨季，奖品是印有史努比的情侣T恤……最后送上达明一派的《一个夏雨天》。"接着是鱼贯而来的嘭嚓嚓的鼓点，在达明一派歌声即将出场之际，我转身拐进了左边的巷子。

巷子尽头是块小荒地，虽说是荒地，却心有不甘地长满了蒲公英和牛筋草，偶尔还窜出几棵狗尾巴草。荒地角落孤零零地摆放着几根水泥管桩和半人高的红砖堆儿，不知是当初盖房子剩下的呢，还是为了将来盖房子准备的。

这是之前雪泥离家出走过的最远纪录。

雨势又小了几分，如果雨量这东西也像收音机那玩意有个音量旋钮的话，无疑是被调到了最小处——感觉起来几近没有，但旋钮箭头明确地指示在Min处。

索性收了伞，蹲在水泥管桩上，若有所思注视着天空。仰头看去，丝絮状的雨飘零到半空便化为虚无。

"嗨！"脚下传来声音。

将脑门探进水泥管，发现两只猫。毛色不清楚，眼神幽亮得倒是很可以。

"嗨！"我说。

四只眼睛扑闪了一下，其中一只猫说："晓得你，你是雪泥家的。"

"嗨，你们是他朋友？"

"不，我们从来不跟家猫打交道。"

"他来过？"

"岂止来过，天天来，你不晓得吗？"

我摇摇头，心想，好家伙，我还真不晓得。

"我说你们人，聪明的时候够可以，笨的时候也不知笨在哪里。"

还真第一次有猫直呼我"笨"。我索性点点头:"看到他了?"

两只猫面面相觑了一番,其中一只大点的点点头,小的摇摇头。

"他在哪儿呢?"

俩猫咯咯笑了,大点的搔了搔腋窝,又帮小的搔了搔下巴。

"嗯?"

"怕不好说。"大猫走近前来,探出头看了看,"哟,雨停了。"说完一迭声跳下草地。

大猫是颜色有点偏褐色的玳瑁猫,毛发被雨水打湿了大半,看上去脑门和尾巴是蔫的。小点的猫则是虎纹猫,虎得炯炯有神。俩猫不厌其烦地舔着自己,再没正视我一眼。

我讨了个没趣,徒然用手扯起了狗尾巴草。草韧韧的,散发着草香。

说起来,雪泥算不上一只地地道道的猫,较之猫,个人感觉兔子的成分占的比例还大些。兔子固然没有养过,猫也是第一次养,然而养着养着何以蜕变成具有兔子气质的猫,费思量。

雪泥来自室友的室友,是室友的室友的恋人送给她的礼物。关系讲起来有点拗口,然也没有更简洁的解释方法。

三年前初秋的一个晴朗的星期天上午——彼时我还是一个高职院校机电专业的三年级学生，室友拎着一团奶白色的活物推门而入，还未来得及看清，这团活物已然钻入床底。

"是猫。"室友说。接着在床底放了一小碟猫粮和一碗水，伸长胳膊将碟和碗推入床底最深处。床底黑魆魆的，仿若向深不可测的宇宙内部以投递的方式进贡食物。

没有回响。

大半个月过去了，碟子里的猫粮每天晚上盛满，到早上便一干二净，仿佛有个什么幽灵夜夜过来取走了它。

阒无声息。

偶尔和室友议论起来，她说："猫这东西，存在感本身就不强。倘若硬要确认其存在，反而麻烦得很。"

说起来，她在校外和一个生物系的大四女生合租了一间小公寓。公寓很小，小得转个身都能擦破彼此的胳膊肘，就这么小的公寓，房东也能将此一分为二。生物系女生的恋人时不时从邻县的学校坐火车过来待几天，来的时候携带五花八门的礼物，皮带、钥匙扣、空气清新剂、火锅底料、游泳充气阀，有一次还带了一个抽水马桶盖板。所以送猫算是正常的。

当然，猫基本和游泳充气阀、空气清新剂一样，对那生物系女生来说没什么可取之处。

她说："这小猫嘛，刚来的时候喵喵叫个不停，一旦将它移到别的场所，反而噤声了。怪哉。"

事实上，雪泥以幽灵的形式和我们和谐共处了大半个学期。直到有天半夜我上厕所，黑魆魆的脚踹进黑魆魆的拖鞋里碰到某种毛茸茸的物体，彼此惊得瞬间炸开。毛茸茸以横冲直撞的形式打翻了桌上某种陶瓷类器皿。

那天早上起来，我们发现一只蓝盈盈的墨水瓶四下散落成世界地图，中间夹杂着几个梅花形的猫脚印延伸到我的床底。那以后，雪泥作为蓝色的猫存在了好久。

"嗨，我说你们能不能有点人情味？好歹是同类失踪了嘛。"我把长柄伞挂在草地上，笃笃笃地敲了几下，伞尖陷入泥里，百般柔软的泥。

"虽说是猫，这点同情心还是有的。"玳瑁猫正和虎纹猫打闹，停下来正色说道，"不过，真真不好说。毕竟你家那只猫，好大喜功得很。"

听起来怪郁闷的，雪泥还有这喜好，真是怪事。从前一直当它是普通的猫养来着。

"我看你还是明天再来吧。"玳瑁猫用前爪擤了擤鼻子，"找一个鼻子很皱的婆婆打听好些。"

我是踩着电话铃声进家门的。从院子到客厅，电话响了三声。接起电话的时候我听得那边很重地"嘘"了一声。

"喂。"我说。

"是我。"是阿湛。

"啊!阿湛。"阿湛来电话的时间通常是中午十二点或者晚上九点,这个时间,很奇怪。

"下雨了,出不了外景。"

在阿湛谈论工作琐事的时候,我一面温吞吞地应答,一面东张西望。客厅里各种摆设,挂钟啦、蓝瓷套杯啦、小红饼干盒啦,立柜上花瓶不锈钢保温壶啦,简直都要被我望眼欲穿过去。说到底,我有点儿弄不明白到底是否要把猫失踪的事儿告诉阿湛。

"注意别感冒。"收线的时候阿湛来了这么一句。

"好。"默默地放下听筒,猫没了的事儿到了嘴边也没能说出来。

往窗外望去,雨算是彻底地止住了,树隙间甚至有了一丝日光。蝉声开始振作,音浪一声比一声得体。

书已经看完了。乌克兰也罢,拖拉机也罢,书里哪一行都没有提到雪泥的下落。我打开唱机,随手播放莫扎特《D小调幻想曲》,支棱着胳膊肘躺在床上,我被玳瑁猫所谓的"好大喜功"和"鼻子很皱"这两词儿搞得头昏脑花。

唯一能确认的是,雪泥在我的认识以外。我的认识以内的雪泥眼下不在这儿。

第二天我早早便来到荒地蹲点守候,为了打发时间,还带了本推理小说,《福尔摩斯探案集》。

清晨的太阳混合着雾霭,使草坪看起来有些色调不均,墨绿色和普绿色混杂在一起,形成界限不甚分明的普鲁士蓝。四下张望,哪儿都没有猫。空气里夹杂着一股炸甜甜圈的味道。我想起人手一个甜甜圈一罐酸奶的小学生列队从我家门前经过的情形,现在怕是附近哪里也有这么一队甜甜圈小学生鱼贯而行——眼下所处的巷角处,怎么也不可能有列队行进的小学生,甜甜圈的滋味倒是和往常一样顺其自然地鱼贯而入我的鼻腔。

不错。

我深呼吸了一口,伸了个懒腰,找了个有阴翳的角落处,看起书来。

书的内容并非不合意,天气也美满得吓人。夏日早晨空气凉丝丝的,吸进肺里清爽得很。

"喂喂喂,不得了啦。"

我吓了一跳,抬头一看,昨天那只老气横秋的玳瑁猫不晓得从哪里冒了出来,旁边还带着两只没见过的小奶猫。

"嗨!"我说,"皱鼻子老婆婆呢?"

口中宣称"不得了",却是一副无动于衷的样子。玳瑁猫蹲在我身后的水泥管桩上,一动不动地注视着我。

我无奈地耸耸肩,低头继续看书。

"其实……"玳瑁猫又冷不丁地开口,"婆婆老早就来了。"

"喔?"我四顾盼望,半个人影也没见着。

"傻里傻气。"玳瑁猫说,"不提醒你的话,恐怕还在这里自得其乐地一直待下去。"

被玳瑁猫这么一说，一股貌似傻里傻气的感觉在我心中升起。说不定我真的傻，对猫来说尤其如此。

"喂喂喂，"玳瑁猫继续说道，"你在水泥管桩上敲三下，婆婆就会来。"

"哦？"

"她晓得的，别人都是这么干的。只能三下哦，不能多也不能少。"

笃、笃、笃。

婆子来是半个小时后的事情了。与其叫她婆婆，莫不如说是婆子来得恰当。与所认识的大部分老婆婆不同的地方在于，这个婆子身体有的部分很老，有的部分又年轻得要命。当然，要把年轻和年老的部分彻底区分开来很难，只能笼统地就她身体的全部部分的平均值来推测年龄，大概是六十七八到七十岁之间。正如玳瑁猫所言，鼻子"很皱"，像被揉皱了又打开的纸摆放在脸的正中。

"想要猫？"我还没来得及开口，婆子就冷不丁地开口了。

"是的。"我慌忙合上书，毕恭毕敬地说，"敢问在下的猫在何处？"

婆子穿着样式奇怪的斜襟藕花衬衫，宽松的麻布裤子，头发齐整地挽在脑后。她上下打量了我一眼，又左右打量了一遍，目光冷飕飕的。

"喂，我说，"她开口，"你就那么急于找着猫？"

被她问得有些语塞，我嗫嚅道："挂心是难免的……"

婆子没等我说完，径直转身就走："跟我来。"

我连忙收起书跟上去。

婆子走路看似不紧不慢，实则速度飞快。可能是因为步伐过于从容了些，让人感觉有股透不过气来的紧迫感。我迈着小碎步紧随其后，多少觉得有股说不上来的仓促。

从荒地的巷子里出来，侧身拐进另一条更为逼仄的巷子，接着穿过一个晒谷场，绕过小池塘，又拐进更深的巷子。一来二去，我都快被绕晕了。婆子闷声不响地走在前头，自顾自走，既不回头看我，也不担心我跟丢。

走到街角的自动贩卖机，婆子停下了脚步，从兜里掏出一张纸钞，塞进入钞口，买了两包淡绿包装的七星，姿势熟练得像打开自家抽屉。

婆子不急着走，拆开包装抽出一根点着火抽了起来。"唔，我说，怪不好意思的，烟瘾上来，带你绕了这么老远。"

"啊！"我不知说什么好。

"喜欢猫的人嘛，情有可原。啊哈哈。"婆子说起话来怪怪的。我注意到她笑的时候鼻翼向上抽动，鼻子皱成一团，像被叠好的橘子皮。

一根烟工夫，婆子笑了几回，说的尽是些不好笑的事儿。我勉强笑了笑，抬头一瞥，发现天色又由晴转黯，多少有下雨的趋势。

婆子的家原来就在荒地巷子的隔壁，就实际距离而言，离得相当近，然而心理感觉却异常遥远，好像跨越某个时空才能抵达的地方。

婆子推开门，一闪身进了屋。我也随之侧身进去。

屋内的光线比外面黯淡许多，各种家什收拾得整洁有致，多余物一概没有。想象中的猫们没有出场，屋里静悄悄的，像是由印象派时期几幅静物画构成的世界，高光始终停留在茶几的花瓶上。

婆子沏了茶，用的是陈年普洱。装在纹理清秀的大陶杯里端上来，喝上去一股烫人的香气。

是好茶。

好到跟婆子的态度有些迥异。

婆子端坐着，看着我。我注意到茶几上的铜质烟灰缸擦得一尘不染，把整个屋内场景倒映得甚为清晰。

"倒是我蛮中意的年纪。"半晌，婆子开了口。

"说我？"

"怕是有二十三四岁吧？"

"是啊。"开场白有点瘆人，我还是老老实实地回答下去。

"接下来打算做什么？"

"哈?"

"我是说猫找到后。"

"不打算做什么,回家看书睡觉。"感觉有点像招聘面试,莫非我回答得安稳了才有望见到猫?

"嚅,那不急。"

"猫怎么样了?"我追问道。

"好端端的。不过……"

"不过什么?"

"怕是不愿意见你。"

我不愿意听婆子继续卖关子下去,便闭嘴低头喝茶。茶凉了喝起来有点儿土腥味儿,也许是我的错觉。

婆子笑眯眯地给我续上新茶,新茶的颜色浓郁多了,看上去闷闷的。

"我说,"婆子说,"你和阿湛的事儿,怎样了?"

"啊?"我用力捏着茶杯,让自己的惊讶不至于泄露出来。

"猫对你们不满意来着。"

"你是说……"我低下头,指头有意无意地缭绕着杯沿,想起我和阿湛闹别扭那天,雪泥趴在窗台上,似睡非睡地闭着眼,还时不时地用睡意蒙眬的爪子挠了挠睡意蒙眬的下巴。嘻!这猫!

"正是。"说罢婆子用右手拍打着左手手心,自顾自地唱起了歌谣:

世界尽头的女友

顾家娘嘞，顾家公嘞，

湿哒哒的脚板湿哒哒的路嘞，

行到腰身酸索索，

走到骑楼不停得。

顾家娘嘞，顾家公嘞，

湿哒哒的脚板湿哒哒的路嘞，

软卜卜的面容舍不得笑。

婆子一共唱了三遍，其间还停下来问我："怎么样？不错吧？"

我点点头，说实在的，她唱的含糊不清的内容让人心生倦意，简直像天线接收不良的电视频道传出的昏头昏脑乡村综艺节目。也许这年头就是这么回事，要等关键节目非得先看啰哩啰唆的敷衍节目不可。

婆子唱毕，这才笑呵呵地罢手，开始烧水续茶，并从挎包里拿出方才买的两包七星，抽出一根点上。

婆子闷头抽烟，我则捏着茶杯半喝不喝，寻思着猫的事儿，难免有些沮丧。

抵开半扇的木窗有郁郁的风吹进来，裹挟着潮气。风一点儿也不凉，又湿又重又有水味儿。窗外的芒果树被风刮得有些钝重，叶尖在窗檐投下扑棱棱的树影，怎么飞也飞不高。

雨似乎快要来了。

如何是好呢？我拿不定主意。闷头坐在这里猫影子也没见着半只，反被婆子一番胡话撩得垂头丧气。作为最稳妥的做法，我觉得还是三两口喝完茶，将茶杯放回杯托，微微一笑说声猫的事那就麻烦您了，趁雨没落下之前撤退为妙。继续闲坐下去，又不知老太婆会做出什么怪模怪样的举动来。说到底，不算是个太坏的老太婆，只是啰唆得过了头，难免瘆人。

不过，就我的性格而言，不是那种在什么场合都把控自如应对得体的角色。不动声色地委身于当下并从中获得某种意义上的启发，这样的做法于我比较适合。我总觉得若是就此闷坐下去，说不定能够对一直以来心头的疑惑得出一番正确的见解也未可知。

我喝了口茶，沉默得像此时的茶托。

"有个请求。"婆子吐出一口烟，说。

"嗯。"

"能让我闻一闻你的手么？"婆子略带恳求的眼神看着我，烟不吸了，夹在手里像展示什么小活物。

我有些迟疑，逐一想象了婆子这一请求里面蕴含的可能性，然什么结论也得不出。想就此问点什么，喉咙干沙沙的。

"你是说……"我不由自主地用手指在干涩的桌面画着弧，我的手细细长长的，乍一看像发育得过分的儿童的手，

世界尽头的女友

放在桌面半蜷的时候简直有种通晓人意的感觉。

"我是说,得从手这里了解些什么。放心,闻不坏的。"婆子说起手来像说一件器物,眼神有种——意味深长的温和。

我把右手递了过去。手心汗津津的,连同手里拢着的空气递了过去。

婆子拿起我的手,事实上——也的确是以一种近乎研究性质的闻法极为郑重地将它放在鼻尖。我的手微蜷着,经由托付她的手,气力几乎完全从我手上褪去,只剩下类似心意似的东西。婆子的手涩涩的,不能算是粗糙,只能说触碰上去有股与她肉身不相称的坚毅、意志力强大的手。

"嚯。"婆子什么也没说,悄然把我的手放回桌面。

"怎么样?"我问。

"挺好。"婆子吸了一口烟,表情不甚明显。

"这东西类似中医的号脉吧?"我把手收回放在膝盖合拢,多少感觉双手体温有些不一致。收回的手失去了部分意志,合拢的时候,那股意志才迅速恢复犹如血液回流。

"不能那样比较。有的人的手,先天性地比主人带有前瞻性的想法。较之与对方交流,与其手交流可能更为顺畅些。只能这样解释。"

"类似脑袋的另一种形式。"我有些讪笑起来。

"也不见得。"婆子撇撇嘴,没有继续往下说。

"猫有回来的意思?"

"猫出走只是个前奏,意思不在猫这里。你可明白?猫离开你们,只是你和阿湛行为的现实性反映罢了,归根结底在于你和阿湛,或者说取决于你和阿湛的关系。"

我有些瞠目,基本上算是了知了婆子话的含义。

"就猫来说,它离家出走躲到我这里,不过是对自身生活出现状况的应激性反应罢了。"

"噢,你的意思是说,"我把合拢的双手在膝头紧了紧,"我和阿湛的关系有所改善的话,它才会回来?"

"可以这么理解。"

"可是……"我低下头思索,"没觉得和阿湛的关系有什么不妥。前一阵怄气罢了。"

婆子吃吃笑起来:"你们关系妥不妥,这恐怕只有猫才晓得的比较清楚。"

我叹息一声,不知道该怎么谈感想。

沉默良久。

"不过,"婆子盯着窗外,一气把话说完,"猫凭猫自身的本能对人类现实做出的趋势性的判断——这一点恐怕猫自己也不知晓。倘若你问雪泥:'我们该如何做你才高兴回家呀',猫怕也颠三倒四说不出所以然来。"她说话的时候喉咙处松松的,那处皮肤像是快要掉下来。

我蹙着眉,不知何故,总觉得雪泥就躲藏在这周围——这间屋子的什么角落处。婆子愈这么说这种感觉就愈明显。雪泥有意躲着我,这股意味愈来愈明显。

"猫怕你们的。"婆子把投向窗外的目光略微移了移,喉间松松垮垮的地方被语气带了上去,又掉下来。

屋子里已经开始有雨味了。雨味儿沁入冷却了的茶里面,喝起来有股甘草的气味。无色的闪电倏忽一下划过芒果树梢,接着又是一下,像是有什么人拿皮鞭充满爱意地轻轻鞭打这个世界。我下意识地屏住呼吸,等待雷声。

"说实在的,跑到我这里来的猫越多,我就越了解猫。"婆子沉寂下来,同我一起等待雷声。

雷声咕噜咕噜犹如圣诞老人的雪橇车滚过头顶。不响,但闷。

"阿湛这人的个性是有点儿黏糊糊。"温吞吞的嗓子眼发出的声音和雨声比起来相当的黯淡,我甚至怀疑自己是否开了口。"不过我一向不至于因为这点起烦恼。甚至可以说,我相当地能够领会他这样的性格。"

婆子把身子略略侧了侧,耳朵对着我。

"你了解阿湛,是从跑到这儿来的猫开始,对吧?"我说。

"压根儿就没打算了解,只是那种事作为事实摆在猫的面前,猫又端到我面前。"婆子说。

我点点头,往下继续说道:"在外人,也许包括猫看来,阿湛的个性的确有些黏糊。正是这点吸引了我——与其说是黏糊,莫不如说有些混沌,饱含了现实和非现实成分的因素又不至于太过分。他的这点在相当程度上吸引我。"

婆子抬了抬眼皮,没作声。

"现实和非现实的界限,一直以来我都在被这个所迷惑,实际上大多数人也为此迷惑,只不过人们很少关心或者觉察罢了。我时常想,若是没有认识阿湛,或者是认识了非现实或是现实程度强于他的人,现在的我恐怕会有所不同,好坏是个未知数。"

沉默。

"喜欢陪他倒立,在马路、百货大楼、海滩、电话亭,任何地方的墙边。看着他把那样渐渐失去平衡的内心一点一点地扶正。真好。"

沉默。

"不过,较之倒过来,我始终喜欢直直挺立的他。"我垂下头,用指头蘸着茶托上一点点茶液,一气把话说完。

"总的来说,阿湛的存在让我得到某种程度的安慰。这种安慰是否能够一直持续下去,我没去想过。"说完我看了看婆子,婆子仍没作声,用嘴吹了口茶,没喝。

沉默有顷。

"想过会失去他?"婆子突然抬头看我。

"想过的。"

雨急急的,打在芒果叶上噼噼啪啪,偶有几颗雨滴洒落进来,看不见但让人升起无名的触感。

"雨这鬼东西，说来就来很烦人，把我晾在屋檐下的鱼干搞得潮乎乎的。"婆子蓦地起身烧水，把我吓了一跳。她提着茶壶对我说，"你，把剩下的茶倒了，换新的。"几近命令的语气却有安慰的成分。

我端起只剩半盏的茶一气喝完，涩味又加重了几成。

第三泡茶。

往下我们一直喝茶，再没谈猫的事。

婆子不说话的时候，看上去有些疲倦，揉皱的鼻子随着呼吸一点点地抻开，俄而合拢。她似乎在思索着什么，盯视窗外的眼神焦距时而聚拢时而涣漫。我确信她没有在想我的事儿，因为那不属于思考与我有关的事物的眼神。

雨仍以同一程度不停地下着，雨声把我们之间沉默的最后那点空白填满。我的心里蹙蹙地发紧，打算就此告辞，然雨如一道分界线将我截留在岸边。

茶是好茶，已经开始淡了。

"雨变小了再走吧。"婆子把目光从窗外移回来，落在我脸上，说，"再看看你的手，好么？"

"左，还是右？"我犹疑地看着她。

"哪只都好，手和手是相通的。"她笑。

手伸过去的时候，觉得好像把自己的什么交给了她。下意识地觉得，交出去，会好些。

她的手还是那么涩，因为摆弄茶具的缘故，残留了些茶水的湿润。比起刚才，我感觉自己现在的手更像一头睡着又刚醒的小马驹，懵懂又怔忪，甚至略带一点渴求。

她把我的手伸到鼻翼下，极为郑重地闻了闻。抽动的鼻翼形成十足的皱纹。我注意到，这次她的眼睛是闭着的，而且闭了好一会儿。

"挺好。"她睁开眼。还是刚才那个结论。

"嗯。"我把手抽回来，端着地放回穿着宝蓝牛仔裤的膝头。

总觉得，那么大的雨，外面的世界会因此有所松动的罢？

回去之前，她说了句，闻得太多，鼻子都皱了。

也许是这样吧。

回家后，我洗了个热水澡。像往常一样，洗衣服，收拾房间，擦地，并把隔日的垃圾用袋子包好，放在门口。看见厨房碗柜下那碗堆得满满的，几天来纹丝不动的猫粮，心下恻然，便动手换了新的猫粮。晚饭吃的是牛肉咖喱面，将冰箱的牛肉解冻了，放入胡萝卜和咖喱慢慢地煮。

阿湛来电的时候是九点，和往常一样。电话铃的响声也与平常别无二样，不慌也不忙。

"喂。"

"喂。"

世界尽头的女友

"还好吗?"我把话筒在手里抓得紧紧的。

"天气晴了,拍了不少桫椤。"阿湛电话里的声音锵锵的,又温柔,还很动听。

"喂喂喂,桫椤待你可好?"

"好好好。比你好。"阿湛说。

不是我中意的答案。我把话筒抓在手里紧紧的,话筒有点凉。这个答案,不晓得猫晓得么?

爱丽丝星球

小时候,我以为自己有两个妈妈,一个是我妈妈,另一个是春雨妈妈。再长大一点,七八岁时,我才知道,春雨妈妈并不是我妈妈,而是妈妈的妹妹,我阿姨。因为每年春假妈妈都要去邻市的中心医院进修,而我被寄放在阿姨家,就以为春天会有春天的妈妈。

"咏怡"是阿姨的名字。而我只知道叫她春雨。

"'怡'字不会写没关系啦,看那个。"阿姨指着屋檐下啪嗒啪嗒掉下来的雨滴,对我说。

"雨、雨。"五岁的我说。

"对啦。"

印象中,好像每次被妈妈抱来阿姨家,都是下雨天。

阿姨继承了外婆的房子,自从小舅出去打工后,阿姨就成了这所房子唯一的主人。她在附近的雪糕店上班。雪糕是一种很容易融化的食物,她在外婆留下的老式冰柜里冻得满满的,每次来,我都吃好多。

从长相上看,阿姨和妈妈差别不大,有细长的眼睛和略小的鼻子,脸色有点苍白,姐妹俩不出声的时候几乎一模一样。

"但我们绝不是双胞胎。妈妈是姐姐,阿姨是妹妹。"妈妈喜欢穿小腿肚绣有花边的裙子,衬衫的颜色总是鹅黄啊,乳白啊,亚青色这些。

阿姨不一样,穿衣服宽宽大大的,胸和腰肢埋在连身裙里面看不见。风一来就贴得紧紧的,能看到身体的曲线。

等我分得清妈妈和阿姨的关系时,大概上了小学一年级。那时候,阿姨时不时代替妈妈参加家长会、校运会和联谊活动,基本上每个老师都分不出来。

我没有爸爸。爸爸这个概念对我来说像动物园的大象一样难以理解。

没有大象的人生根本不要紧,我也没有因此觉得寂寞。我很小就觉得,没有爸爸的小孩会有两个妈妈。实际上也如此。

母亲节那天，我给妈妈和阿姨送了自制的节日贺卡，画有小熊、麋鹿和潜水艇。虽然难以把两张贺卡画得一模一样，但是，我已经尽力了。它们看起来差不多，给妈妈的颜色更鲜艳些，给阿姨的则加上了两个心形雪糕。

感觉上，阿姨对我温柔些。比如说，她总问我："雪糕好不好吃？喜欢柠檬味的还是荔枝味的？"睡觉时，她也总是帮我把脚蜷进被子里，以免露出来着凉。

妈妈没有这么细心，她总趁我睡着时抽烟，熏得我做那种有侏罗纪公园的离奇怪梦。有时候，她会在我放学后出去打牌，留下几块钱让我买方便面吃。

外婆在世时，外婆、妈妈、阿姨和我四人是住一起的。但我那时太小，什么也记不清。据说，妈妈生我时，阿姨来看我，接生的医生吓了一大跳。当时见到很像妈妈的穿着校服的阿姨，还以为接生错了人。

是的，妈妈生我时才十九岁。阿姨十七岁。

在我上一年级时，妈妈开始谈恋爱，有时会很晚回家，但不管多晚，她都会回来。感觉上，她的那些男朋友不是很固定，我也从不担心自己会有新爸爸。

每到春天，妈妈就会去邻市，那时候，她会把我送往阿姨家。后来我才知道，妈妈每年这个时候，精神病便会发作。她会趁自己还没完全发病之前送走我，然后收拾行李，坐上汽车，前往邻市的精神病院。

其实,春天妈妈不在我也并没有不太适应,因为阿姨和她实在太像了。况且,又温柔好多。

"对,这句要弹得轻一点。好像是清早鸟叫那样就好了。"阿姨没事的时候,会教我弹钢琴。

这架又老又旧的钢琴是外婆留下的。外婆生前是个又傲又倔的钢琴教师。阿姨说她喜欢跳舞,她便教阿姨弹琴,教妈妈跳舞。

这些话,是妈妈失眠时对我讲的。说着,穿着睡裙的妈妈还从床上爬起来,甩动手腕地给我跳了一小段惊鸿舞。

比起阿姨,妈妈真是即兴太多了。

练完曲子,我和阿姨挤在摇椅上吃雪糕。摇椅靠着凉台,我们各自穿着衬裙,一边晃,一边晒太阳。夕阳都快落山了,落到脚踝上,还剩一点点淡鹅黄色。

我的脚趾形状和阿姨的有点像。但她的中趾长些。我俩肩并着肩挨挤着,我的小腿到她膝盖往下一点的地方。她的膝盖和脸色一样白。

在阿姨家,我经常吃番茄鸡蛋面。蛋有时是煎的,有时是煮的。两碗面,总是我那一碗的蛋多一些。从她家去上学,比我从自己家过去远不了多少。出了小区,走过充满鱼腥的菜市场,穿过一个废弃的小火车站,在教堂拐个弯,再往大道走十来分钟便到了。

这一天，我在小区楼下玩。阿姨从三楼的窗户朝我招招手，示意我回来。她的胳膊迎风招展，跟粉藕一样白。

"喝点红豆沙吧？"阿姨端出黏黏糯糯的红豆沙，自己坐在沙发，用蒲扇扇着风。都初夏了，妈妈还没有回来。

阿姨房间有部橘黄色的老式座机，从那里可以打电话到妈妈所在的医院。床头柜的电话很久没有响过了。充满树荫的房间里，那部电话看上去就像睡美人一般。我不确定妈妈还会不会回来。每次都这样，妈妈一走，我就有种失去她的感觉。

"爱丽，阿姨上班去了。晚饭在冰箱里，拿出来热一下就可以了。"临走前，阿姨嘱咐我说。

我的名字叫爱丽丝，她们都叫我爱丽。

阿姨工作的地方在教堂旁的雪糕店。那里总有新人来举行婚礼，没有婚礼的季节，也会有人来拍婚纱照。也许因为这样，店里的雪糕总充满了蜜月的味道。想到阿姨站在明亮的雪柜旁，用笑意盈盈的面容招呼顾客，那画面就像一帧色泽美妙的旅游明信片。

豆沙碗放在膝盖上，我一边用勺子搅着豆沙，一边想着工作的阿姨，医院里的妈妈。小区的风裹挟着槐花的气息拂过额头，汗津津的。

电话响了。

我飞快地跑进房间，接起电话。里头传来带着厚重鼻音的男音："咏怡吗？"

不是妈妈。

吧嗒。我把电话挂了。不知为什么,我对电话里的男音有种淡淡的敌意。

阿姨从来没有男朋友。况且我觉得,阿姨像妈妈那样谈恋爱,也是可以的。但她似乎一直没有交往的对象。

我背靠在沙发上,继续吃着豆沙。不锈钢勺亮晶晶的,让人想起武侠电影里面的试毒针。闭上眼睛,窗外浓密的树叶瑟瑟作响。

在我躺在沙发上看小人书时,阿姨下班回来了。她换了睡衣,给我拿了只甜筒,自己则边喝咖啡边跟我聊天。彩妆已经脱落,眼睛看上去有点发涩,睫毛很疲惫似的垂落着。我猜今天上教堂的人很多,通常每个周末都这样,现在又是婚礼的季节。

"那个,今天有个男的打电话来。"

"说什么了吗?"

我摇摇头,回想起自己把电话挂了的情形。

"妈妈她,会回来吗?"

"爱丽别担心,妈妈休养好了就会回来的。"

"嗯。"我往阿姨身边靠去,孤寂时,身体里会反复回荡着海浪般的声音。阿姨的身体软软的,胳膊肘很凉,让我觉着安心。

电话旁的立柜上放着外婆年轻时的照片。脸扁扁的，梳着跟脸同样扁的发髻，穿着的小姐服被照相馆用手工染成了淡黄色，是那种过于嫩黄的，类似鸡蛋花的色泽。即使是年轻，也看得出，外婆长了一张骄傲又容易生气的脸。据说，外婆是富裕人家的大小姐，她曾经不顾家人反对，跟父亲的司机私奔离家，生下妈妈后，便靠兼职当钢琴教师维持生活。

有一段时间，躺在婴儿床咿咿呀呀的我，常常听着外婆弹奏的莫扎特入睡。

即便过去这么久，凝望着外婆年轻又严厉的面容，我依然会心跳加速。有时候，觉得自己、妈妈还有阿姨简直就是外婆的三个分身。命运的吊诡之处便在于我们都继承了外婆的倔强、古怪和温柔。明明很讨厌，却又觉得很亲切。

晚上，我很早上床睡了。半夜醒来，觉得口干，到客厅打开冰箱拿出瓶装的冰水，咕嘟咕嘟往肚子里灌。阿姨房间的门敞开着，探头看去，床上没有人。

阿姨不见了。

"阿姨，阿姨。"我忽然觉得害怕了，拉开房间的灯，又拉开客厅的灯。

明亮的白炽灯照得客厅一片雪白，哪里都不见阿姨的身影。窗户开着，暗夜里，小区浓郁的绿荫弥漫着巨大的暗影。吹来微弱的风，午夜的空气沉寂极了。

"妈妈，阿姨，妈妈……"仿佛有什么在我生命中急遽消失的错乱感，我匆匆套上门口的拖鞋，打开门便往楼下冲去。

有好几回，我梦见有个女人在教堂门口看海。晚上，教堂门前的海黑魆魆的，那个女人站在大海前一动不动，吹着海风。每当她要回头时，我便从梦中惊醒。

阿姨站在海边。穿着牙白色的睡裙，罩着一件浅色的细绒衫，她的头发被海风撩起，高高低低的。

她在，我松了口气。

"白色的波浪，好看吗？"

"嗯。"

她摸了摸我的头，方才的惊惶被她的手慢慢地抚平了。

眼前的大海笼罩在无边的夜色中，丝滑的白月光落在海面上，浪花激起点点白沫，显得无比的明媚。

"夜晚的海浪，其实是深白色的，好看吗？"

"好看，阿姨。"

"看见那颗星星了吗？是阿姨送给爱丽的。"

顺着阿姨手指的方向，我看见一颗淡蓝色光泽的小星星，它镶嵌在无数明亮的星群中，是那么不起眼，又是那么可爱。

"真是送给我的吗？"

"嗯，就叫它爱丽丝星球好了。"

"好听的名字啊。"

"我们向爱丽丝星球祈祷,让它保佑妈妈早日康复吧?"

在我与阿姨一起站在海边,向蓝色小星星祈祷时,我感到胸中透过一股奇妙的暖流。这感觉如此奇妙,就仿佛穿越赤道的河流裹挟着温暖流入了幽深大海的内部,让我无比动容。那一瞬间,我深深相信,妈妈会回来的。

第二天醒来,我发现自己睡在阿姨身边。她白皙的胳膊从被子里伸出来揽着我的肩,长而卷的头发遮着熟睡的面容,不知道为什么,看上去有一点点疲惫。

妈妈回来是一个星期后。那天下午我放学回来比较早,写完功课正在玩魂斗罗,妈妈手里拎着果酱罐头和甜点,站在阿姨家门口,静静地看着我。她慵懒地抽着烟,姿态表情和离家前没什么变化。

"妈,你回来啦?"

"快,别让魂斗罗死了。"

妈妈吐了一口烟,表情比我还紧张。看到妈妈认真严肃的样子,我舒了一口气。随后,妈妈坐下来和我一起打游戏。

那天晚上,晚饭是在阿姨家附近的小餐馆吃的。妈妈斟着桂花酒,给阿姨也倒了一小杯。她们两姐妹面对面坐着吃饭的样子,让我很想笑。因为看上去,实在是太像了。

烤鱿鱼，煎酿豆腐，炸蚕豆，炒米粉，还有猪肚砂煲粥。净是妈妈喜欢吃的。

那次晚饭后，我跟着妈妈回了家。过了好一阵子我才意识到，妈妈不一样了。比如从前，妈妈跟我讲话总是非常随性。谈到电视剧里《金枝欲孽》的宫斗戏码，总会给出这样那样的直率评价。但现在问到她，她总会信口来一句，小孩子想那么多大人的事干吗。就连左邻右里的八卦，她也懒得再对我提起。

没过多久，她主动问起家长会的事。

"爱丽，期中考后的家长会，差不多是下个周末吧？"

"嗯。"

基本上没怎么参加过学校活动的妈妈，居然记得那么清楚。

"到时候穿这件好看吗？"她拎起一件绿色小方格直筒连衣裙，裙底边缘还是镶着一圈小小的花边。

"不难看。"我说，"不过，你真的要去参加吗？"

"当然啊。妈妈应该关心爱丽啊。"

我的心情有些复杂，之前阿姨代替妈妈去过好几次了。不论怎么说，我还是希望温柔、举止得体的阿姨一直代替妈妈参加下去。

"你妈妈长得很像松本菜菜子啊。"班长私下这么对我说过好几次。每次家长会，班长都要去做组织工作，譬如引领家长就位签到、端茶、联谊什么的，事后还会作为学生代表讲话发言。

哎，年轻男孩就是眼尖。不过，他说的是我阿姨。不知道这次妈妈去，他会怎么想。即便这次妈妈穿着端庄大方的绿色方格直筒裙，再怎么说，她右手腕的那个独角兽文身也挥之不去。

虽说我是小孩子，妈妈有时候比我还任性。

从精神病院回来，妈妈照常去上晚班。她在一家公立医院当护士，老实说，妈妈平日里有些散漫，但我觉得这也不代表她不是个好护士。女人，多多少少有些说不清的地方。

再次带了男朋友回来。那天早上我对着盥洗室镜子梳洗时，看见一个夹克衫男子从妈妈房间里出来。只是个一闪而过的背影，但的的确确是所谓的男朋友。这样就好了，我长舒了一口气。只有看到这个，才能确认妈妈是真的康复了（我也真是，大人的想法太多了）。

家长会发生了不好的事。这是班长浩泰告诉我的。妈妈和阿姨都去了。先到的是阿姨，后到的是妈妈。两人都在家长名册对应的我的名字下写下了自己的名字。可以想象，妈妈的字又夸张又随性。阿姨的字则一贯端正娟秀。据浩泰说，妈妈在家长会交流中争着和阿姨发言，她们长得那么像,连班主任都意识到了什么。

"看不出来嘛。"学习委员是个敦敦实实的小胖子,说话的声音却很尖,"你爸爸有两个老婆。"

"妈妈还有买一送一的。"

"喂,你自己会不会认错老妈啊?"

被同学们调侃得满脸通红,即便是这样,我也没有回嘴。小小的喧闹的教室,我趴在自己课桌上,把脑袋埋在胳膊肘里。外面蝉鸣响成一片,不知为什么,我感到不为人知的,寂寞的幸福。

夏天已经来临了。

放学后我直奔阿姨的雪糕店。远远地,就看见她以模特儿般的身姿站在玻璃雪柜后,鲜艳欲滴的水果菠萝招牌映着她奶汁般的笑容。

"阿姨。"我划拉着书包带,站在雪柜边上看她忙碌着。

阿姨穿着淡紫色的围裙,用透明的玻璃勺舀出一定分量的雪糕,放进奶杯,接着点缀上花生粒和果脯,再用环保袋裹好,递给顾客。

"抹茶味儿的,好吗?"

"嗯。"我点点头。

她给我舀了一小杯淡绿色的雪糕,颜色很好看,让我想起动物园里长颈鹿食盆上的青苔。

我一小口一小口舔着:"老师说了什么吗?"

"老师说爱丽很乖呢。"阿姨一边回答我,一边眼瞟着店外的客人,表情和平时没什么两样。

"体育课记得要认真对待哦。"说着,阿姨抚摸着我的头,她握过雪铲的手冰凉凉的,令我感到脖颈后面沁沁的。

班主任是个上了年纪的中年男子,头略微有点秃,讲起古代诗人杜甫来总是露出郁郁然的神色,仿佛杜甫是他遇难多年的表兄弟。从这样一个中年男子口中说出来的赞扬话我一句也不想听。他太鲁钝,有着令我难以想象的又不得不面对的精神世界,那些作家啊大文豪之类的故事,从他嘴里讲述出来,怪怪的。而我不过是个一心想把自己名字写好看的三年级学生。

写作业时,妈妈批评了我。她说,我有时候不够团结同学,而且上课点名也老走神,老师要我注意点。

团结同学吗?我想了想,可妈妈从没教过我怎样对别人热情相待啊。就连她自己,对我也有一搭没一搭的,有时候还冷不丁地离家出走好几天。

然而我还是乖乖地听了母亲的话,做完作业,去洗澡。洗澡时,浴室的瓷砖被绵绵黏黏的水汽裹了一层雾,让我想象到陌生男子——那个夹克衫男子使用浴室的情形来。

过了两天,我放学回家后在吃速冻水饺。有人来敲门,我隔着门问:"谁呀?"

"××在吗?"(妈妈的名字。)

"不在,上班去了。"我答道。

是个男人的声音,听起来很沉。

"有事吗?"

"请帮我把这个交给她。"门缝底下伸进来一个白信封,我抽过来,捏在手里硬硬的,是个类似银行卡的东西。

"密码是67998。"

"67998。"我重复了一遍。

过了一会儿,门外没有任何声音。隔着老式的木门,我竖起耳朵倾听着门外的动静。院子里拂过洋槐树沙沙然的风声。除了渺淡的风,连夏日黄昏惯常的蝉鸣都寂止了。他大约在等待着什么。

"记住了。"我大声说。

"再见。"他说。

好奇怪啊,面都没有见过,再什么见呢。

接着,响起男人下楼的声音。我附在门上,听着渐行渐远的脚步声。不知为何,我觉得心情有些复杂,把信封捂在胸口好一阵儿。

后来我才知道,那是我一生中唯一一次见到亲生父亲的机会。这男人,我从来没有见过他,却对我说再见。这是何等幸福和不幸的事情啊。再过两个月,夏末初秋的九月底,精神病发作的妈妈把父亲刺死在了海滩公园的海豚雕像下。他俩的照片双双刊登在本地报纸的头版,像一对身世齐整的夫妇。不知为什么,照片中的妈妈看起来格外端庄。

原来妈妈爱的是父亲。那些男朋友都不在话下。我要是早点知道这点就好了,不过,即便知道,似乎也改变不了什么。因为报纸上说,那个人最终选择了我阿姨。

那件事发生后不久,阿姨从派出所把我领走了。而妈妈坐上了前往精神病院的警车,手上的手铐明晃晃的,戴着手铐的妈妈看起来像天使,很洁白的那种。开车的警察脸上有颗黑痣,临走前,他把那人的遗物给了我,剩半包的梅花牌香烟,一枚磨损过头的银质打火机,以及一个鼓鼓的黑色钱包。打开钱包,映入眼帘的人,是我。

照片中那个皮肤松皱的婴儿,看起来真的不像我。

我把那个67998的银行卡夹进用过的作业本里,背在书包里带去了阿姨家。阿姨看起来更瘦了,眼窝陷进去了一些,除此之外,她依然温柔。

他们三个人,究竟是什么时候互相爱上的呢?大概是我出生之前很久的事情了吧。我在秋风渐起的客厅里吃着奶昔,冰箱里,奶昔和雪糕依然有很多。

阿姨像往常一样对我很好,不过,半夜里,我常能感觉到她独自起床去海边。天气已经有些转凉了,仍然穿着睡裙的话,会着凉的。这时,我会静静地站在客厅的窗边,等她回来。在稍远的视野不清的街灯下,我看着阿姨穿过林荫,路过院子的长椅、健身杠和垃圾桶。

有一次,我等阿姨时,在沙发上睡着了。醒来时,我看到阿姨捧着爱丽丝星球站在我面前。蓝蓝柔柔的小星球,像只温软发光的小猫咪,在阿姨手中蜷着,发出淡蓝的光泽。

"快,快许愿啊。"阿姨说。

"啊,好。"我飞快地说道,"愿妈妈早日康复,快快回家。"

爱丽丝星球像是听懂了我的话一般,一下又一下地闪烁着,就像是小孩子的心跳般,非常的有节奏,非常的可爱。

不过一小会儿,星光黯淡下去,爱丽丝星球像是睡着了般地从阿姨手中消失了。

"要好好的。"阿姨把捧过星星的左手放到我的头上。细而瘦长的手在我的头上留下了星星的触感。

那件事之后,我转了学,到一个离家比较远的地方上学。因为要经过两个社区和一个高架桥,所以现在我通常都是坐巴士去学校,早上也要比往常早起十五分钟。因为成了人们眼中那件事的主角,我失去了老同学,就是妈妈口中要我"团结同学"的那些同学们。但其实,也没什么。

新的学校给我配备了心理辅导老师。她戴着圆圆的眼镜,说话声音沙哑,非常和蔼。每周四体育课后,我都要到心理辅导室报到。

一进辅导室,她就会问我,要不要喝水。

从壁柜里拿出一个印有葫芦娃图案的儿童杯,用保温壶倒上水,看我喝下去一口,才开始聊天。

我仰靠在宽松的藤椅上,身体非常地僵硬和不安。谈话时,传来隔壁保健室零零碎碎的声音,听不清,但很真切。

就这样,我几乎在藤椅上度过了大半个学期。遇到麻烦时,我也会来辅导室。敲了门,老师会让我进来,我照例躺上去,安静地闭上眼睛。

有一次,我对老师说起爱丽丝星球的事情。当然,我只说了小小一部分,我说,我有个蓝色的氢气球,会发光。当我许愿时,它会摇摇晃晃地浮起来,荡到客厅窗外,飘到天上去。

其实,我比大人想象中的会撒谎。

对一个小孩子来说,转学换校,几乎可以算是全新生活的开始。因为小孩子的世界很小,小到学校和家庭就是全部。某一天,我在放学的巴士上遇到了从前的班主任,那个杜甫表兄弟的中年男人。他搂着一个中年女人的肩,晃悠悠上了车。他们坐在离我三个座位远的距离,女人谈论着商店的特价皮包和限时优惠券,而他则心醉神迷地听着,不时点着头,一副耸头耸脑的样子。

"远看山有色,近听水无声。春去花还在,人来鸟不惊。"我偷偷看着,小声地念诵着他教授过的一首古诗。下车时,他的目光似乎和我相触了一下,然而老师并没有什么反应,好一会儿,我才意识到他和女人早已离去。

我长舒了一口气,觉得这首诗写得真是太棒了。

只有目光清澈的人,才能看见爱丽丝星球。

有一个夜晚,阿姨和我坐在凉台上,我问起有关那个男人的事。不记得我们一开始聊的是什么,但我不知不觉就问了。

"他是个平平常常的人,无论是样子、性格,还是说话的方式。正因为这样,我和你妈妈才特别地对他着迷。"

阿姨静静地讲述着,感觉他们三人之间的交往,美丽得如同天上银河。

"我们像你这么大年纪时,就和他认识了。他是我们的邻居,是住在附近建筑工人家的小孩。"

"会溜冰、逮蚱蜢和制作特别大的纸风筝。"

原来是这么平凡的男人,我舒了口气。我并不了解男女之间的事,就算有一天了解了,大概也不会对所谓的父亲有什么埋怨。

我在心里默念着那一串数字,抬头瞥见天际划过一道流星。

"阿姨,爱丽丝星球哪里去了?"

"傻瓜,星星不是每时每刻都挂着的,你的星星只出现在深夜时分。再说了，只有目光清澈的人，才能看得见它。"阿姨微笑着，摸了摸我的头。

"目光清澈啊。"我并不明白这个词的含意，只让我想起学校旁单车店那只眼神懵懂的黄色小狗。

去柜台取钱时，银行职员叫来了经理。打着领结的经理身上有股浓重的摩丝味，他问我爸妈的电话，说有大人在才可以取。

我摇摇头，说妈妈病了。我没有取过钱，也不懂自动柜员机的操作方法，悻悻地收回了银行卡："等我大一点再来取好了。"

"好的，欢迎届时光临。"经理的表情十分郑重，让我感到疑惑，进而又相信，他说的大概是真的。

离开银行大厅时，我感到有不少顾客的目光朝我聚拢过来。

"喂，小鬼。"在我拐出巷子，朝小卖部方向走过去时，后面有人追了上来。

是个衣着得体的学生。

从校服看，他大概是高中生，瘦瘦的高个儿，头发稍长。背着的书包松松地挂在右肩，看上去很轻的样子。

"让我帮你吧。"他说。

我没有理睬，目不斜视地朝前走着，胸口却阵阵发紧。

遇到这种情况，还是头一回。

"怎么样？"对方双手揣在兜里，满不在乎跟在我身后。

我没有和高年级学生打交道的经验，只管一声不吭往前走。快到小卖部时，我一闪身拐了进去。

小卖部最里面摆着清凉油、防晒霜、宠物食品、塑料雨衣等杂七杂八的物品。我拿起一个肥皂盒左看右看，又将防晒霜的说明书读了一遍。没有什么适合我买的。柜台前趴着玩游戏的店主在游戏结束时瞥了我一眼，又低头玩游戏。

高中生大概已经走了。从货柜缝隙看出去，街道空荡荡的，偶尔有商贩和行人经过。

晚上，我一直想着那个高中生。像他那样介于孩子和成人之间的男生，感觉上真的很奇怪。

半夜醒来，我把书包里的银行卡取出来，塞进了抽屉深处。再爬上床，用毛毯紧紧地裹住了小腹，以及双腿。这才慢慢地进入梦乡。

天气已经有点凉了，雪糕店的顾客少了一些，阿姨仍像往常一样，柔和细致地工作着。

这一天，雪糕店里挂出了热可可和热椰奶的推荐牌。我坐在店里，一边喝着阿姨为我准备的可可，一边东张西望。

"请给我来一杯椰奶，不加糖。"

有个戴着墨镜的女人来买椰汁，声音听起来很熟悉。我抬起头来看她，发现她也在看我，从圆圆黑黑的镜片深处。

是心理辅导老师啊。我一时间反应过来，戴着墨镜，挎着棕色皮包的她看上去有些时髦，和她对视的一刹那，我想起自己在藤椅上说过的无数谎言。老师待在那儿看了我一会儿，最后，她温润的嘴唇绽放出宛然的微笑，拿起椰奶，转身离去。

"爱丽，怎么了？"

我的样子大概有些呆滞，顿了顿，问：" 阿姨，可不可以带我见妈妈？"

我时常觉得，妈妈离开我们之后，住在地心深处。想象中，那里非常安全，温暖且没有杂质。有好几次，我虚构过妈妈和我之间的事情，每次都有点不一样，但老师从来没有戳穿我。当然，我也会把阿姨的故事巧妙地讲了进去。

在会客室，妈妈和阿姨对称地坐着。妈妈穿着有条纹的宽松衣服，看上去不太适合她，而我觉得挺美。平日妈妈常穿护士服，白色护士服的样子很单纯，妈妈颇有味道的气质总是从千篇一律的制服里流露出来。条纹的衣服，也一样。

妈妈一动不动地盯着我看了好久:"过来,摸下头。"

我走过去,妈妈一把将我搂进怀里,像揉摸小动物似的使劲抚摸我。她的身上散发着一股清新的肥皂味儿,和她在家里擦的那些瓶瓶罐罐气味完全不同。

"妈……"

"嘘……"妈妈不让我说话,只管摸摸我这里,摸摸我那里,触摸到我略微起伏的小胸部,她问,"你初潮来了没有?"

"没有,"我摇摇头,大人似的答道,"应该也快了。"

"嗯。会来的。你这么可爱的孩子。"说着妈妈抱住我的头。

从前在家里,妈妈就跟我讨论过来月经的问题。她鼓励似的对我说,如果我来潮了,就买一对像她那样的银耳钉送给我,并且带我去文身店打耳洞。

那是一年前的约定了。

"对了,我有个可以许愿的星球……"

话才说了半截,对面的阿姨用眼神制止了我。她的表情看上去有点儿失措,我不再说话了,低下头,任凭妈妈抚摸。

这所精神病院相当老旧了,比起妈妈上班的医院,略有点儿阴森。会客室的空气很沉闷,没有一般医院那种惯常的药水气味,却有股挥之不去的旧铁锈味道。低头的时候,我看见妈妈的脚,光光的,没有穿袜子,过短的裤管离她的脚踝有点远。露在外面的白白的脚掌看上去是妈妈唯一孤独的地方。

离开时,阿姨用指尖碰触了一下妈妈的长发,她说:"姐姐。"然后就没话了。

钱有很多用途。购买水果、作文练习册、去溜冰馆,或者去摄影工作室拍摄那种华丽丽的cosplay相簿,还可以乘坐豪华快艇出海观赏海豚表演。

我想象着信用卡里的钱。从那里出来后,不知为什么,我时常把很多事和钱联系在一起。不是我这个年纪该想的。

可能,因为我拥有与实际年龄不相称的金钱的缘故吧。

高中生,再一次遇见他是在放学的马路上。他大概在学校门口等我,被这个男生跟踪时身后有股导盲犬的气味。快到巴士站牌前,我及时地回了头。高中生正在离我很近的地方认真盯着我的背。他的脸微微上扬,无可名状地看着我。我忽然就不害怕了。

没等他说什么,我反问:"想干什么?"

他回答道:"看看有什么我可以帮忙的。"

我们面对面站着。我的目光落在他的胸膛的高度。胸口绣着某个陌生的中学名字。

"谢谢你。有需要的话我会找你的。"我决定采取拖延的办法。没有什么不可以,也说不定自己哪天会改变主意。

高中生好像动了动下巴，他的视线与我交叠，好像在确认着什么。

"我可以帮到你的。"他用左手轻拍了一下我的肩膀，轻轻一下，体温透过白色的校服衬衫传递过来。

我似点非点地点了下头。

对方没有再说什么，只用某种饶有兴味的目光，注视着我。

巴士来了，我飞快地跑上了车。

阿姨给我洗澡。我闭上眼，感受从她手中的花洒洒下的水流，很暖，滋润着皮肤。不知为什么，我最近有些伤感。那个男人是她最爱的人吧，我想。所以这样的话阿姨以后还能够得到幸福吗？我睁开湿漉漉的眼睛，阿姨的头发被水打湿了，露出非常漂亮的发际线。

"你爱那个人吧？"

"嗯，我也爱爱丽啊。"

说的也是。我感受她的爱意像温水一样流淌到全身。我拿起沐浴液，往她的脖颈、肩和胸口轻轻擦着，擦到右手时，我发现了手腕处一枚独角兽文身，和妈妈的一模一样。

"阿姨，这是什么？"

"好看吧？"阿姨翻转右手欣赏着，"我们来唱歌吧。"不等我回答，阿姨就唱了起来。

灰色的天空下，

嗯，是的，天色的天空下。

鸽子飞翔着，

像你的像我的像我们的，

小小的心脏。

阿姨的腋毛是淡褐色的，跟她头发的颜色很不一样。被水浸湿后，就一绺一绺地卷在一起。我拿细毛巾搓着她的身体，问："先来月经还是先长腋毛啊？"

"那要看你的本事呀。"阿姨停下唱歌，答道。

晚饭后，我说想看爱丽丝星球。

"我们一起吧。"阿姨把手叠放在我的手上，"不过要再晚一点。"

坐在沙发上，我无聊地等到深夜。在我迷迷糊糊快要睡着的时候，被阿姨摇醒了。

"走吧。"

她给我裹上略厚的摇粒绒外套，自己套了件开司米毛衫。

从小区里树影重重的小路慢慢往前走，我问阿姨："能把它带回家吗？上次那样。"

阿姨有段时间没有回答我，只顾着走路。我们从小区出来，走过阒静无人的菜市场，穿过小火车站，往教堂海边的路上走去。

月色很冷清,又黯淡。海风比白日冷了好多,有淡淡的咸腥气。这时,阿姨开口了:"上次,是星星的魂魄,它以后可能不会再下来了。"

"星星也有灵魂吗?"

"不一定。有时候有,有时候没有。况且,"阿姨边走边看着脚下的路,"你上次看到的,只是它魂魄的一部分,很小的一部分,而已。"

"那么星星整个儿下来不可以吗?"

"不可以的,这样子它会死的。"

"嗯。"我想着这个不知道怎么理解的高深的问题,与阿姨一起来到了海边。

隔着防波堤,深沉的海水泛着粼粼的细浪。从这个地方看过去,星空是那么浩渺,那么洁净,又似乎很近很近,仿佛一伸手就可以碰触。

"对了,阿姨,我觉得你有召唤星星的本事。"

"傻瓜。"

站在阿姨身边,感受着迎面涌来的夜风带给身体的丝丝透彻。穿得那么多,丝毫不觉得冷。

"明明上次是阿姨把爱丽丝带回家的。"我说。

"阿姨这个人,从小就很喜欢星星。每次向着星空祈祷的时候,总希望会有什么感应啊、奇迹一类的怪想法。直到十一岁那年,我发现了爱丽丝。"

"十一岁。"

"是啊,十一岁时,也是在海边。它和其他星星很不一样,当我抬头专心注视着它时,内心都会不明所以地平静下来。我总觉得,它好像能了解我的心情似的,闪烁的星光散发着奇妙的力量,仿佛一直传送至我的内心深处一样。"

"嗯。"

"有好几次,我望着它很久,就觉得手心里有股暖暖热热的、淡蓝色的球形气体,那时候,我就想,是不是它来到我身边了。"

"好奇妙啊。"

"是啊。"

"对了,爱丽,还记得之前许过的愿望吗?"阿姨说着,摸摸我的头,"我们再祈祷一次吧?"

"嗯。"我学着阿姨的样子,将掌心聚拢在胸前,默默地祈祷着,希望妈妈快点回家。

默念着愿望时,我的心脏咚咚地跳动着。睁开眼时,阿姨对我说:"爱丽,这颗星星以后就交给你了。"

冬去春来的时候,妈妈回家了。那一天,是妈妈的生日。阿姨早早地起来,将卷发拉直,剪到齐肩的长度盘好,从衣柜里翻出一件色彩夸张的绿色丝绒连衣裙。

"爱丽,好不好看?"

"呃……还好啦。"

穿着绿裙子的阿姨很像二手音像店里的唱片女郎,好看也不是,不好看也不是。

"这个,你拿着。"阿姨递给我一个淡透明蓝色的礼花筒,大大的花筒里装满了闪闪发光的小花瓣。

"好漂亮啊。"我说。

"爱丽,你想不想妈妈生日快乐?"

"想。"我飞快地答道。

在医院的洗手间里,我趴在窗口等着妈妈的出现。阿姨说,今天是妈妈做经颅多普勒检查的日子,当她出来的时候,只要我打开礼花筒,大声地说妈妈生日快乐,她就会回到我身边。

听起来,好像是真的。长长的,裹着淡蓝色气泡形状的礼花筒,应该也会是星星的祝福吧。

"砰……"又一声,"砰,砰,砰砰。"

那时候,一群穿着条纹衣服的病人们在护士的带领下,从检查大楼走出来。我一眼认出来,那个绾着头发、脸色淡漠的妈妈,像沉默的海象般走在队伍的正中央。

病人们四散惊跑,看护们声嘶力竭。满天的花瓣犹如天使的眼泪,纷纷扬扬裹在快乐的,和不快乐的人们身上,也包括了妈妈。

"妈妈,生日……快乐……"我竭尽全力喊出来,好惊讶,好开心。

世界尽头的女友

狂奔的,撞开洗手间大门的妈妈,一边脱衣服一边吻我。她和阿姨两人飞快地脱着衣服,头发散乱,零散的花瓣掉落在湿黏黏的地砖上,是天使坠落的眼泪。

"妈妈……"换好衣服的妈妈看起来很像阿姨。

换好衣服的阿姨看起来却很像妈妈。她紧紧地搂住我,在我耳畔低低地说:"爱丽啊,再见了。"

洗手间的大门轰轰作响,妈妈选择了中间靠左的卫生间,轻轻关上了门。我搂住穿皱巴巴衣服的阿姨,她的身体散发着奇怪的、精神病人的气味。"再见了……"是我永远也不明白的一句话,我想。

紧接着,撞开洗手间大门的护士和保安攥住了阿姨的手,抻住了她的脚。我捂住了眼睛。

"祝我生日快乐啊,爱丽。"阿姨被带走了。

"生日,快乐。"我反复地,喃喃地说着,嘴边粘着的花瓣,有一股风尘般的、塑料气味。

到了傍晚,医院下班时分,妈妈牵着我的手,走出了大门,带着我坐上了回家的巴士。

"妈,你有药吃吗?"

"妈妈已经好了。没关系的。"妈妈很温柔。

"好。"

"妈妈,阿姨什么时候回来?"

"大概夏天吧。"

"可是,为什么是再见呢?"

"再见就是夏天再见的意思。"妈妈不耐烦地说着,目光落在车窗外来往的人流上。从侧脸上看,她跟阿姨几乎没什么两样。

妈妈已经失去了工作。她在家里时而做饭,时而翻看杂志,或者打开电视,看搞笑类的谈话节目,一副轻松自在的样子。

这天,我放学回到家,把阳台晾晒的衣服收进来,发现妈妈坐在沙发上,边吃零食边看电视。桌子上的瓜子壳、板栗壳和食品包装袋扔得满当当的。早上出门前,她就已经在看电视了。妈妈大概在电视机前一动不动地待了七八个小时。

"妈妈,怎么办?"

"什么怎么办?"

"不工作赚钱的话,怎么办呢?"

"到时候再说。"妈妈看也不看我,豪爽地回答道,吧嗒一声拉开了一袋咸花生米,"帮我买点啤酒吧。"

扔给我十块钱。

妈妈杀害了那个人,不会再有医院或打工的地方要她了。我兜里揣着十块钱,进了便利店。高中生正站在柜台前,拿着一罐可乐和两袋薯片。我假装没有看到他,径直到最后排取了两罐啤酒。

"请我吗？我请你。"结账时，他冲我摇了摇薯片，将其中一袋塞进我怀里。

低头一看，番茄味道的。我把手中一罐啤酒推到他面前。

高中生毫不客气地拿起罐子，拉开了易拉扣。

这是我第一次喝啤酒。我不擅长。高中生和我坐在海滨公园的沙滩边，各自喝着手里的啤酒。虽然是妈妈的酒，我却想要装出大人的样子。

天空灰了，有颜色黯淡的海鸟在远处打着旋儿。

我问起他提款手续费的事。高中生伸出一只手来。

"我数学很差的。"我说。

"是吗？"

高中生慢悠悠地答道："有多少钱呀？"

"先取出来再说。"

"不怕我不给你啊？"

"怕也没用。"我灌了一口酒，脑袋有点晕，但也还好。没有电视上那种疯狂。

"知道了啦。"高中生打了一个哈欠，把可乐拉开递给我，"你这样的人啊，还是喝点儿可乐为好。"

他拿走了我手中的啤酒罐，把剩下的啤酒喝光了。

天空愈来愈暗，海鸟及不远处的礁石变得模糊不清了。公园的路灯沿着海,逐一亮起来,那种亮,是一种暧昧的黄昏色。远处的灯塔熠熠发光,很像很像那颗星。我才十一岁,却觉得自己是无可挽回的人。妈妈、阿姨也好,目光清澈的小狗或是外表平静的心理老师也好,都像啤酒的浮沫般让我由衷地感到自己没有被辜负。

"给。"临走前,高中生递给我十块钱。

"借你。以后再还。不是要买啤酒回家吗?"他说。

高中生好像什么都懂。

第二天,我拿来了卡,沉着嗓子念出了密码。

"全部取出来吧?"

"嗯,全部。"

在昨天那个公园,高中生拿走了卡:"下午会把钱给你。"

"下午几点?"

"几点来都行。我在这里等你。"他已经走出很远了,回过头来挥挥手。

高中生没有穿校服,穿了一件挽着袖管、皱巴巴的白衬衫和牛仔裤,看上去像是从亲戚那里借来的。真成熟啊,我心想。

等他回来,也许该问问他看不看得见爱丽丝。他的话,也许根本可能就看不见。下午的英语课,我一直心不在焉,想这想那的。

世界尽头的女友

放学后,我收拾好书包,慢腾腾地向海边走去。神经越紧张,走路就会越慢,当我双臂环抱,迈着故意轻松的步伐来到公园沙滩椅时,高中生早已在那里了。他坐在长椅上,边看大海,边往沙滩上的海鸟群里投掷着吃食。身旁放着一个在公园入口售卖鸟食的纸袋子。

"嗨。"他说。

"把钱给我。"我干巴巴地说道。

"坐嘛。"

我看着他,勉强地在椅子边缘坐了下来:"拿到了,对吗?"

"当然。"他答道,往我手里塞了一把鸟食。

我学着他,颇有耐心地往海鸟最多的地方投掷着食物。翱翔盘旋的鸟儿们发出呜呜呜的低鸣。

"拿了钱怎么办?"

"买少女漫画、作文本、发卡,还有……养活妈妈。"

"够节约的。"他说。

"去溜冰馆。"我补充道。

"你拿吧。"他指着自己的书包左右两个兜,"你选一边,剩下的归我。"

"一样多吗?"我有些犹豫,但也想不出什么更好的方法。

"你拿就知道了。"

我取了左边口袋里的钱。厚厚一沓,被练习纸包着,有一套扑克牌那么厚。

拆开来,是崭新明亮的纸币,温润润的,仿佛还带着银行柜员的体温。我忽然很想哭,觉得那个跟自己有血缘关系的男人的一生也不过如此。

我抽出来一张:"给,还你的。"

"不用了,还我啤酒就可以了。"他答道。

高中生的理想是辍学开台球店。

"台球,很好玩吗?"

"有机会我教你吧。"

我点点头,问他拿到的钱够不够开店,他低声答了一句:"会有办法的。"那天晚上,我们喝了五罐啤酒。我想问他看不看得见爱丽丝,等了很久,那颗星星始终没有出现。海鸟散去后,他把我送到楼下,嘱我带着钱的时候小心点。

"好的。"我答道。那笔钱荡落在我书包深处,像是那人存在的某部分。

妈妈打算带我离开这个地方。她说,她在K市找到一个可以收留她的工厂,是制作面包和月饼的工厂。"这样,我们就可以像从前那样生活了。"

"可是,阿姨怎么办呢?"

"不是说了再见吗?"妈妈冷淡地说。

我觉得好像哪里受到了欺骗:"不是说好了夏天吗?"

"爱丽好像格外喜欢夏天啊,"妈妈从沙发一下站起身,搂住我,"不过没关系,就算到了K市,也同样会有夏天的啊。"

说实话,虽然妈妈常常说出没有办法兑现的承诺,但没有办法,她是那个看起来漫不经心,却努力照顾我的人。

"对了,我有钱,有钱就可以照顾你们。"我说着,飞奔回房间掏出那叠扑克牌般的钱。

妈妈看了看这笔钱,又看了看我。

"真是的,连死了都不放过我们。"妈妈蜷回沙发深处,抽泣着的、暗红毛衫的后背,看起来好像阿姨啊。

我没有办法再讲话了。

那之后,我们搬离了这座小镇。临走前,我把冰柜里的雪糕都吃光了。和高中生道别时,他正在牙科诊所拔牙,大家都来不及说话。我朝他挥了挥手,就跑了。

再见了,阿姨。再见了,目光清澈的小狗。